U0609950

孩子受益终身的

励志故事

张　晶◎编著

哈尔滨出版社
HARBIN PUBLISHING HOUSE

图书在版编目（CIP）数据

让孩子受益终身的励志故事 / 张晶编著. —哈尔滨：
哈尔滨出版社，2009. 7
ISBN 978-7-80753-764-9

Ⅰ.让… Ⅱ.张… Ⅲ.故事－作品集－世界 Ⅳ.I14

中国版本图书馆 CIP 数据核字（2009）第 081719 号

责任编辑：王　放　张凤涛
封面设计：王效石

让孩子受益终身的励志故事

张晶　编著

哈尔滨出版社出版发行
哈尔滨市香坊区泰山路 82-9 号
邮政编码：150090　营销电话：0451-87900345
E-mail：hrbcbs@yeah. net
网址：www. hrbcbs. com
全国新华书店经销
黑龙江省文化印刷厂印刷

开本 787×1092 毫米　1/16　印张 24　字数 300 千字
2009 年 7 月第 1 版　2009 年 7 月第 1 次印刷
ISBN 978-7-80753-764-9
定价：35.00 元

版权所有，侵权必究。举报电话：0451-87900272
本社常年法律顾问：黑龙江大公律师事务所徐桂元　徐学滨

目录

第一章　当一块石头有了愿望

第二章　原谅别人的过错

1

第三章　1849 次拒绝

第四章　分苹果的启示

第五章　把海洋装进胸膛

第六章　快乐是一种心境

第七章　野草中发现金子

第八章　左手上的鼠标

第九章　上帝真的是公平的吗

当一块石头有了愿望

总统觉得好吃

在富兰克林·罗斯福当政期间，麦克斯先生为他太太的一位朋友动过一次手术。罗斯福夫人邀请他到华盛顿的白宫去。麦克斯先生在那里面的客厅中过了一夜，据说隔壁就是林肯总统曾经睡过的地方。他感到非常荣幸。岂止荣幸？简直受宠若惊。

那天夜里，麦克斯先生一直没睡。他用白宫的文具纸张，写信给他的母亲，给他的朋友，甚至还给他的一些冤家。

小时候，麦克斯先生曾经在纽约附近的一些脏乱街道上玩耍过。"麦克斯，"他在心里对自己说，"你来到这里了。"

早晨，麦克斯先生下楼用早餐，罗斯福夫人是那里的女主人。她是一位可爱的美人，她的眼中露着特别迷人的神色。

麦克斯先生吃着盘中的炒蛋，接着又来了满满一托盘的鲑鱼。他几乎什么都吃，但对鲑鱼一向讨厌。他畏惧地对着那些鲑鱼发呆。

罗斯福夫人向麦克斯先生微微笑了一下。"富兰克林喜欢吃鲑鱼。"她说，指的是总统先生。

麦克斯先生考虑了一下。"我算个什么人呢？"他心里想，"竟敢拒吃鲑鱼？总统既然觉得很好吃，我就不能觉得很好吃吗？"

于是，他切了鲑鱼，将它们与炒蛋一道吃了下去。结果，那天午后麦克斯先生一直感到不舒服，直到晚上，仍然感到要呕吐。

事后，麦克斯先生认识到：自己不愉快的经历完全是由于自己盲目模仿别人造成的。我不想吃鲑鱼，就不必去吃。这跟总统是否喜欢它没有关系。

3

不过,这件事确也指出走向成功之道最常碰到的陷阱之一。

哲理启示

如果我们不用自己的"尺度"来判断自己,而用某些人的"标准"来衡量自己,毫无疑问地,只会带来次人一等的感觉。你必须提醒你自己:别人眼中的成功不一定使你快乐,你可以尝试成功与快乐的滋味——并且,你还必须设定你自己的成功标准。

莫泊桑闹出的笑话

秋天的时候，莫泊桑到朋友家里去打猎。他深深地知道，自己的朋友是一些爱开玩笑的人。

莫泊桑到达的时候，他们像迎接王子那样接待他。这引起了他的怀疑。他们朝天打枪，他们拥抱他，好像等着从他身上得到极大的乐趣。

莫泊桑对自己说："小心，他们在策划着什么。"吃晚饭的时候，欢乐得有点过头了。莫泊桑想："瞧，这些人没有明显的理由却那么高兴，他们脑子里一定想好了一个什么玩笑。肯定这个玩笑是针对我的，小心。"

整个晚上，人们都在笑，但笑得夸张。莫泊桑嗅到空气里有一个玩笑，正像豹子嗅到猎物一样。他既不放过一个字，也不放过一个语调、一个手势。在他看来，一切都值得怀疑。

时钟响了，是睡觉的时候了，他们把莫泊桑送到卧室。他们大声冲他喊晚安。他进去，关上门，并且一直站着，一步也没有迈，手里拿着蜡烛。他听见走廊里有笑声和窃窃私语声。"毫无疑问，他们在窥伺我。"莫泊桑用目光检查了墙壁、家具、天花板、地板。他没有发现任何可疑的地方。他听见门外有人走动，一定是有人来从钥匙孔朝里看。他忽然想起，"也许我的蜡烛会突然熄灭，使我陷入一片黑暗之中。"于是，他把壁炉上所有的蜡烛都点着了。然后，他再一次打量周围，但还是没有发现什么。他迈着大步绕房间走了一圈——没有什么。莫泊桑走进窗户，百叶窗还开着，他小心翼翼地把它关上，然后放下窗帘，并且在窗前放了一把椅子，这就不用害怕还有任何东西来自外面了。于是，他小心翼翼地坐下。扶手椅是结实的，然而时间在向

前走,莫泊桑终于承认自己是可笑的。他决定睡觉,但这张床在他看来特别可疑。于是,他采取了自认是绝妙的预防措施。他轻轻地抓住床垫的边缘,然后慢慢地朝自己的面前拉。床垫过来了,后面跟着床单和被子。他把所有的这些东西拽到房间的正中央,对着房门。

在房间正中央,他重新铺了床,尽可能地把它铺好,远离这张可疑的床。然后,他把所有的烛火都吹灭,摸着黑回来,钻进被窝里。

有一个小时,莫泊桑保持着清醒,一听到哪怕最小的声音也打哆嗦。

一切似乎是平静的。莫泊桑睡着了。他睡了很久,而且睡得很熟;但突然之间他惊醒了,因为一个沉甸甸的躯体落到了他的身上。与此同时,他的脸上、脖子上、胸前被浇上了一种滚烫的液体,痛得他号叫起来。落在他身上的那一大团东西一动也不动,把他压得喘不过气来。

莫泊桑伸出双手,想辨明物体的性质。他摸到一张脸,一个鼻子。于是,他用尽全身力气,朝这张脸上打了一拳。但他立即挨了一阵耳光,使他从湿漉漉的被窝里一跃而起,穿着睡衣跳到走廊里,因为他看见通向走廊的门开着。啊,真令人惊讶!天已经大亮了。

人们闻声赶来,发现男仆人躺在莫泊桑的床上,神情激动。原来,他在给莫泊桑端早茶来的路上,碰到了莫泊桑临时搭的床铺,摔倒在莫泊桑的肚子上,把早点浇在了莫泊桑的脸上。

莫泊桑担心会发生一场笑话,而造成这场笑话的,恰恰正是关上百叶窗和到房间中央睡觉这些预防措施。

哲理启示

在为人处世的时候，要尽量放松些、理智些，不可过分紧张和多疑；否则，就可能闹出笑话。

当一块石头有了感到

7

细小动作中的机遇

为了准备人类第一次载人太空飞行,苏联宇航局从1960年3月开始招募宇航员,这期间训练了至少20名,最终选中了加加林。起决定作用的原因,就是在确定人选几周前的一个偶然事件。

在尚未竣工的陈列厂内,受训的宇航员们第一次看到东方号宇宙飞船。主设计师科罗廖夫问谁愿意试坐,加加林报了名。在进入飞船前,加加林脱下了鞋子,只穿袜子进入还没有舱门的座舱。这一举动赢得了科罗廖夫的好感。他发现这名27岁的青年人如此珍爱他为之倾注心血的飞船,于是决定让加加林执行这次飞行。

加加林脱鞋进舱这个细小的动作,赢得了"一步登天"的机遇。这也反映了加加林洁身自爱、尊重他人的品格。

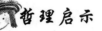 哲理启示

"慎易以避难,敬细以远大。""图大者,当谨于微。"在工作中关注小的细节,才能胜任艰巨重大的任务。

一　分　钟

　　著名教育家班杰明曾经接到一个青年人的求教电话，并与那个向往成功、渴望指点的青年人约好了见面的时间和地点。

　　待那个青年人如约而至时，班杰明的房门大敞着，眼前的景象令青年人大感意外——班杰明的房间里乱七八糟、狼藉一片。

　　没等青年人开口，班杰明就招呼道："你看我这房间，太不整洁了，请你在门外等候一分钟，我收拾一下，你再进来吧。"班杰明一边说着，一边轻轻地关上了房门。

　　不到一分钟的时间，班杰明就又打开了房门，并热情地把青年人让进客厅。这时，青年人的眼睛展现出另一番景象——房间内的一切已变得井然有序，而且有两杯刚刚倒好的红酒，在淡淡的香水气息里还漾着微波。

　　可是，没等青年人把满腹的有关人生和事业的疑难问题向班杰明讲出来，班杰明就非常客气地说道："干杯！你可以走了。"

　　青年人手持酒杯一下子愣住了，既尴尬又非常遗憾地说："可是，我……我还没向您请教呢……"

　　"这些……难道还不够吗？"班杰明一边微微笑着，一边环视着自己的房间说，"你进来又有一分钟了。"

　　"一分钟……一分钟……"青年人若有所思地说，"我懂了，您让我明白了一分钟的时间可以做许多事情，可以改变许多事情的深刻道理。"

　　班杰明舒心地笑了。青年人把杯里的红酒一饮而尽，向班杰明连连道谢后，开心地走了。其实，只要把握好生命的每一分钟，也就把握了理想的

人生。

哲理启示

　　时间如流水,失去了就不会回来。所以珍惜眼前的光阴,用好现有的每一分钟,做好现有的每一件事。只有充分地利用了时间,时间才会给予我们回报。

有为有不为

有位青年人非常刻苦,可事业上却收效甚微,为此他很苦恼。

有一天,他找到昆虫学家法布尔说:"我不知疲倦地把自己的全部精力都花在了事业上,结果收获却很少。"

法布尔同情、赞许地说:"看来你是一个献身科学的有志青年。"

这位青年又说:"是啊!我爱文学,我也爱科学,同时,对音乐和美术的兴趣也很浓,为此,我把全部时间都用上了。"

这时,法布尔微笑着从口袋里掏出一块凸透镜,作了一个"小实验"让这位青年看:当凸透镜将太阳光集中在纸上一个点的时候,这张纸很快就被点燃了。

接着,法布尔对有些茫然的青年说:"把你的精力集中到一个点上,就像这块凸透镜一样!"这位青年恍然大悟,由此受到很大的启发。

每个人的精力都是有限的,有所不为才能有所为,只有把有限的精力集中到一点上,才能干出一番事业。这个道理虽然通俗易懂,但如果用语言表达,则很容易流于平庸。法布尔借用凸透镜能将太阳光集中起来并点燃纸张的现象来说明有所不为和集中精力的重要性,既明白易懂,又形象生动。

其实,不仅初出茅庐的年轻人容易犯这样的错误,有一定经验的人也容易犯这个毛病。

少则得,多则惑。同时追逐两只兔子的人,一只兔子也抓不住。一方面,要善于集中精力,抓住机会,做好可以做好的重要事情;另一方面,又要善于舍弃不重要的事情或暂时不宜做的事情。"知足知不足,有为有不为"

这句老话讲的正是这个道理。

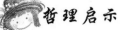 哲理启示

　　百样通不如一样精,人的精力是有限的,专心地做好一件事也是一种成功,不懂得取舍必将一事无成。

不要轻易许诺

汉朝的开国功臣韩信，年幼时家里很贫穷，常常衣食无着，他跟着哥哥嫂子住在一起，靠吃剩饭剩菜过日子。小韩信白天帮哥哥干活，晚上刻苦读书，刻薄的嫂嫂还非常讨厌他读书，认为读书耗费了灯油，又没有用处。于是，韩信只好流落街头，过着衣不蔽体、食不果腹的生活。有一位为别人当佣人的老婆婆很同情他，支持他读书，还每天给他饭吃。面对老婆婆的一片热心，韩信很感激，他对老人说："我长大了一定要报答你。"老婆婆笑着说："等你长大后我就入土了。"后来，韩信成为著名的将领，被刘邦封为楚王，他仍然惦记着这位曾经给过他帮助的老人。于是，他找到这位老人，将老人接到自己的家里，就像对待自己的母亲一样对待她。

哲理启示

对于自己有把握做到的事情，要许诺，并且一定要做到；而对自己不一定能做到的事情，千万不要轻易许诺，或许你是抱着一颗助人为乐的心去做，但是当诺言无法兑现时，你将会失去信誉，起到适得其反的作用。

把这些门关上

英国前首相劳合·乔治有一个习惯——随手关上身后的门。有一天，乔治和朋友在院子里散步，他们每经过一扇门，乔治总是随手把门关上。"你有必要把这些门关上吗？"朋友很是纳闷。

"哦，当然有这个必要。"乔治微笑着说，"我这一生都在关我身后的门。你知道，这是必须做的事，当你关门时，也将过去的一切留在后面，不管是美好的成就，还是让人懊恼的失误，然后，你又可以重新开始。"

朋友听后，陷入了沉思中，乔治正是凭着这种精神一步一步走向了成功，踏上了英国首相的位置。

哲理启示

关上过去的门，无论过去有多少荣耀，又有多少悲哀，过去的就让它过去。让未来的路永远展现在自己眼前，一个喜欢将未来作为目标的人常常会获得不断超越过去的成就。

赠送一百份饭

鲍威尔生于纽约,父母是牙买加移民。鲍威尔从小聪明好学,意志坚强,并且乐于助人。他当过里根总统的国家安全顾问,曾经被布什总统任命为参谋长联席会议主席,是美国历史上第一位任该职的黑人,也是最年轻的参谋长联席会议主席。2001年1月,他出任小布什政府的国务卿,成为美国历史上第一位担任该职的黑人。

鲍威尔上小学四年级的时候,就开始关注研究街头流浪者无家可归的问题。

有一次,在从学校回家的路上,他遇到一个流浪汉。鲍威尔就停下来问那个流浪汉需要什么东西。

"我需要一个家、一份工作。"无家可归的人感叹道。小鲍威尔为难了:自己还是个小孩子,怎么才能帮他呢?家和工作自己都不能给他呀。于是,小鲍威尔接着问:"你还要什么其他的东西吗?"

无家可归的人很无奈地笑了一下,带着满脸的憧憬说:"我真想能够吃一顿饱饭呀。"

鲍威尔这下放心了,终于可以帮那些流浪汉做一件自己力所能及的事情了。于是,他花了整整三天的时间,在妈妈和两个姐姐的帮助下,作计划,采购,做了一百多份的饭,送到他们家附近的一个流浪者收容所。

在以后的一年时间里,几乎每个周五的晚上,鲍威尔全家都要给收容所送饭。后来,鲍威尔的活动得到了全班同学以及所在社区的理解和支持,活动规模不断地扩大了。

鲍威尔在一篇文章中这样写道:"我们每个人都应该关心他人……而且我们自己也欠别人的。我们中的每一个人都受到过别人的帮助,我们应该随时准备把对别人的关心转变为对别人的帮助。

哲理启示

尽管每个人对"爱"的涵义的理解有所不同,但任何一种理解都归结为一句——世界最伟大的情感。

如果做任何事情都能以"爱"为出发点,可以使你活得更有意义,心情更愉快,并且更乐于帮助别人。在关怀别人中,我们有时会不经意发现自己内在本质的东西,使自己更成熟,更完整。

人生中最大的幸福就是知道我们被爱、爱自己、爱别人。

乔丹和皮蓬的故事

在一场 NBA 决赛中，NBA 中的一位新秀皮蓬独得 33 分，超过乔丹 3 分，而成为公牛队中比赛得分首次超过乔丹的球员。比赛结束后，乔丹与皮蓬紧紧拥抱着，两人泪光闪闪。

这里有一个乔丹和皮蓬之间鲜为人知的故事。当年乔丹在公牛队时，皮蓬是公牛队最有希望超越乔丹的新秀，他时常流露出一种对乔丹不屑一顾的神情，还经常说乔丹某方面不如自己，自己一定会把乔丹推倒一类的话。但乔丹没有把皮蓬当做潜在的威胁而排挤，反而对皮蓬处处加以鼓励。

有一次乔丹对皮蓬说："我俩的三分球谁投得好？"皮蓬有点心不在焉地回答："你明知故问什么，当然是你。"因为那时乔丹的三分球成功率是 28.6%，而皮蓬是 26.4%。但乔丹微笑着纠正："不，是你！你投三分球的动作规范，自然，很有天赋，以后一定会投得更好，而我投三分球还有很多弱点。"并且还对他说，"我扣篮多用右手，习惯地用左手帮一下，而你，左右都行。"这一细节连皮蓬自己都不知道。他深深地为乔丹的无私所感动。

从那以后，皮蓬和乔丹成了最好的朋友。而乔丹这种无私的品质则为公牛队注入了难以击破的凝聚力，从而使公牛队创造了一个又一个的神话。乔丹不仅以球艺，更以他那坦然无私的广阔胸襟赢得了所有人的拥护和尊重，包括他的对手。

哲理启示

　　真正的朋友是能针对你的缺点，给你提出改正意见的人；真正的朋友是不计前嫌，对你宽容大度的人。拥有这样的朋友，是你的幸运，你成为别人这样的朋友，是大家的共同的幸运。

最好的消息

阿根廷著名的高尔夫球手温森多是一个非常豁达开朗的人。

有一次温森多赢得一场锦标赛。领到支票后,他微笑着从记者的重围中走出来,到停车场准备回俱乐部。这时候一个年轻的女子向他走来。她向温森多表示祝贺后又说她可怜的孩子病得很重——也许会死掉,而她却不知如何才能支付起昂贵的医药费和住院费。

温森多被她的讲述深深打动了,他二话没说,掏出笔,在刚赢得的支票上飞快地签了名,然后塞给那个女子,说:"这是这次比赛的资金。祝可怜的孩子早点康复。"

一个星期后,温森多正在一家乡村俱乐部吃午餐,一位职业高尔夫球联合会的官员走过来,问他一周前是不是遇到一位自称孩子病得很重的年轻女子。

"是停车场的孩子们告诉我的。"官员说。

温森多点了点头,说有这么一回事,又问:"到底怎么啦?""哦,对你来说这是一个坏消息,"官员说,"那个女子是个骗子,她根本就没有什么病得很重的孩子。她甚至还没有结婚哩! 你让人给骗了!"

"你是说根本就没有一个小孩子病得快死了?"

"是这样的,根本就没有。"官员答道。

温森多长出了一口气,然后说:"这真是我一个星期以来听到的最好的消息。"

哲理启示

一个人的心胸有多宽广,他的世界就有多宽广;一个人是否有一颗善良之心决定了他是否有很高尚的品行修养。修炼自己的宽容心,学会用一颗善良之心,对待他人,你会因此而获得提升。

梦想比条件更重要

从我家厨房的窗户可以看到街对面一所中学的篮球场。有一个女生特别吸引我的注意,她总是和男生们一起打篮球。在那些高大的男生堆里,她显得那么弱小,惹人怜爱。但是,她丝毫不比男生逊色,一会儿快速运球,一会儿长传,动作干净利落,作风泼辣顽强。

我还注意到,她每天在别的小孩离校后仍然会独自一人留在篮球场苦练,有时会一直练到天黑。一次,我问她为什么要练得这么刻苦。她不假思索地说:"我想上大学。但爸爸说,他没有能力供我上大学,唯一的办法就是靠自己争取奖学金。我喜欢打篮球,我要把篮球打好,有了这个特长,我就能申请奖学金了。"

这是一个勤奋而有毅力的女孩。从中学低年级到高年级,她一直没有放弃她的梦想,矫健的身影每日都会出现在球场上。我关注她,祝福她。

然而,有一天我发现她双臂抱膝,把头埋在胸前坐在球场边的草地上。我走过去,关切地问她发生了什么。

"没什么,"她轻声地答道,"只是因为我个子太矮了。"教练告诉她,任何一个大学篮球队都不会录用一个身高只有 1.67 米的人作为队员,这样一来,她希望通过篮球特长获取奖学金的梦想就很难实现了。

我理解她心中的失望和痛苦,多年的梦想就因为身高条件而不能实现。我问她有没有和爸爸谈过这件事情。她抬头告诉我,爸爸认为,教练不懂得梦想的能量,如果她真的想获得奖学金,就没有什么能阻止她,除非她自暴自弃;因为梦想比条件更重要。

她爸爸的话得到了印证。第二年,在"加利福尼亚中学生篮球锦标赛"上,由于她在场上的出色表现,一所大学的篮球教练看中了她,她如愿以偿地获得了奖学金,成了一名大学生。

可是,在她入学不久,爸爸就患了癌症,不幸去世。她又面临新的困难:一方面,她的家更穷困了,四个弟妹还未长大成人,最小的弟弟才出生几个月,她要帮母亲挑起家庭的担子;另一方面,由于花了很多时间在打球上,她的功课也耽误了不少。那些年,她要打球,要学习,要照顾家庭,困难重重。然而,她咬着牙,要实现她的梦想,那就是获得学位。她时刻记着爸爸的话——"梦想比条件更重要"。

她的确做到了! 她获得了学位,尽管这用了她六年的时间,但是她没有放弃。现在,每当太阳西落,我都会看到她在球场上奔跑、跳跃、投篮,顽强自信,充满活力。她常挂在嘴边的一句话依然是:"梦想比条件更重要。"

哲理启示

有梦想就有可能,人为了实现自己的梦想,会付出巨大的努力,这努力会从某方面弥补条件上的不足。在心中树立一个梦想,为之奋力追求,生命才会闪耀出动人的光辉。

地不亏人

那一年,我落榜了。一个人躲在家里不愿意也不敢见人,总感觉自己是天下最最不幸的人。

想来想去总觉得命运对自己不公平:为什么那么多平时成绩不如自己好、学习没有自己努力的人都考上了大学,而自己却偏偏落榜了呢?

时间一天天地过去了,父母每天都在农田里奔忙着,只有我一个人呆呆地躺在自己的小屋里,在一遍遍地向天、向地不断地发问。

终于,有一天我待不下去了,扛起锄头走出了家门。我家就三块地,很快便找到了母亲。她正在锄草,烈日下,她脸上满是汗水。我走过去。那是一块黄豆地,杂草满地,几乎看不到豆苗了,当时,别人家的豆子都已经老高了。"娘,这豆还能长起来吗?"我刚锄几下,就有点泄气了,因为仅有的几棵苗也都被虫子吃得不成样子了。"能,地不亏人!"母亲十分坚定地说,"累了,你就到树下歇一会儿。"也许是肚里憋了高考的怨气,我一气干到天黑。

第二天接着锄,到第三天天黑终于把草锄完了。整块地剩下的只有稀稀疏疏的豆苗,黄黄的叶子被虫子吃得惨不忍睹,看着它们我又落下了泪。这些豆苗真像是高考后的自己一样可怜。

当天夜里下了一夜的雨。我的脑子里满是被雨水击打的豆苗的身影,第二天,我没有忍心再去看它们。半个月后,当我再次走进那块豆地时,看到的却是一块整齐碧绿的豆地,我十分惊奇。

两个月后,颗粒饱满的黄豆堆满了院子。在街坊邻居中,我家的豆子产量最高。母亲笑了,指着豆子问我:"娃,咋样?'地不亏人'吧,念书也一样,

只要用心,就能有出息。"

当夜,想着母亲的话,我一夜未睡。第二天,我便找出了那些被我束之高阁的高考资料……我比过去更加刻苦了。通过一年的发奋苦读,第二年,我终于如愿以偿地走入了大学的课堂。

后来我才知道,母亲在那块豆地里比别人多用了一倍的工夫,整整忙了一个多月。我在吃惊之余更加懂得了母亲的良苦用心和"地不亏人"的深刻含义,其实,不只是种地和读书,干什么都一样。"苦心人,天不负"。只要你付出了就一定会有收获,只要你不懈地努力就一定能成功。十多年过去了,那块豆地和母亲的话一直印在我的脑海里。直到今天,每当我在工作中遇到失败时,我总是这样勉励自己:地不亏人!

哲理启示

人的成长有如种地一样,种什么品种并不十分重要,重要的是你在这块土地上洒下多少汗水。用辛勤的汗水灌溉的土地,必定会结出丰硕的果实!

最美的生命

今年的鲁迅文学奖，饱受疾病折磨的史铁生以《病隙碎笔》荣获散文奖。他在颁奖后接受记者采访时说："困境的本质对于人的伤害是一样的，如果不去寻找生命的意义，生命就没有意义。"

朴素的话语，却感人至深。

史铁生今年55岁了，21岁时因病而残，三十多年是在轮椅上过的。就是在这样的恶劣环境中，他却写出了知青题材短篇小说《我的遥远的清平湾》、哲理性长篇小说《务虚笔记》、散文《我与地坛》等一大批优秀作品，分别获得过1983年和1984年全国优秀短篇小说奖以及华语文学传媒大奖等重要文学奖。

但厄运却始终跟随着这个顽强的汉子，近几年，他又得了尿毒症，肾功能也随之衰竭，可以说是时刻都徘徊在死亡边缘，写作也变得极其困难，像这次获奖的《病隙碎笔》，有时一天只能写几行字，前后写了四年。在一般人看来，这样的遭遇和经历，一定是痛苦而又悲伤，但史铁生内心却非常乐观，他说："把悲观认识清楚了就是乐观。"因此，这个坐轮椅的汉子总是笑容满面，有人甚至说他是中国最爱笑的作家。

人生，有时也会陷入一片荒漠的恶劣环境中。那么，该怎么办？强者总会成为不屈的斗士。史铁生说："生病算是一种别开生面的经历。"由于疾病，他一星期要去医院透析三次，由于贫血，缺氧，没有力气，他有时觉得自己可能写不了了。这时，支撑他创作的力量完全来自于意志，因为他意识道："不能放下，放下可能就放下了。"

哲理启示

真正的生命强者,敢于与困难斗争,将困难变为前进的动力。拥有不屈的意志,从而勤奋地努力,我们都会成为真正的强者。你努力了吗?

站到领奖台

杰奎琳是一位新闻高级研修班的教授。满头白发,在美国的新闻界干了 30 年,现在,她是一家报社的主管。在美国,"杰奎琳"通常被称为"杰奎一",所以,她希望大家都称她为"杰奎"。

授课的时候,她的开场白很简单。从 8 时到 12 时,中间休息 20 分钟,她一直站着,回答学员提出的各种问题。

我坐在那里写笔记,已经很累了,为什么她站着讲一个上午,精力还是那样充沛?

"这就是美国人的习惯,"有人说,"在美国,你不可能看到坐着授课的老师,连总统讲话也不例外。"第四堂课,两位教授合上一堂课。杰奎琳的课被排在后面,她可以在台下休息一个小时,但是,她就站在授课教授的身边,对方讲课时,她点着头,讲到精彩之处,她轻轻地鼓掌。

杰奎琳这个年纪的人,在中国,是那种退休在家的女人,无所事事。杰奎琳可以站四个小时,讲自己是如何获得普利策奖的。她告诉我们:"你们应该像我一样,去写好新闻。"

杰奎琳以一篇《目击艾滋病患者生与死》的文章获得普利策奖,为完成这篇报道,她耗费了一年零四个月的时间。

在那堂课上,许多学员为一篇报道耗费那么长的时间感到不可思议,问她是如何坚持下来的。

其实,答案早已出来了。

杰奎琳一直站着。

哲理启示

　　为什么答案是一直站着呢？因为杰奎琳不肯在人生前进的道路上有任何放松。"站着"是一种人生态度，一种不肯放弃、勤奋向上的人生态度，而这种人生态度也使她最终站到了领奖台上。

挣　扎

他小时候极喜爱蝴蝶,不是用网捕捉继而制成标本,而是好奇地观赏它们的美丽和习惯。

现在他已成年,第一个儿子不久也将诞生,他发现自己再次为着一个蛹而着迷。

他在公园小径旁发现了它。

不知为何,小树枝掉落在地上,上面的蛹却未受损伤,仍然附在上面。

从前他看过母亲怎么处理,于是便用手帕把它包起来带回家。

蛹被安置在一个阔口瓶内,瓶盖上有些洞,如此安排是为了方便观察和避免好奇的猫去扒玩那只蛹。

他的妻子对它的兴趣只维持了很短的时间,只有他一直细心地观察那如丝的外表。

不知不觉地,蛹动起来了。

他再靠近一点看,蛹颤动得厉害了。

然后再没有事情发生。

蛹依然附在树枝上,丝毫没有腾翅出现的迹象。

颤动愈来愈强烈,男人怕蝴蝶在挣扎中死去,他打开了瓶盖,从抽屉里拿出美工刀,小心翼翼地在蛹旁边划出一道缝。

一只翅膀立刻从蛹里面伸出来,蝴蝶自由了!

它似乎很能享受这份自由,沿着瓶的边缘行走,但不能飞。男人以为翅膀需要些时间来变干,但过了许久,蝴蝶仍然不能飞。

男人担心起来了,于是他请来在高中教生物的邻居过来。

他告诉邻居他怎样找到蛹,怎样把它放在瓶内,以及蝴蝶怎样挣扎着出不来……

当他说到如何小心地在蛹旁边划一道缝时,教师叫他不必说了:"这就是原因所在。你看,挣扎本可以使蝴蝶有飞行的力量。"

我们也是如此,有时候生活中的挣扎,最能增强我们的信心。

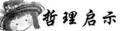

哲理启示

不要害怕"挣扎"的过程,那也是不断进取的过程。只有亲身经历了生活中的各种"挣扎",我们才能走得更远。

松鼠的智慧

　　我刚从事写作时还年轻，收入很不稳定。我与一位心爱的姑娘订婚四年了，但一直不敢跟她结婚。生活充满了艰辛与不测，我甚至不知来年能否养活自己。我也渴望到巴黎、罗马、维也纳和伦敦去追寻自己的写作梦想，但是，离开自己熟悉的环境，到3000英里以外的地方工作，如果对生活与前途没有十分的把握，这样行事会是一个明智的选择吗？对此，我犹豫不定。

　　那些日子，我常去住所附近一个静谧的公园，在那里独自思考生活中碰到的一些问题。有一天，不经意间抬头看见树上的一只松鼠。它停在一根树枝上，似乎准备跃到对面的另一根树枝上。但两根树枝间的距离太大，它这么跳过去无异于自杀。出人意料的是，它双腿一蹦跳了出去，虽然没能够得上那根树枝，但还是安然无恙地落在了另外一根较低较近的树枝上。随后，它双腿又一蹦，跃上了它原来想去的那根树枝。坐在公园椅子上的一位老人向我介绍说："很有趣。它们这样跳来跳去，我都看过几百次了。特别是树下有狗出现的时候，它们就跳得更勤。许多松鼠不能一次跳到较远的树枝，但它们不会因此受伤。"然后老人又意味深长地说，"我觉得，如果这些松鼠不想一辈子待在一棵树上的话，那就得冒冒险，勇敢地跳出去。这是小松鼠的智慧。"

　　我忽然若有所悟。两周后，我跟女友结了婚，然后卖掉所有家当，坐船横渡大西洋———我们来到了一个陌生的地方，我们不知自己能否安然落在"另一根树枝"上。我开始加倍努力地写作，妻子也找到了一份工作。在熬过头一年的艰难时期之后，我们的日子过得越来越宽裕，我的写作也变得

得心应手,我意识到自己当初的选择没有错。

从那以后,每当生活中面临新的机遇,需要我有所取舍的时候,我就会想起那些在树枝之间跳跃的松鼠,记起那位老人说过的话:"如果这些松鼠不想一辈子待在一棵树上的话,那就得冒冒险,勇敢地跳出去。"

哲理启示

人生的路并不一定总是"步步高升",也并不一定总能达到预期的目标。但一步一个脚印地走下去,即便可能有时会倒退,但也终会走向终点。就像在起跑时你会将一只脚向后退去,为的正是跑得更快啊!

把自己推向前方

虽然她的父母都是贵族，并有着显赫的地位，但因为她从小身材矮小，相貌丑陋，不仅同龄的男孩子不愿和她玩耍，就连女孩子也常常向她吐舌头。她唯一的一位朋友怕她承受不住打击曾劝她休学，从此不要出门，反正家里要啥有啥，有花不完的钱，但她却对朋友的劝告报之一笑。学校有什么活动不仅积极踊跃参加，同学有什么聚会即便是不邀请，她也会主动前去祝贺。虽然在体检上不达标，但因为那次募捐演讲她第一个勇敢地走上台，学校破例把去国外大学深造的机会留给了她。

毕业后，获得经济学博士学位的她，因为家庭的威望和自己的不懈努力，年纪轻轻地就顺利当上某政府部门的高级职员。每逢部门开会，同事们怕得罪人往往很少发言，权当走个形式，而她却每次都第一个站起身来对部门的一些弊病进行果敢严厉的批评。

散会后，不少同僚都来劝她："你的前途很令人担忧，以你的条件，能在这样好的部门工作已经是奇迹了，老老实实把本职工作干好，别只顾着出风头，少惹些是非才对啊！

对于同僚的这些劝告，她并没有放在心上，仍然坚持自己的原则和一贯的为人处世作风，用自己三分之二的精力来做事，另外的三分之一用来冒险。

后来，这位出生于菲律宾，身高仅 1.5 米的丑姑娘，凭借着自己果敢的勇气和冒险精神，因在国家非常时期对政治经济大胆提出一揽子改变建议，成为菲律宾人们拥护的新经济模式改革的带头人。她就是菲律宾的"铁娘

子",现任总统阿罗约。

　　曾有一家外国媒体在菲律宾作过这样一个民意调查,询问为什么喜欢选阿罗约做总统,有一个选择是大家公认的:她有勇气,有胆量,有不怕牺牲、不畏艰险的冒险精神!

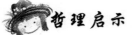 **哲理启示**

　　敢于尝试的勇气,坚定不移的奋进,造就了人生的奇迹。我们也应该拥有这颗恒心,阿罗约的成功证明了一切。

商人有泪

18 岁的时候,商人还只是一个俊朗的英气青年,但敢为天下先的远见卓识让他的眼睛炯炯发亮,他似乎已经看见自己的锦绣前程。于是他身穿一袭青灰长衫,肩挎一个薄薄的行囊,在广东大埔县一个偏僻村落的土地上,向老父频频叩首,直至额头上一片青紫,他才站直了身子,把倚门相送的老父丢在身后,开始他闯荡南洋的行商生涯。

商人在南洋的三十余年,从一个手脚勤快办事利落的谦恭伙计开始,历经磨难,事业终于获得成功,资本已累积八千万荷兰盾。处于事业巅峰的商人,开始关注自己苦难的祖国,实业兴邦的念头与日俱增。可横亘在面前的一道障碍却是:只有资本,却没有清廷官家的势力支持。

光绪十六年,商人正值知天命的年龄。清驻英钦使龚照瑗经过槟城时,特意拜会已声震南洋的商人,并言:"君非商界中人,而是天下奇才,现中国贫弱,归救国如何?"商人喜道:"怀此志向久矣!"

于是借龚氏之力,商人变为清廷倚重的红顶商人。但商人并没有丝毫的沾沾自喜,而是暗中为加快兴办实业扫除障碍。慈禧太后六十大寿上,商人一举献银三十万两,与老佛爷攀上干亲。次年的八月初四,商人于三年前在烟台创办的中国第一家现代化葡萄酒生产厂家——张裕,终于拿到清廷专折奏准。

在张裕建立初获成功之时,商人如释重负,在手记上不无感慨地写道:"……掷无数之金钱,耗无量之时日,乃能不负初志。"

1915 年,商人业已老迈,但听说美国旧金山将召开巴拿马万国博览会的

消息时,他扔掉了几乎形影不离的手杖,发起旅美商业招聘团,将包括张裕酒在内的中国展品送往美国。

一个商人的不懈努力终于被历史承认,张裕葡萄酒一举荣获四枚金质大奖章,旅美华侨更是欣喜若狂,谓之"国魂酒"。在华侨社团特意设立的盛大酒宴上,商人捧着红绸裹着的获奖金樽,泪水夺眶而出。那一刻,商人的泪珠大而沉重。

他就是中国葡萄酒工业化生产的开山鼻祖,他的名字叫张弼士。

哲理启示

为了一个理想从俊朗青年到古稀老人,变的是岁月,不变的是不懈的追求。为了"乃能不负初志",张弼士终于实现了自己的理想。

当一块石头有了愿望

一位名叫薛瓦勒的乡村邮差每天徒步奔走在乡村之间。有一天,他在崎岖的山路上被一块石头绊倒了。

他起身,拍拍身上的尘土,准备再走。可是他突然发现绊倒他的那块石头的样子十分奇异。他拾起那块石头,左看右看,便有些爱不释手了。

于是,他把那块石头放在了自己的邮包里。村子里的人看到他的邮包里除了信之外,还有一块沉重的石头,感到很奇怪,人们劝他:"把它扔了,你每天要走那么多路,这可是个不小的负担。"

他却取出那块石头,炫耀地说:"你们谁见过这样美丽的石头?"

人们都笑了,说:"这样的石头山上到处都是,够你捡一辈子的。"他回家后疲惫地睡在床上,突然产生了一个念头,如果用这样美丽的石头建造一座城堡,那将会多么迷人。于是,他每天在送信的途中寻找石头,每天总是带回一块,不久,他便收集了一大堆奇形怪状的石头,但建造城堡还远远不够。

于是,他开始推着独轮车送信,只要发现他中意的石头都会往独轮车上装。

从此以后,他再也没有过上一天安乐的日子。白天他是一个邮差和一个运送石头的苦力,晚上他又是一个建筑师,他按照自己天马行空的思维来垒造自己的城堡。

对于他的行为,所有人都感到不可思议,认为他的精神出了问题。

二十多年的时间里,他不停地寻找石头,运输石头,堆积石头。在他的偏僻住处,出现了许多错落有致的城堡,当地人都知道有这样一个性格偏执

沉默不语的邮差,在干一些如同小孩子筑沙堡的游戏。

1905 年,法国一家报纸的记者偶然发现了这群低矮的城堡,这里的风景和城堡的建筑格局令他叹为观止。他为此写了一篇介绍薛瓦勒的文章,文章刊出后,薛瓦勒迅速成为新闻人物,许多人都慕名前来参观城堡,连当时最有声望的毕加索也专程参观了薛瓦勒的建筑。

现在,这个城堡成为法国著名的风景旅游点之一,它的名字就叫做"邮差薛瓦勒之理想宫"。

在城堡的石块上,薛瓦勒当年的许多刻痕还清晰可见,有一句就刻在入口处一块石头上:"我想知道一块有了愿望的石头能走多远。"据说,这就是那块当年绊倒过薛瓦勒的石头。

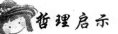 哲理启示

二十年不懈的努力,成就了薛瓦勒的理想城堡。只要你肯为一个梦想勤奋地努力,"石头"也会走向成功。

福尔摩斯太太

作为比利时赫斯特市劳伦提保洁公司的一名普通员工,几年前,玛莎被派往一家跨国公司所租赁的当地一栋大厦里做专职清洁工作。当时谁都不曾料到,安静、瘦弱得像一滴水珠一样的玛莎会就此创下一项清洁员的纪录。

"起初看到被玛莎收拾过的地方只是为其整齐与干净感到惊奇。等发现玛莎对清洁员一职的专业热情之后,我们感到这简直就是一种震撼。"玛莎所服务的公司经理洛杰说,"她似乎不是在扫、抹桌子,而是像侦探在破案,每个细节都不放过。"

时间久了,公司的人都不再叫玛莎的名字,而是充满敬意与爱戴地尊称玛莎为"福尔摩斯太太"。

这位福尔摩斯太太的工作时间是下午 4 点到晚上 9 点。她负责清洁员工下班后的办公室。无论是谁的办公桌,无论什么东西,玛莎总是原物拿起,擦去灰尘,再将原物放回原处。但凡经过玛莎的手清洁过的地方,干净得就像神迹降临。包括左撇子戴维的速算尺与图画笔,都一直是几年如一日地摆放在戴维办公台的左手一边,而且是唾手可得的最合适位置,合适得就好像玛莎变身成戴维放上去的一般。

为了毫无缺憾地完成自己的工作,玛莎学习传真机的使用,学习复印机纸张的填装方法,以备在大家下班后的不时之需。在她自己做的公司手册中,记有每名员工的联系方式,包括姓名、电话、地址;记录有公司主要客户的姓名及其主要特征,甚至包括客户喜欢在哪个位置谈话或处理事情,喜欢

热咖啡还是冰汽水等。手册附页上第一项是每天的天气情况,如有风雨,则标明须关好窗户;如天晴风轻,则标明应将窗扉半开,以便空气流通;第二项是公司当天的活动安排,包括有无会议、有无客户到来、有无人员休假、机器是否要特别检视一下是否关好……而所有人但凡找什么不好找的东西,只要一问玛莎,她总能有条不紊地从某个地方给你找到,无论是一张误被废弃的传真,还是一个信手写在小纸片上而被扔掉的电话号码。"你有特异功能吗?"时间久了,相处得像一家人一样的员工问玛莎。

"哪有什么特异功能啊,"玛莎不好意思地回答,"我不过是将一时无法判定你们是不是真的没用的东西暂时存放起来罢了。"

玛莎打开她存放清洁用品的橱柜,大家看到了一个自制的纸质"百宝盒",里面像是存放机要文件似的存放着玛莎所说的"一时无法判定你们是不是真的没用的东西"……

劳伦提公司至今还保存着那家派玛莎去服务了 12 年的公司的一封感谢函:

"玛莎改变了我们整个公司的工作作风,继而改变了我们公司的命运。"

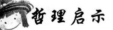
哲理启示

工作不分高低贵贱,只要你认真勤奋地工作,一样可以作出优秀的成绩,获得属于自己工作领域的成功。

拒绝我,请给个理由

那家中韩合资公司开始在各大报纸上打招聘广告时,我的心有些蠢蠢欲动了。女友说那家公司赫赫有名,就像韩国棋手李昌镐古板的脸,要得到其老总的笑容不是件容易的事。出发之前,我仍然没有足够的信心,因为比照招聘启事上的要求,我还有诸多不完美的地方。不过,名企的魅力和写字楼的诱惑,还是让我毅然来到那家公司的面试现场。毕竟是名企,为数不多的几个职位吸引了黑压压一片求职者。面试共四天,我被排在了第三天。不过,在等待的这两天里,我仍然和一群等待当天面试的求职者待在一起。我盯着人事部那道暗红色的大门,盯着每张走出来的人的脸,一个个看上去都垂头丧气,大约求职失败了。问了几个求职者,他们有的告诉我莫名其妙就被拒绝了,有的说自己被"无条件拒绝"了。

终于轮到我了,我心里忐忑不安,轻轻敲开那道藏着玄机的门。我坐在事先安排好的凳子上,对面是人事部经理和韩籍老总。年轻的人事部经理热情而细致地询问我的情况,让我心里暖暖的。当得知我的兴趣是文学,而且有千余篇作品发表时,他有些惊讶,随着这个话题的深入,人事部经理对我好感大增,还鼓励我谈了一些对公司的建议,气氛非常轻松。我以为自己稳操胜券了。人事部经理扭头问一边的韩籍老总,是否可以当即决定留用我。谁知道,韩籍老总想都没想,一脸严肃地说:"不!"人事部经理礼貌地向我摆摆手,眼里有一丝遗憾。我想不出被拒绝的原因,也不想莫名其妙地失去机会。于是,礼貌地询问老总我被弃用的原因。韩籍老总说:"我拒绝别人从来是无条件的!"听到这样的回复,我勃然大怒:"我是慕贵公司的名来

应聘，不是来参加无聊的游戏的。您的无条件拒绝对求职者是一种伤害，给出您拒绝的理由很难吗？"

　　说完这些，我准备告辞，却意外地看到韩籍老总站起身，还露出了笑容。韩籍老总说："我们需要的是有骨气、有信心的青年，如果被无条件拒绝仍然不吱声，那不是我们所需要的青年才俊。我已经对 619 名求职者说了"No"，只有你向我追问理由，这只是我的面试策略，请原谅！你愿意加入我们公司吗？"

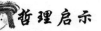哲理启示

　　如果你拒绝争取你能得到的权利和机会，成功也同样会拒绝你。顺从了命运，也就是向困难低下了头，只有不断进取才能会获得成功。

意外效果

我站在机舱中间,手里拿着安全带,准备向乘客演示。喇叭里传出了一个女声:"女士们,先生们,请注意!"我举起安全带,开始演示如何系紧和松开它。但我没料到播音员并没有像平常那样配合我的动作。

"首先,我们向站在机舱中间的那位空中小姐贝思表示祝贺,她是我们本月的空姐之星。"我不是,这个为了逗乐的把戏我们玩过很多次了。但乘客们鼓起掌来。

以为她会就此打住了,我安心接受了这个玩笑,并冲着乘客微笑着点头说:"谢谢你们!"但她还没说完,"贝思不仅获得了这一荣誉称号,"我的同事在喇叭中说,"而且她还是个非常特殊的雇员。"现在,每个人都竖起了耳朵。男士们放下手中的报纸,女士们则让身边的孩子安静下来。"贝思由于表现良好,刚从女子拘留所获得假释不久。她一直成绩优异,工作尽心尽力。让我们为她热烈鼓掌。"

乘客们中间再次爆发出一阵掌声。我的脸刷地红了。播音员说得如此恳切,连我本人都差点儿信以为真。现在,乘客们都把头转过来看着我,看着这个在3.2万英尺的高空为他们提供饮料和小食品、"刚刚获得假释"的空姐。无论走到哪里,人们都不停地向我道贺,给我建议,甚至拥抱我,告诉我他们为我感到骄傲。

一开始,我试图否认。"播音员很幽默,对不对?"我说。

"亲爱的,别不承认了。"一位女乘客对我说,"你应该感到自豪。"

最后,我放弃了。我知道,除了默认一切,向他们表示感谢,并露出自豪的表情外,我别无选择。再说,我可能再也不会见到他们了,这是个无伤大雅的玩笑。

然而，一周之后，我正走在机场的时候，一对老夫妻走近我，一脸激动的表情。"我们只想过来打个招呼，并向你表示感谢。"他们说。

我没有认出他们。

"你也许对我们没有印象，"他们说，"上周我们在乘坐的那架飞机上见过你。我们只想告诉你，你大大鼓励了我们。"

"鼓励?"我感到吃惊。

"哦，是的。我们的一个女儿和你差不多大，她正待在拘留所里。我们对她讲了你的事情。看到你获奖，并且表现得如此出色，让我们对她重新燃起了希望。"

妻子走上前抱住我，并在我的脸颊上吻了一下。然后，她的丈夫也给了我一个大大的拥抱。

我还能说些什么呢？告诉他们实情，粉碎他们对自己女儿抱有的希望吗？我的脸红了，但是对他们说："谢谢你们。祝你们和你们的女儿好运!"

夫妇俩再次谢过我，然后去赶他们的飞机了。我走向相反的方向，心里泛起一丝丝愧疚。我撒了谎，给了他们一个虚假的鼓励。不过，只一会儿，我又重新振奋起来，因为我相信事情的发生自有其理由。我只希望下次，我能用事实来激励他人。

哲理启示

如果我们所做的事情对别人能有所帮助的话，那么就继续做下去吧，不管它是一个谎言还是一个虚假的伪装。一个善意的谎言、一个虚假的鼓励只要所用的地方是合乎情理的，同样具有价值。

拙 于 言 辞

丹麦历史上有一对很有名的科学家兄弟,哥哥尼尔·波耳,物理学家,外向,善言;弟弟哈洛·波耳,数学家,内向,拙于言辞。

一天,哥哥尼尔建议他俩来个互相揭短,他觉得这很好玩。

弟弟哈洛说:"噢,那我可做不到!"

哥哥说:"难道你不想让我快乐吗?"

弟弟只好说:"你先说!"

哥哥开始批评弟弟:"你总是口齿不清,不会说别人爱听的话,没有人知道你的细心、你的关怀……好了,现在你可以损我了!"

弟弟还是笑着平静地说:"我做不到!"哥哥急了,便说:"你讲话不算数!"弟弟这才"嗯嗯"地开了口:"哥,哥,你的衣领上有一根线头。"边说边帮他拿掉。

这便是弟弟拙于言辞的力量,他的言行朴素而深情。

 哲理启示

家庭的爱是一种温馨的爱,这种爱总在成员之间游弋。万贯家财不如父爱,金山银海不如母怀。

拙 于 言 辞

丹麦历史上有一对很有名的科学家兄弟,哥哥尼尔·波耳,物理学家,外向,善言;弟弟哈洛·波耳,数学家,内向,拙于言辞。

一天,哥哥尼尔建议他俩来个互相揭短,他觉得这很好玩。

弟弟哈洛说:"噢,那我可做不到!"

哥哥说:"难道你不想让我快乐吗?"

弟弟只好说:"你先说!"

哥哥开始批评弟弟:"你总是口齿不清,不会说别人爱听的话,没有人知道你的细心、你的关怀……好了,现在你可以损我了!"

弟弟还是笑着平静地说:"我做不到!"哥哥急了,便说:"你讲话不算数!"弟弟这才"嗯嗯"地开了口:"哥,哥,你的衣领上有一根线头。"边说边帮他拿掉。

这便是弟弟拙于言辞的力量,他的言行朴素而深情。

 哲理启示

家庭的爱是一种温馨的爱,这种爱总在成员之间游弋。万贯家财不如父爱,金山银海不如母怀。

原谅别人的过错

爱的眼神

一位老人站在河边等候过河，当时天气非常寒冷，又没有桥，来往的很多人都是骑着马渡过去的，老人只好站在那里等待，他希望有人能够帮助他，带他一起到达对岸。

等待了一段时间，他终于看到一群骑马的人缓缓地走了过来。第一个人通过的时候，老人并没有出声，他让他通过了，然后第二个、第三个、第四个，以及第五个也顺利通过，老人还是没有吭声。最后，仅剩下一个骑马的人了。

当最后一个骑马的人走过来的时候，老人静静地看着他，恭敬地说："先生，你能不能让我跟你一起骑马过河呢？"骑马的人不假思索地说："当然可以，请上来吧！"就这样，他们一起渡过了这条河，等到了对岸之后，老人跳下马在地面站好，他非常感激这位年轻人，并祝福了他，希望他能有好运，一路顺风。

离去之前，这位骑马人很奇怪地问："老先生，我注意到你让所有其他骑马的人都通过了，而没有要求他们。但是当我来到你面前时，你立刻要求跟我一起骑马。我不明白的是，你为什么不要求他们却要求我呢？"

老人平静地回答道："我看他们的眼睛就了解他们并没有爱，因此我自己心中知道要求和他们共骑一马过河是没有用的。可是我看到你的眼神，我看到了同情、爱与乐于助人。我知道你会愿意让我跟你一起骑马过河的。"

这位骑马的人非常谦虚地说："我非常感谢你说的话，非常感谢。"托马

斯·杰弗逊就这样转身离开,后来他入主白宫,成为了美国总统。

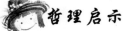哲理启示

眼睛是心灵的窗户,眼神是品质的浓缩。心存善良和爱的人的眼神也是温柔和和顺的。想认识一个人,可以通过他的眼神。

临死前的母亲

一位从越南归来的美国战地记者给一个学校的学生放映了一段他在战场上实拍的影片:画面上有一群人在拼命地奔逃,远处突然传来机枪疯狂的扫射声,一个个小小的人影一个接一个地倒下了。影片放完了,他很严肃地问同学们看见了什么。

"是血腥的杀人画面!"同学们回答。

他并没有说话,轻轻地把片子又摇了回去,重新放了一遍,并指着其中一个人的身影说:"你们看!大家都是同时倒下去的,但只有这个人,倒下得特别慢,而且不是向前扑倒,她是慢慢地蹲下去的……"看到同学们还是一副茫然的表情,他居然哽咽了起来:"当枪战结束之后,我走近看,发现原来那是一个抱着孩子的年轻妈妈,她在中枪要死的一刻,居然还怕摔伤了怀中的幼子,坚强地支撑着,慢慢地蹲了下去。她是忍着最后一口气,用最后一丝力量去抵抗死亡啊。"

为了还躺在自己怀里的孩子,她不愿意过早地离开,她不愿意孩子忍受孤独的痛苦,她不知道自己走后谁来照顾这个弱小的生命,她是何等伟大的母亲啊!

其实,世界上不仅仅只有人类有崇高的母爱,每一种生物都表现出自己母爱的宽广!

到南极洲考察的科学家们在风雪中经常会看到这样的场景:成千上万的企鹅,面朝着同一个方向直直地站立着。是什么原因能使它们如此整齐地面朝着同一个方向呢?后来,经过仔细地观察,考察队员们终于发现,每一只大企鹅的前面，都有着一团毛茸茸的小东西。原来是一群伟大的母亲守护着面前的孩子，因为自己的腹部是圆的，无法把笨拙的身子俯在小企鹅的身上，它们只好用自己的身体为自己的孩子抵挡刺骨的寒风。

哲理启示

　　世上没有一种爱会比母爱更博大，更无私。享受过母爱的人是幸福的，幸福的人又会将爱传播开去，因而世间的许多和谐、温馨都是源自母爱。

互相搀扶

曾经听过一段美丽而凄惨的故事,那是关于一个名叫辛格的人。

有一天,辛格和一个旅伴穿越喜马拉雅山脉的某个山口,他们准备翻越这座高峰。突然,他们看到前面的雪地里躺着一个人,于是,两个人急忙走过去查看情况。

在这座大山上,雪一年四季都在下,而且经常是暴风雪,气温也异常地低。每年都有很多登山者或是探险者,为了他们执著的目标,而永远留在了这里。因为,在这里到处都隐藏着危险,雪崩、被雪覆盖的山路、深不见底的悬崖、极度严寒的天气,不被掩埋就会被摔死,如果走不出去就会被冻死。

那个躺在雪地上的人很可能已经被冻死了,辛格急忙过去,他仔细地查看了一番,发现那个人还有气息,只是被冻得失去了知觉。于是,辛格决定先留下来照顾这个人,然后再带他一块走,这样也有个照应。

"这可不行啊!"没想到辛格的同伴却极力反对,"如果我们带上他这个累赘,我们就会丢掉自己的性命,根本就走不出去!现在风雪这么大,天又这么冷,路又不好走,怎么带他走啊?"然而,辛格不能想象自己会丢下这个人,让他冻死在冰天雪地之中。

最后,辛格的旅伴告别了他,独自一人离开了。辛格感到很伤心,于是一个人留了下来,先给那个人水喝,后来把那个人抱起来,放在自己背上,一步一步地往前迈进。他用尽了全身力气,带着生存的信念,背着这个人往前走,始终没有放弃。辛格的体温渐渐地使这个冻僵的身躯温暖起来,那人活了过来。过了不久,两个人可以并肩前进,彼此非常照顾。

当他们走到另一个山口的时候，又意外地发现了一个躺着的人，当他们急忙赶上去查看时，却发现他已经死了，原来这个人正是辛格的那个旅伴——他是冻死的。

哲理启示

帮助别人是一种美德，同样我们也会因为助人而得到回报。相反，孤立别人，也就是在孤立自己。不喜欢助人，不愿与人合作的人往往会在需要帮助的时候陷入绝境。

原　　则

珍妮走在街道上,忽然听到身后传来奇怪的声音,她回头一看,原来是罗布格雷拄着拐杖一瘸一拐地行走。

珍妮感到很奇怪,等他走到自己身边的时候就问道:"罗布格雷,你这是怎么了? 前几天我还看见你好好的,怎么今天就成这样了?"

"前几天,由于我停下得太急,所以把踝骨扭伤了。"罗布格雷回答道。

"是什么让你那么急着停下呢?"珍妮好奇地问。

"是一条原则。"罗布格雷回答道。

"原则?"珍妮有些不明白了。

"杰克趁我不注意,把我最喜欢的书扔进了泥潭,我以最快的速度在后面追,并且发誓要是抓住他,就一定要把他也扔进泥潭,让他和我最喜欢的书一样躺在泥潭里。就在我拼命追他的时候,突然,我想起了自己曾经发誓要遵守的原则,那就是一定要替别人着想。就在那一刻,我停了下来,可是我停得太猛了,脚步停了下来,身体却继续向前冲去,所以你看,就是这条原则让我把踝骨扭伤了。"

"为了遵守这条原则,我受了这么多的苦! 有时候,我真想放弃这条原则。"罗布格雷说。

珍妮说:"你做得已经很好了,难道你没有认为自己就像一个受伤的士兵,没有为此而感到骄傲吗?"

"是吗? 但是我从来就没有这样想过。"罗布格雷说,"你这样说,我还真高兴……"话还没有说完,罗布格雷便高兴地吹着口哨走了。他还没忘记回

55

过头来对珍妮说："你说得对,以后我还要坚持这条原则!"

哲理启示

　　能将心比心,是人生的一大境界;能宽恕别人,是做人的一大美德。当我们学会尊重和体谅别人的想法和感受时,我们会得到来自心底的快乐。

特里萨修女

20世纪50年代，在印度加尔各答市的印度教卡尔寺院，有一所名为"临终关怀院"的收容所，它的创建者是著名的慈善家特里萨修女。她的收容所专门收留那些流落街头的贫病者和一些只能再活几个小时的垂死者，为即将死去的人提供一个安宁的休息地，让他们得以在平静中死去。

特里萨产生创建"临终关怀院"的念头也是偶然的。那一天，特里萨去巴特那医院开会，路过车站的广场边时，看到一个垃圾桶里有个老妇女在痛苦地挣扎并呻吟着。她赶紧走上前，发现老妇女浑身爬满了蚂蚁和老鼠，头上被老鼠咬了一个洞，特里萨不顾一切地抱起这个老妇女，直奔医院。虽然，特里萨后来救了这位老妇女，但这件事对她震动很大，特里萨开始频频地奔波于加尔各答市的各个部门。在市卫生部门的帮助下，特里萨终于找到了她的"临终关怀院"的理想场所。之后没用半天时间，修女们就送来了几十位最贫困、最痛苦的病人，其中就有一个老人在住进来的当天晚上就去世了。临终前，这个老人拉着特里萨的手，用孟加拉语低声说："我一直生活得像条狗，而我现在死得像个人，谢谢你，修女。"不久，特里萨又创办了以救助麻风病人为主的"麻风病康复中心"。

在她的感召下，越来越多的人加入了仁爱传教会，特里萨也开始在全世界范围内建立仁爱传教会基地。迄今为止，特里萨所创建的"仁爱传教修女会"已在一百多个国家设立了五百多家慈善机构和场所，有数以百万计的人从中得到了帮助。尤其值得一提的是，在1982年，当她得知黎巴嫩贝鲁特一所前线医院有六十余名巴勒斯坦弱智儿童处在生死关头时，她便冒着生命危险赶到那里,劝说以色列军队和巴勒斯坦游击队暂时停火,使她进入医院,把那些儿童一一抱上车,转移到安全地带。当时,有一名随行的西方记者在后来的报道中写道:"她那因为孩子们得救了而显出的自豪神情将永远留在我的记忆里。我曾经和许多国家的总统、女王有过来往,但却从来没有像那天那样对一个人如此敬畏。"

为了表彰特里萨修女为解除贫困、促进和平所作出的努力,瑞典诺贝尔和平奖委员会把1979年度的和平奖授予了这位身高不足1.5米的矮小修女,并在授奖时这样赞美她:"最孤独的人、最可怜的人和快要死了的人都得到了她的同情与帮助,而这种同情与帮助不是以恩赐的态度,而是以尊重人的与生俱来的尊严与价值为基础的。"但特里萨在得到这些奖金后,把它全部用在了她的慈善事业上。

在特里萨的葬礼上,加尔各答大主教说:"或许她给我们留下的最重要的启示就是生命的价值和尊严。"

哲理启示

爱的力量是强大的,它可以挽救人的心灵;爱的范围是广博的,它可以遍及世界的每个角落;爱的品质是值得敬畏的,因为没有任何一样东西会比它更高贵,更美丽。

父 与 子

　　1989 年,一次 8.2 级的地震几乎铲平美国,在不到 4 分钟的短短时间里,3 万多人因此丧生!

　　在一阵破坏与混乱之中,有位父亲将他的妻子安全地安置好了以后,跑到他儿子就读的学校,而触目所见,却是被夷为平地的校园。

　　看到这令人伤心的一幕,他想起了曾经对儿子所做的承诺:"不论发生什么事,我都会在你身边。"至此,父亲热泪盈眶。面对看起来令人绝望的瓦砾堆,父亲的脑中仍记着他对儿子的诺言。

　　他开始努力回想儿子每天早上上学的必经之路,终于记起儿子的教室应该就在那幢建筑物,他跑到那儿,开始在碎石瓦砾中搜寻儿子的下落。

　　当父亲正在挖掘时,其他悲伤的学生家长赶到现场,心乱如麻地叫着:"我的儿子呀!""我的女儿呀!"有些好意的家长试着把这位父亲劝离现场,告诉他:"一切都太迟了!""他们全死了!""无济于事的!""回家吧!""算了吧!""面对现实,你无能为力的。""你这样做只会使事情更糟。"面对这些劝告,这位父亲只是一一回答他们:"你们能帮助我吗?"然后依然继续进行挖掘工作,一瓦一砾地寻找他的儿子。

　　不久,消防队队长出现了,也试着把这位父亲劝走,对他说:"火灾频繁,这些地方随时可能发生爆炸,你留在这里太危险了,这边的事我们会处理,你快点回家吧!"而父亲却仍然回答着:"你们要帮助我吗?"

　　警察也赶到现场,对着父亲说:"你既生气又心乱,这该结束了,你正在危害他人,回家吧!我们会处理一切的。"这位父亲依旧回答:"你们要帮助

我吗?"然而,却没有一个人帮助他。

只为了要知道亲爱的儿子是生是死,父亲独自一人鼓起勇气,继续进行他的工作。

时间一分一秒地流逝,挖掘的工作持续了38小时之后,父亲推开了一块大石头,听到了儿子的声音。父亲尖叫着:"阿曼!"他听到了回音:"爸爸吗? 是我,爸,我告诉其他的小朋友说,如果你活着,你会来救我的。如果我获救,他们也获救了。你答应过我的:'不论发生什么事,我都会在你身边',你做到了,爸!"

"你那里的情况怎样?"父亲问。

"我们有33个,其中只有14个活着。爸,我们好害怕,又渴又饿,谢天谢地,你在这儿。教室倒塌时,刚好形成一个三角形的洞,救了我们。"

"快出来吧! 儿子!"

"不,爸,让其他小朋友先出去吧! 因为我知道你会救我的! 不管发生什么事,我知道你都会在我身边!"

哲理启示

充满信念的爱,可以挽救一个人的生命。父亲因为对孩子充满爱,终于把儿子挽救了出来,孩子因为相信父亲的爱,终于坚忍地等来了父亲的援助。

地狱与天堂

　　一位老先生死了,他来到天国的入口。天使问他是想去天堂还是想去地狱。他犹豫了一下,问道:"如果允许再回到天堂的话,我选择先去地狱。人们都说地狱很可怕,我还从未见过呢。"

　　天使毫不犹豫地把这位先生送到了地狱的入口。原以为地狱很可怕的先生却发现这里很美。天上飞着小天使,地上摆满了堆放着美食的餐桌。他回头望了望天使,问道:"这个地方真的是地狱吗?"天使十分肯定地点了点头。

　　再往里面走,他才发现有些不对劲。虽然桌子上摆满了美食,可餐桌上摆放的餐勺却长得出奇。人们费尽九牛二虎之力,也无法把食物送到自己的嘴里,最终只能气呼呼地看着桌子上的食物发呆。

　　老先生离开了地狱,又来到天堂。他惊讶地发现,天堂里的景色和地狱别无二致,同样的餐桌,同样丰盛的食物,同样长得出奇的餐勺。唯一不同的是,这里的人都用长勺子喂对方吃饭。他们毫不费力地享用着人间难得的美餐。

哲理启示

　　能够团结互助、相互关爱的人每天都生活在天堂里,相反,自私自利,缺乏爱心的人则每天都生活在地狱里,学会关爱别人,你也会享受到来自天堂的阳光。

原谅别人的过错

在《悲惨世界》中,雨果为我们塑造了冉·阿让这样一个形象:19世纪的巴黎,贫苦的冉·阿让为了养活姐姐的孩子而偷面包,被判监禁19年。出狱后,走投无路的冉·阿让被好心的主教收留过夜,却偷走了主教的银器潜逃,后被警察捉回。主教声称是送给他的,使冉·阿让免于被捕。主教的言行感化了冉·阿让,他化名马德兰,从此洗心革面奋发向上,十年后成为成功的商人并当上市长。这时,以前缉拿过他的警长沙威出现,一心要找他的麻烦。在此期间,冉·阿让得知曾是自己工厂女工的妓女芳汀的悲惨遭遇,深表同情,并答应照顾她的私生女柯赛特。这时一名流浪汉被诬偷盗,冉·阿让为救无辜毅然自首,被判终身苦役。冉·阿让制造了自己掉海淹死的假象,逃遁而去,并搭救了小柯赛特,从此二人相依为命。

 哲理启示

善良是可以感染他人的,因为正如孟子所说:"人性本善。"宽容一个人的过错,同时用爱去感化他,他也会变成一个充满爱的人,向别人去撒播爱和善良。

君子之争

1936 年,举世瞩目的奥运会在柏林举行。当时正是法西斯势力猖狂的年代,希特勒想借奥运会来证明亚利安人种的优越。

当时田径比赛的最佳选手是美国的杰西·欧文斯,在纳粹一再叫嚣把黑人赶出奥运会的声浪下,欧文斯仍鼓足勇气报名参加此次运动会的 100 米跑、200 米跑、400 米接力和跳远比赛。在这 4 个项目中,德国只在跳远项目中有一位优秀选手可与欧文斯抗衡,他就是鲁兹朗。希特勒亲自接见鲁兹朗,要他一定击败欧文斯——黑种人的欧文斯。

跳远预赛那天,希特勒亲临观战。鲁兹朗顺利进入决赛。轮到欧文斯上场了,但场外种族歧视的声音使他很紧张。他第一次试跳便踏线犯规;第二次他为了保险起见,在距跳板很远的地方便起跳了,结果跳出了非常坏的成绩;还有最后一跳,欧文斯一次次起跑,一次次迟疑,不敢完成最后的一跳。

这时希特勒退场了,他认为这个低劣的黑种人已经没有任何机会。在希特勒退场的同时,鲁兹朗走近欧文斯。他用结结巴巴的英语对欧文斯说,他去年也曾遇到过同样的情形,结果只用了一个小窍门就解决了。鲁兹朗取下欧文斯的毛巾放在起跳板后数英寸处,说跳时注意那个毛巾就不会有太大误差了。欧文斯照做,结果几乎破了奥运会的纪录。

几天后进行决赛,鲁兹朗率先破了世界纪录,但随后的欧文斯以微弱优势战胜了他。贵宾席上的希特勒脸色铁青,看台上本来民族情绪高昂的德国观众也变得情绪低落。这时鲁兹朗拉住欧文斯的手,一起来到聚集了 12

万德国人的看台前,他将欧文斯的手高高举起,高声喊道:"杰西·欧文斯!杰西·欧文斯……"看台上先是一阵沉默,然后是突然爆发的齐声呼喊:"杰西·欧文斯! 杰西·欧文斯! ……"欧文斯举起另一只手来答谢。等观众安静下来以后,欧文斯高高举起鲁兹朗的手,竭尽全力喊道:"鲁兹朗! 鲁兹朗……"全场观众也同时响应:"鲁兹朗! 鲁兹朗……"没有诡谲的政治,没有种族的歧视,没有狭隘的嫉妒,选手和观众都沉浸在君子之争的感动之中。

杰西·欧文斯创造的世界纪录保持了 24 年。他在那届奥运会上荣获 4 枚金牌,被誉为世界上最伟大的运动员之一。多年后杰西·欧文斯在回忆录中真诚地说,他所创的世界纪录终究会被打破,但鲁兹朗高高举起他的手的那一幕却会永远被历史牢记。

在杰西·欧文斯被载入史册的同时,鲁兹朗也被载入了史册。所不同的是,杰西·欧文斯的荣誉来自于运动场内,是对他展示人类征服自然的能力的褒奖;而鲁兹朗的荣誉则来自于运动场外,是对他展示人类心灵之美的褒奖。

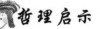

哲理启示

正义感是一种高尚的品质,它也许不会被鲜花、掌声或荣耀包围,但它会使人的心灵得到安宁,会使人无愧于心,正义之美,也正在于此。

微笑的价值

美国加州有一位6岁的小女孩,在一次偶然的机会中,遇到一个陌生的路人,陌生人一下子给了她4万美元的现款。

一个小女孩突然得到这么大金额的馈赠,消息一传出去,整个加州都为之疯狂骚动起来。

记者纷纷找上门来,访问这个小女孩:"小妹妹,你在路上遇到的那位陌生人,你认识他吗? 他是你的一位远房亲戚吗? 他为什么会给你那么多的钱? 4万美元,那是一笔很大的数目啊! 那位给你钱的先生,他是不是脑子有问题……"

小女孩露出甜美的微笑,回答:"不,我不认识他,他也不是我的什么远房亲戚,我想……他脑子应该也没有问题! 为什么给我这么多钱,我也不知道啊……"尽管记者用尽一切方法追问,仍然无法探其究竟。

最后,小女孩的邻居和家人试着用小女孩熟知的方法来引导她,要她回想一下,为何那个路人会给她这么多钱。

这位小女孩努力地想了又想,大约过了十分钟,她若有所悟地告诉父亲:"就在那一天,我刚好在外面玩,在路上碰到那个人,当时我对他笑了笑,就只是这样呀!"

父亲接着问道:"那么,对方有没有说什么话呢?"

小女孩想了想,答道:"他好像说了句'你天使般的笑容,化解了我多年的苦闷!'爸爸,什么是苦闷啊?"

原来,那个路人是一个富豪,一个不是很快乐的有钱人。他脸上的表情

一直是非常冷酷而严肃的,整个小镇根本没有人敢对着他笑。他偶然遇到的这个小女孩,对着他露出真诚的微笑,使他心中不自觉地温暖了起来,让他将尘封了不知多少年的心扉打开了。

于是,富豪决定给予小女孩4万美元,这是他对那时候他所拥有的那种感觉给出的价格!

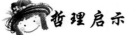 

哲理启示

真诚的、纯洁的、发自心底的微笑通常是无价的。因为它所带来的价值和意义远非金钱所能买得到。真诚的微笑是爱和美的外露。

一位母亲创造的奇迹

二战结束后,德国一个纳粹战犯被处决。他的妻子因为无法忍受众人的羞辱与谩骂吊死在自家的窗外。第二天,邻居们走了出来,一抬头就看见了那个可怜的女人。窗户微开,她两岁的孩子正伸出手向悬挂在窗框上的母亲爬去。眼看另一场悲剧就要发生了,人们屏住呼吸漠然地观望。这时一个叫艾娜的女人不顾一切地向楼上冲去,把危在旦夕的孩子救了下来。她收养了这个孩子,而她的丈夫曾经因为帮助犹太人而被这个孩子的父亲当街处决。街坊邻居没有人理解她,甚至没有人同意让这个孩子留在他们的街区,他们让她把孩子送到孤儿院或者把孩子扔掉。艾娜不肯,便有人整日整夜地向她家的窗户扔秽物,辱骂她。她自己的孩子也对她心存芥蒂,甚至以离家出走相威胁。可是,艾娜始终把孩子紧紧抱在怀里,她说的最多的一句话就是:"你是多么漂亮啊,你是一个小天使。"

渐渐地,孩子长大了,邻居们的行为已不偏激了,但是还有人常叫他"小纳粹"。同龄的孩子都不跟他玩。他变得性格古怪,常常以搞恶作剧为乐。直到有一天,他打断了一个孩子的肋骨,邻居们瞒着艾娜把他送到了十几里外的教养院。半个月后,几乎发疯的艾娜费尽周折,终于找回了孩子。当他们再次出现在愤怒的邻居们面前时,艾娜紧紧地护着孩子,乞求邻居们说:"给他点爱吧,他也会是一个可爱的天使的。"孩子这时候知道了自己的身世,他痛哭流涕,悔恨充斥着幼小的心灵。艾娜告诉他,最好的补偿就是爱,爱你身边的每一个人。

从此,他痛改前非,认真做人。在别人的诋毁与污辱面前,他不再针锋相对,在别人有困难时,他又总是不计前嫌乐于助人,并友善地与人相处,礼

貌待人。多年来一直有一个小小的信念在支持着他。"一个不相干的女人给了自己一份母亲的爱,我有什么理由不去爱别人。"中学快毕业了,别的同伴都断断续续地收到一些礼物。哪怕是一支钢笔,或是一辆单车,可他什么也没有,他的母亲艾娜依旧日日操劳,他开始有一丝失落,不知道自己的出生究竟是对是错。

终于,毕业典礼如期举行。校长念一个人的名字,然后这个人就走上台接受礼仪,那一刻是多么神圣而骄傲!作为一个"纳粹"的儿子,他一步一步走到今天已是不易,他多想对世界大吼——我毕业了!"雅克里,"他听到校长在念自己的名字,他沉重地移动步子,沮丧地向台上走去,"雅克里,祝贺你正式毕业!"这时,雅克里听到台下掌声如潮。

他回过头,看见自己的母亲艾娜和许许多多的邻居不知什么时候站在台下,正冲着他微笑。邻居们每家都派了代表来观看他的毕业典礼,这在该校可是史无前例的。"我收到了这一生最好的礼物!"雅克里在台上激动得只说了这么一句毕业发言。

这是发生在德国鲜为人知的故事。那样的年代,一个纳粹战犯的儿子,受到如此的礼遇的确罕见。如果说这算得上一个奇迹的话,那么,我想说的是,这是一位母亲用爱创造的奇迹。

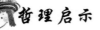 哲理启示

　　爱心可以创造奇迹,奉献可以化解偏激。对一颗幼小的心灵的爱,可以在他成长之初给他打上爱的烙印,让其学会爱和奉献。

爸爸还能笑呢

　　美国人克里斯托弗·里夫因在电影《超人》中扮演超人而一举成名,但谁也想不到,没多久,一场大祸降临在了他身上。

　　1995 年 5 月 27 日,里夫在弗吉尼亚一个马术比赛中发生了意外事故,他骑的那匹东方纯种马在第三次试图跳过栏杆时,突然收住马蹄,里夫防备不及,从马背上向前飞了出去,不幸的是,摔出的那一刻他的双手缠在了缰绳上,以至于头部着地,第一及第二颈椎全部折断。

　　五天后,当里夫醒来时,他正躺在弗吉尼亚大学附属医院的病房里,从脚到腿高位瘫痪。医生说里夫能活下来就算是万幸了,他的颅骨和颈椎要动手术才能重新连接到一起,而医生不能够确保里夫能活着离开手术室。

　　那段日子,里夫万念俱灰,甚至想轻生。他用眼睛告诉妻子丹娜:"不要救我,让我走吧。"丹娜哭着对他说:"不管怎样,我都会永远和你在一起。"

　　随着手术日期的临近,里夫变得越来越害怕。一次,他三岁的儿子威尔对丹娜说:"妈妈,爸爸的膀子动不了呢。"

　　"是的。"丹娜说。

　　"爸爸的腿也不能动了呢。"威尔又说。

　　"是的,是这样的。"

　　威尔停了停,有些沮丧,忽然他显得很幸福的样子,说:"但是爸爸还能笑呢。"

　　"爸爸还能笑呢。"威尔的这一句话,让里夫看到了生命的曙光,找回了生存的勇气和希望。十天后的手术很成功,尽管里夫的腰部以下还是没有

知觉,但他毕竟克服了巨大的疼痛而顽强地活了下来。他充满自信,每天坚持锻炼,以好身体和好心情迎接每一天。后来,他不仅亲自导演了一部影片,还出资建立了里夫基金,为医疗保险事业作出贡献。

在克里斯托弗·里夫的自传里,他郑重地记下了儿子的那句话:"爸爸还能笑呢。"是的,不管灾难有多严重,都要记得,我们还有微笑。

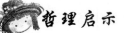

孩子的话总是最真诚的,因为真诚,所以总能触动人心。亲情的力量也总是伟大的,这种伟大可以使濒临死亡的人再次找到生的希望。

父　亲

1948 年,在一艘横渡大西洋的船上,有一位父亲带着他的小女儿,去和在美国的妻子会合。

一天早上,父亲正在舱里用腰刀削苹果,船却突然剧烈地摇晃起来。父亲不慎摔倒时,刀子扎在他胸口。人全身都在颤,嘴唇瞬间乌青。

六岁的女儿被父亲瞬间的变化吓坏了,尖叫着扑过来想要扶他,父亲却微笑着推开女儿的手:"没事,只是摔了一跤。"

然后他轻轻地拾起刀子,很慢很慢地爬起来,不引人注意地用大拇指揩去了刀锋上的血迹。

以后三天,父亲照常每晚为女儿唱摇篮曲,清晨替她系好美丽的蝴蝶结,带她去看大海的蔚蓝,仿佛一切如常,而小女儿尚不能注意到父亲每一分钟都比上一分钟更衰弱、苍白,他远眺海平面的眼光是那样忧伤。

抵达的前夜,父亲来到女儿身边,对女儿说:"明天见到妈妈的时候,请告诉妈妈,我爱她。"

女儿不解地问:"可是明天就要见到她了,你为什么不自己告诉她呢?"

他笑了,俯身在女儿额上深深地留下一个吻。

船到纽约港后,女儿一眼便在熙熙攘攘的人群里认出母亲。她喊着:"妈妈! 妈妈!"

就在这时,周围忽然一片惊呼,女儿一回头,看见父亲已经仰面倒下,胸口血如井喷,霎时间染红了整片天空……

尸解的结果让所有人都惊呆了:那把刀无比精确地洞穿了他的心脏,他

却多活了三天,而且不被任何人察觉。唯一可能的解释是因为创口太小,使得被切断的心肌依原样贴在一起,维持了三天的供血。

这是医学史上罕见的奇迹。医学会议上,有人说要称它为大西洋的奇迹,有人建议以死者的名字命名,还有人说叫大神迹……

"够了。"那是一位坐在首席的老医生,须发俱白,皱纹里满是人生的智慧,此刻一声大喝,然后一字一顿地说:"这个奇迹的名字,叫父亲。"

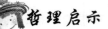哲理启示

因为父亲对女儿的爱和强烈的责任感,使得他创造了生命的奇迹。父爱的无私和伟大便在于父亲在不声不响的沉默中,坚忍着直到完成自己的使命。

地震中的撑起

在土耳其旅游途中,巴士行经1999年大地震的地方,导游讲了一个感人而且令人悲伤的故事,故事发生在地震后的第二天……

地震后,许多房子都倒塌了,各国来的救援人员不断搜寻着可能的生还者。

两天后,他们在废墟中看到一个令人难以置信的画面——一位母亲,用手撑地,背上顶着不知有多重的石头。一看到救援人员,她便拼命哭喊:"快点儿救我的女儿,我已经撑了两天,我快撑不下去了……"

她七岁的小女儿,就躺在她用手撑起的安全空间里。

救援人员大惊,他们卖力地搬移周围的石块,希望尽快解救这对母女。但是石块那么多、那么重,他们始终无法快速到达她们身边。

媒体记者到这儿拍下画面,救援人员一边哭、一边挖,辛苦的母亲则苦撑着、等待着……

看着电视上的画面和报纸上的图片,土耳其人都心酸得掉下泪来。

更多的人纷纷放下手边的工作投入救援行动。

救援行动从白天进行到深夜。终于,一名高大的救援人员够着了小女孩,将她拉了出来,但是……她已气绝多时。

母亲急切地问:"我的女儿还活着吗?"

以为女儿还活着,是她苦撑两天唯一的理由和希望。

这名救援人员终于受不了了,他放声大哭:"对,她还活着,我们现在要把她送到医院急救,然后也要把你送过去!"

他知道,如果母亲听到女儿已死去,必定失去求生的意志,松手让土石压死自己,所以骗了她。

母亲疲惫地笑了,随后,她也被救出送到医院,她的双手一直僵直无法弯曲。

第二天,土耳其许多报纸上都有一幅她用手撑地的照片,标题是:《这就是母爱》。

导游说:"我是个不轻易动感情的人,但是看到这篇报道,我哭了。以后每次带团经过这儿,我都会讲这个故事。"

其实不只他哭了,在车上的我们,也哭了……

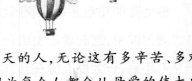

哲理启示

母亲常常是为我们撑起一片天的人,无论这有多辛苦、多艰难。母爱常常会打动每一个人,因为每个人都会从母爱的伟大中得到共鸣。

十年没有上锁的门

在小村庄的偏僻小屋里住着一对母女,家中虽没什么值钱的东西,但谨慎的母亲总是一到晚上便小心地在门把上连锁三道锁。

女儿渐渐长大了,厌烦了像风景画般枯燥而一成不变的乡村生活,她向往都市,想去看看自己透过收音机所想象的那个华丽世界。于是,一天清晨,女儿趁母亲熟睡时悄悄地离家出走了,决心永远不再回来。

"妈,我不属于这里,你就当没我这个女儿吧。"女儿望着熟睡的母亲,轻轻地说道,然后毅然决然地离开。

可惜这世界不像她想象的精彩,她在不知不觉中,走向堕落,深陷无法自拔的泥泞中,这时她才领悟到自己的过错。

十年后,长大成人的女儿带着受伤的心与疲惫的身躯,回到了久违的家乡。

她到家时已是深夜,隐约的灯光从门缝射出来。她轻轻敲了敲门,门竟然开了,她立刻有种不祥的预感。好奇怪,母亲一直不曾忘记把门锁上的。

她奔进屋中,只见母亲瘦弱的身躯蜷缩在冰冷的床上,以令人心疼的模样睡着了。

"妈——妈——"伴随着女儿的哭泣声,母亲睁开了眼睛,一语不发地搂住女儿。在母亲怀里哭了很久之后,女儿突然好奇地问道:"妈,今天你怎么没锁门,有人闯进来该怎么办?"

母亲回答说:"何止是今天,自从你走后,十年来门从没锁过。我担心你晚上突然回来进不了家门。"

母亲十年如一日,企盼着女儿回来,女儿房间里的布置一如当年。这天晚上,母女俩又像十年前那样,紧紧锁上房门睡着了。

哲理启示

母爱是什么?母爱是原谅孩子错误时的宽容,是系在儿女身上时时刻刻的牵挂,是那扇永远为儿女敞开的门。无论什么时候,有母亲,就拥有整个世界。可是你真的读懂母爱了吗?你是否也会永远为母亲敞开这扇门?你是否也会担心她回不了家?

敬老院墙上的留言

一位老人被他唯一的儿子送进了敬老院，并且孤独地死在了里面。临终之前，老人在敬老院墙上写了一段留言，内容如下：

孩子，在你很小的时候，你的妈妈就离开了我们。我费了很多很多的时间，教你用汤匙、用筷子吃东西；教你穿衣服、绑鞋带、系扣子；教你洗脸、梳头；教你擤鼻涕、擦屁股……

那时候我虽然很累，可是当时的一点一滴，现在却是那么令我怀念不已！

所以，每当我想不起来、接不上话时，请给我一点儿时间，等我一下，让我再想一想……唉，我最后要说什么呢？我忘记了。请谅解我，让我继续沉浸在这美好的回忆中吧！

孩子，你还记得我们练习了好几百回才学会的第一首儿歌吗？

你还记得你每天都逼着我绞尽脑汁回答你是从哪里冒出来的吗？

所以，如果我絮絮叨叨地重复一些老掉牙的故事，如果我情不自禁地哼出我孩提时代的儿歌，请不要责怪我。

现在，我经常忘了系扣子、绑鞋带，吃饭时还经常弄脏衣服，梳头时手还会不停地哆嗦……

不要催促我，也不要发脾气，请对我多一点儿耐心。只要有你在我眼前，我的心里就会有无限温暖。

我的孩子！如今，我站也站不稳，走也走不动，所以，请你紧紧地握着我的手，陪着我，慢慢地向前走，就像当年我牵着你一样……

老人的儿子看到这段留言，不由得悔恨交加。从此，他一直生活在愧疚之中，再也无法快乐。

哲理启示

老人的儿子当然无法快乐。他失去了世界上最爱他的那个人，也失去了最后一次可以满足父亲一个小小的愿望的机会。儿子连握着父亲的手，陪着他，慢慢地向前走，这样的愿望，都不能够满足，他又怎么能理解父亲抚养他时的含辛茹苦和临终时的孤独与凄凉呢？所以，请爱父母吧！在他们孤独的时候，请常回家看看；在他们唠着家常的时候，请耐心地倾听；在他们伤心的时候，请多说几句："我爱你们。"

铺满药渣的小路

　　有一个故事,讲的是在大山里有一个小村子,村里有一个孩子叫阿宝。阿宝从小就体弱多病,那时候在乡下求医问药可难哪,只能吃点儿草药,他住的小山村离集镇又远。他母亲时常一大早就起来,挑上一担柴,去集上为儿子换回大包小包的药来。每一包药总要煎上两三遍,直到药味淡了,母亲才将药渣倒在门前的路上。

　　时间一长,门前那条路铺满了药渣。阿宝觉得奇怪,便问母亲:"为什么要把药渣倒在路上呢?"母亲告诉他:"过路的人踩着药渣把病气带走了,你的病就会很快好起来。"阿宝摇摇头:"娘,病气被别人带走,那别人不就得生病了吗?"阿宝的母亲半晌无语,只是把阿宝紧紧搂在怀里。

　　后来,阿宝再也没见到母亲往门前的路上倒药渣了。可是有一天,他无意中却在屋后一条山道上看到了满地的药渣——那是母亲每次上山砍柴的必经之路……

 哲理启示

　　为了阿宝的健康,阿宝妈宁愿舍弃自己的健康,宁愿承担沾染病气的风险。那铺满药渣的小路就是母亲对孩子倾注爱的小路,就是母爱的最好见证。

寸草心难报三春晖

有一个美国旅行者在非洲撒哈拉沙漠看到这样一幕：

无人区里有一只母骆驼带着几只小骆驼一路低着头，不时地停下来闻干燥的沙子。按照常识，美国人知道这是骆驼在找水喝。

它们显然是渴坏了，几只小骆驼无精打采地走着。在太阳的炙烤下，它们的眼睛血红血红的，看起来它们有些支撑不住了。

旅行者还发现，小骆驼们紧紧地挨着骆驼妈妈，而母骆驼总是根据不同的方向驱赶孩子们走在它的阴影里。

终于，它们来到一个半月形的泉边停住了。几只小骆驼兴奋异常，打着响鼻。

可是，泉水离地面太远了，站在高处的几只小骆驼不论怎么努力也无法把嘴凑到泉水边上去。

惊人的一幕发生了。那只骆驼妈妈围着它的孩子们转了几圈，突然纵身跃入深潭之中。水终于长高了，刚好能让小骆驼们喝着。

哲理启示

泰戈尔说："感谢火焰的光明，但是别忘了掌灯的人，他正坚忍地站在黑暗之中。"母亲便是那个掌灯的人，所以要学会感谢那个独自承受黑暗，却为我们带来光明的人。

父爱无声

　　从前，一户农家有个顽劣成性的孩子，读书不成，反把老师的胡子一根根都拔下来；种田也不成，一时兴起，又把家里的麦田都种得七零八落。他每天只知道跟着狐朋狗友做些偷鸡摸狗的事。

　　他的父亲，一位老实巴交的庄稼人实在看不下去了，就呵斥了他几句，他不服，反而破口大骂。父亲不得已，操起菜刀吓唬他。没想到儿子冲过来抢过菜刀，一刀挥去，把父亲的右手切掉了。

　　老人捂着鲜血淋漓的右臂痛苦地呻吟着。而酿成大祸的他，连看也不看一眼，扬长而去，从此杳无音信。

　　世事变迁，他再回来的时候，已是将军了。起豪宅，娶美妾，多少算有身份的人，要讲点面子，遂把父亲也安置于后院。但却一直冷漠相待，开口闭口"老狗奴"，自己则夜夜笙歌，父亲连想要喝口水，也得自己用残缺的手掌拎着水桶去井边。

　　邻人纷纷说："这种逆子，雷咋就不劈了他？"

　　也许真是"恶有恶报"吧。一夜，将军的仇家来寻仇，直杀入内室。大宅里，那么多的幕僚、护卫都逃得光光的，眼看将军就要死在刀下。突然，老人从后院冲了出来，用唯一完好的左手死死地握住了刀刃，他的苍苍白发、他不顾命的悍猛连刺客都给震慑住了，他便趁这刻的间隙大喊："儿啊，快跑，快跑呀！"

　　老人从此双手俱废。

　　三天后，在外逃亡的儿子回来了。他径直走到三天来不眠不休、翘首企

81

盼的父亲面前,扑通一声跪下,含泪叫道:"爹——"

第一刀为他,第二刀还是为他,只因他是老人的儿子。

哲理启示

　　父亲用一颗慈悲的心和一双断臂终于换来了儿子的醒悟,虽然父亲走过的路程是那样艰辛,那样曲折,但他没有一句怨言。可当儿子叫那声爹时,父亲已经泪满双眶。是啊! 父亲等得太多,也太辛苦,但浪子回头金不换,只要儿子肯回头,父亲似乎已不在乎那为儿子断掉的手臂了!

真正的珠宝

古罗马有一位伟大的政治家,在回忆自己的童年经历时,曾讲过这样一个故事:

一天,两个小孩正在清晨的阳光下快乐地玩耍,他们的母亲卡妮亚走过来对他们说:"孩子们,今天将有一位富有的朋友要来我们家做客,她将会向我们展示她的珠宝。"

下午,那个富有的朋友来了。金手镯在她手臂上闪烁着耀眼的光芒,手指上的戒指熠熠闪光,脖子上挂着金项链,发髻上的珍珠饰品则发出柔和的光。

弟弟对哥哥感叹地说:"她看起来真高贵,我从没有见过这么漂亮的人。"

哥哥说:"是的,我也这样认为。"

他们艳羡地看着客人,又看看自己的母亲。母亲只穿了一件朴素的外套,身上没有戴任何饰品,但是她和善的笑容却照亮了她的脸庞,远胜于任何珠宝的光芒。她金棕色的头发编成了一条长长的辫子,盘在头上像是一顶皇冠。

"你们还想看看我别的珠宝吗?"富有的女人问。

她的仆人拿来一只盒子并放在桌上。这位女士打开盒子,只见里面放着成堆的像血一样红的红宝石,像天一样蓝的蓝宝石,像海一样碧绿的翡翠,还有像阳光一样耀眼的钻石。

兄弟俩呆呆地看着这些珠宝:"要是我们的妈妈能够有这些东西该多好

啊！"

客人炫耀完自己的珠宝后，自满又故作怜悯地说："快告诉我，卡妮亚，你真的有这么穷吗？什么珠宝都没有吗？"

卡妮亚坦然地笑道："不，我有，而且我的珠宝比你的更贵重。"

客人睁大了眼睛："真的吗？快拿出来让我看看吧！"

卡妮亚把两个儿子拉到自己身边，她微笑着说："他们就是我的珠宝呀。难道他们不比你的珠宝更贵重吗？"

哲理启示

从这位朴实无华的母亲身上，我们看到了母爱的光辉，也看到了她金子一般的心。如果她的孩子是珠宝，那她就是珠宝的坚强守护者。其实在每位母亲眼里，最贵重的莫过于自己的孩子，孩子能给她们带来希望、欢乐与幸福。孩子只有在这样的母亲身边，才会获得世间最宝贵的东西，那就是爱，才会把自己的母亲当做珠宝来爱护。

父爱不变

里昂对父亲的看法一直是这样的:父亲的一条腿瘸了,他的一生平淡无奇。他不明白,母亲怎么会和这样的一个人结婚呢?

一次,市里举行中学生篮球赛。里昂是队里的主力。他找到母亲,说出了他的愿望:他希望母亲能去观看比赛。母亲笑了,说:"当然了,你就是不说,我和你父亲也会去的。"他听罢摇了摇头,说:"我不是指父亲,我希望你一个人去。"母亲很是惊奇,问:"这是为什么?"他勉强地笑了笑,说:"我只是想,一个残疾人站在场边,难免会使得整个气氛变味儿。"

母亲叹了一口气,说:"你嫌弃你父亲?"父亲这时正好走过来,说:"这些天我出差,有什么事你们商量着办就行了。"

比赛很快结束了,里昂的队赢得了冠军。回家的路上,母亲很高兴:"要是你父亲知道了,他一定会激动得放声高歌的。"里昂沉下了脸,说:"妈妈,我们现在别提他好吗?"母亲无法接受他的口气,尖叫着说:"你必须告诉我这是为什么!"

里昂满不在乎地笑笑,说:"不为什么,就是不想在这时提到他。"母亲的脸色变得凝重起来,说:"孩子,有些话我本不想说,可是,假如我再隐瞒下去,就会伤害到你父亲。你知道你父亲的腿是怎么瘸的吗?"里昂摇了摇头,说:"不知道。"母亲说:"你两岁时父亲带你去花园里玩。在回家的路上,你左奔右跑。突然,一辆汽车急驰而来,你父亲为了救你,左腿被碾在了车轮下。"里昂顿时惊呆了,说:"这怎么可能呢?"母亲说:"这有什么不可能? 只是这些年来你父亲不让我告诉你罢了。"

两人默默地走着。母亲说："还有一件事你可能也还不知道，你父亲就是布兰特，你最喜欢的作家。"里昂惊讶地蹦了起来："你说什么？我不信！"母亲说："这你父亲也不让我告诉你。你不信可以去问问你的老师。"里昂急急地向学校奔去。老师听了他的疑问，笑了笑，说："这都是真的。你父亲不让我们透露这些，是怕影响你成长。既然你现在知道了，那我不妨告诉你，你父亲真的是一个伟大的人。"

两天后，父亲回来了。里昂问父亲："你就是大名鼎鼎的布兰特吗？"父亲愣了一下，然后笑了，说："我只是写小说的布兰特。"里昂拿出一本书来，说："那你给我签个名吧！"父亲看了他片刻，然后拿起笔来，在扉页上写道：赠予里昂，生活其实比什么都重要。布兰特。

哲理启示

里昂的虚荣心趋使他不愿让残疾的父亲在公众面前露面，但他根本不知道父亲为他付出了多大的代价，父亲深沉的爱最终让里昂接纳了这个不完整的父亲。我们怎么能因为父母的缺陷就嫌弃他们呢？他们拖着病痛的身体来抚养我们，这本身就是很伟大的一件事情。虽然他们的身体是残缺的，但他们对孩子的爱是完整无缺的，所以请爱他们、尊敬他们。

树的守望

森林里有一棵美丽的树,男孩每天都会跑来采集她的叶子,再把叶子编成皇冠,将自己扮成森林里的国王。树非常喜欢这个小男孩。男孩常常爬上树干,抓着树枝荡起秋千,吃树上的果实。他们会一起玩捉迷藏,玩累了,男孩就在她的树阴下睡觉。男孩好喜欢这棵树! 树也好快乐!

日子一天天过去,男孩长大了,树渐渐地感到孤单——因为男孩很久没来了。

一天,男孩来到树下,树说:"来啊,孩子,爬上我的树干,抓着我的树枝荡秋千,吃果实,在我的树阴下玩耍,快快乐乐地。"

"我不是小孩子了,我不要爬树和荡秋千,"男孩说,"我要买东西来玩,我要钱。你可以给我一些钱吗?"

"真抱歉,"树说,"我没有钱,我只有树叶和果实。孩子,你快拿我的果实到城里去卖,这样,你就会有钱,就会快乐了。"

于是男孩便爬上树,摘下她的果实,把果实通通带走了。

树好快乐。

男孩又有一些日子没有来了,树好伤心。

有一天,男孩回来了,树激动得直发抖,她说:"来啊,孩子,爬上我的树干,抓着我的树枝荡秋千,快快乐乐地。"

"我太忙了,没有时间爬树。"男孩说。

"我想要一间房子保暖。"他说。

"我还想要妻子和小孩,所以我需要房子,你能给我一间房子吗?"

"我没有房子，"树说，"森林就是我的房子，但是你可以砍下我的树枝去盖房子，这样你就会快乐了。"

男孩于是砍下了她的树枝，把树枝带去盖房子。

树好快乐……

男孩又是很久都没有再来，所以当男孩再回来时，树好快乐——快乐得几乎说不出话来。

"来啊，孩子，"她轻轻地说，"过来，来玩啊！"

"我又老又伤心，玩不动了，"男孩说，"我想要一条船，可以带我离开这里，你能给我一条船吗？"

"那快砍下我的树干去造船吧！这样你就可以远航……你就会快乐。"

于是男孩砍下她的树干造了条船，坐船走了。

树好快乐……

过了好久好久，男孩终于回来了。

"很抱歉，我的孩子，"树说，"我已经没有什么东西可以给你了……我没有了。""我的牙齿也咬不动果实了。"男孩说。"我的树枝没了，你不能在上面荡秋千了……"树说。"我太老了，没有办法在树枝上荡秋千。"男孩说。"我的树干没了，你不能爬……"树说。"我太累了，爬不动了。"男孩说。"我真希望我能给你什么，但是我什么也没有了。我只剩下一根老树桩，我很抱歉……"

"我现在要的不多，"男孩说，"只要一个安静的可以休息的地方，因为我好累好累。"

"好啊！"树一边说，一边尽力地挺直身子，"正好啊，老树桩是最适合坐下来休息的。来吧，孩子，坐下来，坐下来休息。"

从此，男孩留在了这里，永远地陪伴着爱他的树……

哲理启示

　　这棵树多像一位对儿子关怀备至的母亲，她无怨无悔地奉献着自己的青春与财富，给孩子提供一切她所能给予的，让身心俱疲的男孩有一个休憩的场所，使这个男孩明白了，最爱他的那个人其实就在身边。因此，不要忽视你身边的亲人，不要让他们为你而伤心，因为，他们已把所有的爱给了你，如果你不理解，他们就会变得一无所有。

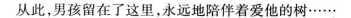

新　　鞋

在 13 岁的时候，我和所有的少年一样喜欢赶时髦，那个冬天，我在买了一双牛筋底鞋之后，才发现流行的竟是路夫便鞋。那时，虚荣的我想，如果没有一双路夫便鞋，我宁愿赤着脚度过这个冬天。

于是，我找到当汽车修理师的父亲。他的薪水很低，勉强够付房租和购买食品，当我要求再买一双路夫便鞋时，他显然很吃惊："可你脚上的这双鞋才买了一个月呀，为什么还要再买一双呢？"

"因为这双鞋已经过时了，伙伴们现在穿的都是路夫便鞋，爸爸。"

"但是，孩子，你应该知道，再买一双鞋对咱们家来说确实不是一件容易的事。"

"可是，爸爸，我穿着这双鞋看起来就像个傻子。"

父亲沉默了良久后说："孩子，请你仔细看看你的同学们穿的鞋。如果你真的觉得你的情况比其他人更糟的话，那么，我愿意考虑这件事。"

第二天早上，我高兴地走进学校。因为我知道那将是我穿这双过时的鞋子的最后一天。而我的目光，则停留在那些擦得锃亮、鞋底打了铁掌的黑色的路夫便鞋上，没看过一眼那些不如我的同学的鞋子。

放学后，我迫不及待地奔向父亲的工厂，一路上想象着自己穿着路夫便鞋的模样。

当时，父亲正躺在一辆汽车下面，时不时发出敲击金属的叮当声。那声音令我兴奋。我走到汽车旁，看到了爸爸露在汽车外面的小腿。他的鞋又旧又脏，左脚那只鞋的鞋底已经断裂了，用金属丝缝合了两针；而且两只鞋都没有鞋跟。

"你放学了吗,儿子?"爸爸从车子底下探出头来,问我。

"嗯。"我回答。

"我想你一定按照我说的去做了,那么,快告诉我你现在的想法?"爸爸慈祥地看着我,那神情仿佛知道了我的答案。

"我,我还是想买一双路夫便鞋。"我小声地回答着,并强迫自己不去看他的鞋。

"好吧! 这是我本来打算买食品杂货的钱。现在,你去买一双那样的鞋子吧。"爸爸递给我 10 美元,并在口袋里摸索着寻找付 3% 营业税用的零钱。然后,我拿着钱向鞋店走去。

我很快就站在了鞋店的橱窗前。路夫便鞋依然在销售,每双 9.5 美元。穿上它,我就可以神气地走在校园里,成为最时髦的男生了。我心中一阵激动,可就在这时,我一眼看到了旁边的货架上赫然写着:"清仓削价,五折优惠。"那是几双适合父亲穿的鞋。

爸爸! 我想到了他那双没了鞋跟的旧鞋子,想到了寒冷的夜晚,他双脚冰冷地穿过整个城镇去为人家修车的情景。他为了一家人非常努力地工作,可是,他却从来没有抱怨过。一时间我心乱如麻,眼前那双路夫便鞋也忽然间变得黯然无光了。

顿时我脑海里交替着出现两幅画面,一会儿是我穿着新鞋子在校园里神采飞扬引人注目的场景,一会儿是父亲穿着那双破旧不堪的鞋子忙碌奔波不辞辛劳的场景。最后,我从削价处理的货架上挑选了一双 10 号的鞋子,然后飞快地跑向收银台。连营业税在一起,一共花了 6.3 美元。

我拿着这双为父亲买的新鞋飞快地跑回汽车修理厂,悄悄地将它放在

父亲汽车的后座上,然后,我走到爸爸的身边,把剩下的钱都给了他。

"我以为这双鞋应该是9.5美元。"他疑惑地说。

"哦,它们正在削价处理。"我一边含糊地回答他,一边拿起扫帚,和他一起清扫地面。五点钟的时候,他告诉我,可以下班回家了。

我们一上汽车,爸爸就看见了那个鞋盒。当他看到那双新鞋子的时候,惊讶得半天没有说出一句话来。

我嗫嚅着:"噢,我,我是……爸爸,但是……"我紧张得不知该怎样向他解释。

最后,爸爸紧紧地握了握我的肩头,开心地吹起了口哨,发动汽车驶向了回家的路。

哲理启示

　　一个懂事的孩子应该了解自己家庭的状况,应该理解父母工作的辛劳。不要总是去羡慕别人所拥有的物质条件,不要总是拿自己与别人比较,别人有的,你不可能全部拥有,而别人没有的可能就是你的财富。对我们这些普通人来说,有什么比拥有家人间的相互理解与关爱更重要的呢?

杰克的心愿

12 岁的杰克是加拿大某地的一名小学生。一天,当他从一家商店经过时,橱窗里的一件商品使他怦然心动,可对杰克来说,这件标价 5 加元的东西实在是太贵了,因为这笔钱相当于他们全家人一周的开支。

虽说眼下自己身无分文,可杰克仍推开商店的门走了进去,说:"我想买橱窗内的那件商品,不过,我现在没有钱,请您先别卖,给我留着好吗?"

"行。"店主微笑着对他说。

杰克很有礼貌地告别店主,走出了商店。

他正走着,突然从旁边的小巷子里传来一阵敲打钉子的声音。杰克循声走去,看见有人正在盖自己的住房,他们每用完一小麻袋钉子,就顺手把装钉子的麻袋扔在地上。他曾听说有家工厂回收这种袋子,于是,他从这个工地捡了两条拿去卖了。回家时,他的小手里一直紧紧拿着两枚五分硬币,生怕掉了。

杰克把这两枚硬币放在铁盒里,藏在他家粮仓里的干草垛底下。

接下来每天下午放学,杰克总是先做完家庭作业,再干完母亲让他干的家务活儿,然后到大街小巷去捡装钉子的麻袋。尽管总是受到疲乏的折磨,可杰克依旧日复一日地走街串巷捡麻袋,因为购买橱窗内那件商品的强烈愿望始终激励着他,赋予他勇气和力量。

第二年五月的第二个星期天,他把藏在粮仓草垛底下的铁盒取出来,用发抖的手小心地将里面的硬币全倒出来,仔细数了一遍,仍不放心,又认真数了一遍。哇,只差20分就凑够5加元啦!于是,他祈祷上帝保佑自己傍晚前能捡到对他来说至关重要的四条麻袋。随后,他把装钱的铁盒儿藏好,急匆匆地去寻找麻袋。夕阳西沉时,他一溜烟儿跑到那家工厂。此时,负责回

收麻袋的人正准备关门。杰克心急火燎地向他喊道:"先生,请您先别关门!"那人转过身来,对脏兮兮汗淋淋的小杰克说:"明天再来吧,孩子!""求求您啦,我今天一定得把这四个麻袋卖掉——我求求您啦!"听了孩子颤抖的哀求声,那个人终于感动了。

"你干吗这么着急要钱?"那人好奇地问。

"这是一个秘密,对不起,不能告诉您!"杰克不肯说。

拿到四枚五分硬币后,杰克飞也似的跑回粮仓,取出铁盒儿,继而又拼尽全力,飞跑到那家商店,二话没说,便把一百枚五分硬币倒在柜台上。

杰克汗流浃背地跑回家,撞开房门,冲了进去。"到这儿一下,妈妈,请您赶快过来!"他朝正在收拾厨房的母亲喊道。母亲刚一走到他的眼前,他便迫不及待地将自己用一年多的心血换来的珍宝放在妈妈的手上。妈妈轻轻地打开包装纸,里面是一个蓝色天鹅绒首饰盒,盒内放着一枚心形胸针,上面镶着两个灿烂炫目的镀金大字——"妈妈"。看到儿子在母亲节——五月第二个星期天——送给自己的礼物,杰克的母亲不禁热泪盈眶,一把将儿子紧紧地搂在怀里……

哲理启示

杰克是好样的,在他的心目中,母亲就是他的信念,就是他日复一日捡麻袋的力量。他心中有爱,才能实现愿望,才能让我们如此感动。你想没想过为母亲做点什么呢?是在母亲节为她准备一份用心编织成的礼物?还是在母亲生日那天为她送上你真挚的谢意?还等什么,去做吧!

账　单

八岁的小男孩布拉德喜欢用钱来衡量身边的每件东西。他想知道他看见的每件东西的价钱,如果这个东西不是很贵的东西,他便认为它毫无价值。

但是有许多东西不是用金钱就能买到的,其中有一些是世界上最宝贵的东西。

一天清晨,布拉德下楼吃早饭,同时一张叠得规规矩矩的纸放在母亲的盘中。他母亲打开这张纸,她简直不敢相信自己的眼睛,但那的确是他儿子写的。

　　妈妈欠布拉德:

　　跑腿费 3 美元;

　　倒垃圾 2 美元;

　　擦地板 2 美元;

　　小费 1 美元;

　　妈妈总共欠布拉德 8 美元。

妈妈看着这张纸笑了,但她什么也没说。

吃午饭时,她将账单连同 8 美元一起放在布拉德的盘中。布拉德看到钱时眼睛直发光。他很快把钱放进口袋,开始盘算着用这笔报酬买些什么。

突然,他看见在他的盘子边上还有一张纸,整整齐齐地叠着,和他给母亲的纸一样。当他把纸条打开时,他发现了他母亲写的账单,上面是这样写的:

　　布拉德欠妈妈:

教养他 0 美元；

在他得水痘时照顾他 0 美元；

买衣服、鞋子和玩具 0 美元；

吃饭和漂亮的房间 0 美元；

布拉德总共欠妈妈 0 美元。

　　布拉德坐在那儿看着这张新账单，一句话也说不出来。几分钟后他站起来，把那 8 元钱从口袋里拿出来，放在妈妈的手中。从那以后，他更喜欢帮助妈妈干活了，但再也没有跟妈妈说过账单的事。

哲理启示

　　妈妈用一种温和而又不失教育意义的方法，及时地改变了儿子对事物的衡量标准，让他自悔自悟，从而成为一个爱家爱父母的孩子。所以作为儿子，要清楚父母在我们身上所付出的心血，要懂得是父母在无怨无悔地为我们服务操劳，请为父母做一些力所能及的小事，为他们分担忧愁，让他们也能体会到你的关爱。

账　单

八岁的小男孩布拉德喜欢用钱来衡量身边的每件东西。他想知道他看见的每件东西的价钱,如果这个东西不是很贵的东西,他便认为它毫无价值。

但是有许多东西不是用金钱就能买到的,其中有一些是世界上最宝贵的东西。

一天清晨,布拉德下楼吃早饭,同时一张叠得规规矩矩的纸放在母亲的盘中。他母亲打开这张纸,她简直不敢相信自己的眼睛,但那的确是他儿子写的。

　　妈妈欠布拉德:

　　跑腿费 3 美元;

　　倒垃圾 2 美元;

　　擦地板 2 美元;

　　小费 1 美元;

　　妈妈总共欠布拉德 8 美元。

妈妈看着这张纸笑了,但她什么也没说。

吃午饭时,她将账单连同 8 美元一起放在布拉德的盘中。布拉德看到钱时眼睛直发光。他很快把钱放进口袋,开始盘算着用这笔报酬买些什么。

突然,他看见在他的盘子边上还有一张纸,整整齐齐地叠着,和他给母亲的纸一样。当他把纸条打开时,他发现了他母亲写的账单,上面是这样写的:

　　布拉德欠妈妈:

教养他 0 美元；

在他得水痘时照顾他 0 美元；

买衣服、鞋子和玩具 0 美元；

吃饭和漂亮的房间 0 美元；

布拉德总共欠妈妈 0 美元。

布拉德坐在那儿看着这张新账单，一句话也说不出来。几分钟后他站起来，把那 8 元钱从口袋里拿出来，放在妈妈的手中。从那以后，他更喜欢帮助妈妈干活了，但再也没有跟妈妈说过账单的事。

哲理启示

妈妈用一种温和而又不失教育意义的方法，及时地改变了儿子对事物的衡量标准，让他自悔自悟，从而成为一个爱家爱父母的孩子。所以作为儿子，要清楚父母在我们身上所付出的心血，要懂得是父母在无怨无悔地为我们服务操劳，请为父母做一些力所能及的小事，为他们分担忧愁，让他们也能体会到你的关爱。

一夜改变一生

在一个风雨交加的夜晚，一对老夫妇到一家旅店投宿。服务台一位年轻人热情地接待了他们："很抱歉，由于举办大型会议，我们这两天的房间全满了，而且附近几家饭店都是如此。"

老夫妇满脸的遗憾，无奈地转身向外走。这时，青年服务员又拦住了他们："太太、先生，如果你们不嫌弃，可以在我的房间暂住一晚，因为在这样的夜晚投宿无门实在是太糟糕了。"

没有其他办法，老夫妇一边道谢，一边接受了。

第二天早上，老夫妇再次向青年人道谢，并把房钱递给他。青年人拒绝了："不，先生。我只是把自己的房间借给你们住，这不属于经营范畴。"离开时，老先生对青年人说："好样的，或许有一天，我会为你建一所饭店。"青年人笑了笑，并没在意。

数年后，青年人忽然收到老先生的信，请他到曼哈顿去。青年人在曼哈顿一幢豪华建筑物前又见到了老先生，老先生指着身后的建筑物说："还记得我说过的话吗？这就是我为你修建的饭店。"

不久，这个青年人果真成了这家饭店的总经理，他做梦也没有想到，自己不经意的一夜真诚竟换来了一生的回报。

哲理启示

　　这个青年人的经历告诉我们，无论什么时候人都要有一颗善心，在别人处于危难时，如果你能给予帮助，也许无意之中就会为别人点亮一盏灯。如果是举手之劳，我们又何乐而不为呢？

爱与时间

很久很久以前,与人类有关的一切情感和事物都住在一个岛屿上面,其中有快乐、悲哀、知识、富裕、嫉妒、爱等等。

一天,突然传来一个坏消息,岛屿将要下沉。大家纷纷急着修补船只以备逃走。唯有爱热爱这片生她养她的土地,决心坚持到最后一秒钟。

最后时刻不可避免地到来,岛屿果然即将沉入大海,爱只好寻求他人的帮助。富裕驾驶着豪华的大船经过,爱请求道:"富裕,你能带我一起走吗?你的大船那么宽敞。"

富裕直截了当地说:"不行啊,我的船上装满了金银珠宝,没有你的立足之地,你还是去找其他人帮助吧。"

富裕后面紧跟着一只简陋的小船,上面坐着嫉妒。爱请求道:"嫉妒,请帮帮我。"

嫉妒愤怒地回答说:"我帮你,那么谁来帮我呢? 我希望该死的富裕立即翻船,我也希望再也看不到你,谁叫你平时总是装模作样、爱讲大道理呢?"嫉妒说完幸灾乐祸地加快了速度。

接着,一艘金光闪闪的船飘然而至,那是荣誉的船。爱请求道:"荣誉,我想你不会再拒绝我吧。"

没想到荣誉抱歉地说:"对不起,我也不能帮你。你看你浑身都湿透了,我的船是世界上最美丽的船,可不能被你弄脏。"

接着又有一艘船徐徐地开过来,爱一看,原来是悲哀。爱请求道:"悲哀,让我和你一起走吧,我会帮你快乐起来的。"

悲哀呻吟着说:"唉,我是如此忧愁,谁也没办法让我快乐起来,求你让

我一个人待着吧。"

然后悲哀也沉重地把船开走了。

后面有只船带着悦耳的音乐声和歌声轻快地开过来了,爱焦灼地呼唤道:"快乐快乐,你快救救我。"

但是快乐沉浸在优美的音乐中根本没有听到。

正当爱快要绝望的时候,传来一个慈祥的声音:"爱,到这儿来吧,我带你走。"

爱看到船上有一个白发苍苍的老者,正在慈祥地向她招手。

爱欣喜若狂地登上他的船,很快到达了陆地。在无比庆幸和狂喜当中,爱竟然忘记了问这位老者的名字。

于是,她去请教另一位长者——知识:"你一定知道那天是谁救了我。"

知识简洁地回答道:"是时间。"

"是时间?为什么他要救我呢?我们并不熟悉?"爱惊异地问道。

知识意味深长地微笑着说道:"因为这世界上只有时间懂得你是多么珍贵和伟大!"

哲理启示

人在一生中可能会拥有很多东西,如财富、荣誉等,然而只有爱是经得起时间考验的。在爱的面前,财富、荣誉都会黯然失色,因为只有爱是永恒的,是实实在在让我们觉得世界美好的源泉。

罗格的新车

罗格的哥哥送给他一辆新车作为圣诞节礼物。圣诞节的前一天，罗格从他的办公室出来时，看到一个男孩在他闪亮的新车旁走来走去，触摸它，满脸羡慕的神情。

罗格饶有兴趣地看着这个小男孩。从他的衣着来看，他的家庭显然不属于自己这个阶层。这时，小男孩抬起头问道："先生，这是你的车吗？"

"是啊，"罗格说，"我哥哥给我的圣诞节礼物。"

小男孩睁大眼睛说："你是说，这是你哥哥给你的，而你不用花一角钱？"

罗格点点头。小男孩说："哇！我多希望……"

罗格觉得他知道小男孩希望的是什么——"有一个这样的哥哥"，但小男孩说出的却是："我多希望自己也能做这样的哥哥。"

罗格感动地看着这个男孩，然后问："要不要坐我的新车去兜风？"

小男孩惊喜万分地答应了。

过了一会儿，小男孩转身对罗格说："先生，能不能麻烦你把车开到我家前面？"

罗格微微一笑，他理解小男孩的想法——乘坐一辆又大又漂亮的车子回家，在朋友们的面前一定是很神气的事。可他又想错了。

"麻烦你停在台阶那边，等我一会好吗？"

小男孩跳下车，三步并作两步跑上台阶，进了屋，不一会儿他出来了，还带着一个显然是他弟弟的小男孩，大概因患小儿麻痹症而跛着一只脚。他把弟弟安置在台阶上，紧靠着坐下，然后指着罗格的车子说："看见了吗，就

101

像我在楼上跟你说的一样,很漂亮对不对？这是他哥哥送给他的圣诞节礼物,他不用花一角钱！将来,我也要送给你一部这样的车子,这样你就可以看到我一直跟你讲的橱窗里那些好看的圣诞礼物了。"

罗格的眼睛湿润了,他走下车子,将小弟弟抱到车子前排的座位上。他的哥哥眼睛里闪着喜悦的光芒,也坐了上来。于是三人开始了一次令人难忘的假日之旅。

在这个圣诞节,罗格明白了一个道理:给予远比接受更快乐。

哲理启示

　　一个懂得给予的人,要比只知道索取的人快乐很多,因为给予的同时你会享受别人带给你的快乐,加上你自己的快乐,你获得了两份快乐。其实给予也意味着一种责任,一种爱护,希望你得到爱所以给予,希望你得到幸福所以给予。做一个给予别人幸福的人吧,因为这样你也会感到幸福。

小女孩与穷学生

为了凑齐来年的学费，一位来自贫困山区的贫困大学生决定推销一些商品。推销商品的过程是艰辛的，有时他不得不硬着头皮向人讨些食物来充饥。

一天，他敲了一户人家的大门，开门的是一个小女孩。他一看便失去了勇气，心想：天下哪有大男生跟小女孩讨东西吃的？于是只要了一杯开水解渴。

小女孩看出他十分饥饿，便拿了一杯开水与几片面包给他。他很快把食物接过来，狼吞虎咽地吃着。一旁的小女孩看到他这种吃相，忍不住偷偷地笑。

吃罢，他感激地说："谢谢你，我应该给你多少钱？"

小女孩笑着说："不必啦，这些食物我们家有很多。"

他觉得自己真幸运，在陌生的地方还能得到他人如此温馨的照料。

故事并没有结束，事情的发展更是小女孩所没有想到的。多年以后，小女孩得了一种罕见的病，许多医生都束手无策。女孩的家人听说有一位医生的医术高明，找他看看或许有治愈的可能，便赶紧带她去接受治疗。在医生的全力医治和长期的护理下，小女孩终于恢复了健康。

出院那天，护士交给小女孩医疗费用账单，她几乎没有勇气打开看，猜想可能要一辈子辛苦工作，才还得起这笔医疗费。最后，她还是打开了，却只看到签名栏写着下面的话：

一杯开水与几片面包，足够偿还所有的医疗费。

她顿时热泪盈眶,这才明白,原来主治医生就是当年的那个穷学生。

哲理启示

在别人遇到困难时,伸出一只援助的手。哪怕是一杯水、一片面包都会给人无可比拟的温暖,这种雪中送炭式的温暖会让人终生难忘。文中的小女孩用对别人纯纯的爱换来了自己的生命,也让别人体会到了爱的温馨;既让一个大人获得了尴尬时的安慰,也让自己对给予别人帮助有了更深层次的认识。

黄狗孵鸭蛋

鸭子、老鼠和黄狗住在同一个院子里。

一天，鸭子生了第一个蛋，兴奋地叫起来："我生蛋了，我生蛋了！"快步跑去向主人报喜。

调皮的老鼠跑过来："这是鸭子生的蛋，让我来跟她开个玩笑。"老鼠拿起鸭蛋，在上面左一下右一下地画了起来，画完以后就跑开了。鸭子回来一看："咦，这是什么蛋？反正不是我的蛋。我的蛋哪儿去了？"她跑了一圈，还是没找到自己的蛋，回来再瞧瞧那个怪蛋："啊，蛋上面画着小狗的头。这一定是黄狗生的蛋。"

鸭子抱着蛋，累得上气不接下气地找到黄狗说："黄狗，这是你的蛋吧？"黄狗丈二和尚摸不着头脑，说："不，这不是我的蛋。我根本不会生蛋。"

"那一定是别的狗生的蛋。黄狗，我把这个蛋交给你，你再打听打听，我还得赶紧去找自己的那个蛋呢。"

黄狗真为难。他找了一整天，也没找到会生蛋的狗。"哎，这个蛋里有一只小狗等着出壳呢。要是谁也不来孵蛋，小狗可就出不来了。"黄狗决定自己来孵这个蛋。于是，他一天到晚把这个蛋抱在怀里，用温暖的皮毛紧紧贴着它。那只调皮的老鼠，眼见黄狗在孵鸭蛋，肚皮都笑痛了。

三天过去了，五天过去了，十天过去了。黄狗没能好好睡过一天觉，始终紧紧搂着那个画着小狗头的鸭蛋。这时候，老鼠实在有些不忍心了，对黄狗说："快别这样了，你是孵不出小狗来的。"黄狗眨着瞌睡眼说："你怎么知道？时间还没到呢。"

又过了几天。黄狗怀里的蛋终于破壳了,可里面蹦出来的竟是一只小鸭。老鼠这才告诉黄狗,是他在鸭蛋上画了小狗头。老鼠说:"我说你孵不出小狗,这下你明白了吧。"黄狗很喜欢这只小鸭,爱怜地抚摸着他,说:"可我总算没白费力气呀!"

哲理启示

黄狗是用爱心来孵蛋,从而让一个生命来到世上。有时看来,结果并不重要,重要的是诚心诚意付出的过程和用同样的爱来温暖别人,正如我们所说的"幼吾幼以及人之幼",但我们并不是总能做到这一点。

艾迪的鞋

有一个叫德鲁克的少年,他在 10 岁那年因输血不幸染上了艾滋病,原来的伙伴们都躲着他,只有大他 4 岁的艾迪仍旧像从前一样跟他玩耍。

一个偶然的机会,艾迪在杂志上看到一则消息,说新奥尔良的费医生找到了一种能治疗艾滋病的植物。这让他兴奋不已。于是,在一个月明星稀的夜晚,他带着德鲁克,悄悄地踏上了去新奥尔良的路。

为了省钱,他们晚上就睡在随身带着的帐篷里,德鲁克的咳嗽多了起来,从家里带来的药也快吃完了。这天夜里,德鲁克冷得直发抖,他用微弱的声音告诉艾迪,他梦见 200 亿年前的宇宙了,星星的光是那么的暗淡,他一个人待在那里,找不到回来的路。艾迪把自己的鞋塞到德鲁克的手上,告诉鲁克:"以后睡觉,就抱着我的鞋,想想艾迪的臭鞋还在你手上,那艾迪肯定就在附近。"

他们身上的钱差不多用光了,可离新奥尔良的路还很远。德鲁克的身体越来越虚弱,艾迪不得不放弃了计划,带着德鲁克又回到了家乡。艾迪依旧常常去病房看德鲁克,他们有时还会玩游戏,或和医院的护士开玩笑。

一个秋天的下午,阳光照在德鲁克瘦弱苍白的脸上,艾迪问他:"想不想再玩装死游戏?"德鲁克点点头。然而这次的装死游戏,德鲁克却没有在医生为他摸脉时忽然睁开眼笑起来——他真的死了。

那天,艾迪陪德鲁克的妈妈回家。两人一路无语。直到分手的时候,艾迪才抽泣着说:"我很难过,没能为德鲁克找到治好他的药。"

德鲁克的妈妈泪如雨下。"不,艾迪,你找到了。"她紧紧搂着艾迪,"你

给了他快乐,给了他友情,给了他一只鞋,他一直为有你这个朋友而满足。"

哲理启示

　　艾迪用一只鞋,给了德鲁克最后的快乐。让德鲁克在弥留之际真切地体会到了友情的存在。把快乐给予他人,真心地去关心朋友,看似简单,实际上却能让他人获得勇气与满足。也许有时你真的无法为朋友遭遇的挫折做什么,但起码你可以去安慰他,陪伴他,让他惶恐的心获得暂时的安慰。

和谁玩跳皮筋

小刘初为人师，他的搭档是一位已有两年教龄的女教师。当小刘很快站稳讲台并在新教师中崭露头角的时候，却发现自己的搭档为人拖拉懒散，无心教学，他们学科的综合成绩可想而知。常常因此被连累而挨领导批评的小刘愤愤不平，却又无可奈何。

这天，郁闷的小刘到街上去闲逛，偶然看见路边有四个女孩子在跳皮筋。其中一个矮个子女孩在皮筋升到一定的高度后就显得很吃力，每当这时，同一组的另一个女孩子就不得不代她跳，以至于后来那个女孩每个高度都要跳两次——自己一次，替矮个子女孩一次。

他走过去问她："你的同伴儿这么差，你何苦还跳得这么卖力呢？"

她微笑着回答说："我的同伴儿确实跳得不是很好，但是，如果我不和她一组，就没人愿意和她一组，同时，也没人愿意和我玩，因为，她们都知道我跳得最好！"

小刘望着不断上升的皮筋，仿佛明白了什么。

从那以后，小刘努力拼搏，加班加点，终于使学科的综合成绩有了较大的起色，他也由此得到了领导的肯定和同事的信任。

哲理启示

　　社会是一个大舞台，但并不是只有你一个人在表演，而是所有人都想充当这个舞台的主角。然而，如果人人都想充当主角，而懒得做一回看客，那么我们的表演又有什么意义？所以，我们在尽情表演的同时，也要关注他人的表演，毕竟，只有自己的成功难免显得孤独和令人遗憾，而大家的成功才是圆满的、皆大欢喜的成功。

给老朋友的信

这位出租车司机读东西读得太投入了,因为直到默菲不得不急迫地敲击车窗玻璃,才引起了他的注意。"您的车可以用吗?"默菲问。司机点点头,默菲坐进了汽车的后座。

司机抱歉地说:"对不起,我刚刚在看一封信。"他的声音像得了感冒。

"我理解,家书抵万金啊。"默菲说。

司机看上去大概60多岁了,因此默菲猜测道:"是您的孩子——您的孙子寄来的吧?"

"这不是家书,"他答道,"尽管也很像家书。爱德华是我的老朋友了。实际上,我们一直以来就互相叫'老朋友'来着——我是说,我们见面的时候。我的信写得不怎么好。"

"我猜他准是您的老相识。"

"差不多是一辈子的朋友了。我们上学时一直同班。"

"能维持这么长时间的友谊可不容易哟。"默菲说。

"事实上,"司机接着说,"在过去的25年中我每年只见他一两次,因为我搬家了,就有点儿失去联系了。爱德华曾是个了不起的家伙。"

"您说'曾是',意思是……"

他点点头:"是的,他几个星期以前过世了。"

"真叫人遗憾,"默菲说,"失去老朋友太叫人难过了。"

司机没有答话。他们默默地行驶了几分钟。接着,默菲听到司机几乎是自言自语地说:"我本该跟爱德华保持联系的。"

"嗯，"默菲表示同意，"我们都应该和老朋友保持至少比现在更密切的联系。不过不知怎么的，我们好像总是找不到时间。"

他耸耸肩："我们过去都找得到时间的，这一点在这封信中也提到了。"他把信递给默菲，"看看吧。"

"谢谢，"默菲说，"不过我不想看您的信件，这可是个人隐私啊……"

"老爱德华死了。现在已经无所谓了。"他说，"看吧。"

信是用铅笔写的，称呼是"老朋友"。信的第一句话就是：我一直打算给你写信来着，可总是一再拖延。接着说，他常常回想起他们共同度过的美好时光。信中还提到这位司机终生难忘的事情——青少年时期的调皮捣蛋和昔日的美好时光。

"您和他在一个地方工作过？"默菲问。

"没有。不过我们单身的时候住在一块儿。后来我们都结了婚，有一段时间我们还不断互相拜访。但很长时间我们主要只是寄圣诞卡。当然，圣诞卡上总会加上些寒暄话——比如孩子们在做什么事儿——但从来没写过一封正经八百的信。"

"这儿，这一段写得不错，"默菲说，"上面说，这些年来你的友谊对于我意义深远，超过我的言辞——因为我不大会说那种话。"默菲不自觉地点头表示认同，"这肯定会使您感觉好受些，不是吗？"

司机咕哝了一句令默菲摸不着头脑的话。

默菲接着说："知道吗，我很想收到我的老朋友寄来的这样的信。"

他们快到目的地了，于是默菲跳到最后一段——"我想你知道我在思念着你。"结尾的落款是："你的老朋友，汤姆。"

车子在默菲下榻的旅馆停下来，默菲把信递还给司机。"非常高兴和您

交谈。"把手提箱提出汽车时,默菲说,但心底却突然产生了疑惑。

"您朋友的名字是爱德华,"默菲说,"为什么他在落款处写的却是'汤姆'呢?"

"这封信不是爱德华写给我的,"他解释说,"我叫汤姆。这封信是我在得知他的死讯前写的。我没来得及发出去……我想我该早点儿写才对。"

到了旅馆,默菲没有马上打开行李——他得写封信,并立刻发出去。

哲理启示

老汤姆手中的这封见证他与爱德华友谊的信如今成了给他带来伤痛的源头,因为爱德华已经死了,这封信永远也发不出去了。我们常常因为工作繁忙而忽略对家人、朋友的关注,认为那是极有说服力的理由,家人、朋友一定都会理解。是啊,出于对我们的关爱和怜惜,他们常常会选择对我们谅解和包容,可我们自己呢,我们会原谅自己吗?于是,诸多的遗憾和自责就这样产生了。从现在起,让我们多关注身边的人,少留一些遗憾吧!

爱的眼睛

　　一个晴朗的星期天，尼亚老师把孤儿院的20个孩子全部带到了她父母的农场。她想让这些没有父母的孩子在那里找到家的感觉，而且，农场院里的各种蔬菜水果都熟透了，鸡妈妈也刚孵出一群可爱的小鸡崽。

　　除了4岁的维特，几乎所有的孩子都欢天喜地。维特性格孤僻倔强，对所有人都持仇视态度，最要命的是他还有同龄人少有的逆反心理。饭桌上，只有维特一个人埋着头狼吞虎咽；花园里，只有他故意掐断火红的玫瑰花；课堂上，也只有他敢无理取闹。也许这一切都源于维特的父亲进了监狱，还有他母亲随后的出走吧。对于一个4岁的小孩子来说，具有这种性格未免有些令人担忧。尼亚在他身上花费了很大的心思，但总是不管用，她真的担心维特的性格会毁了他一生。

　　孩子们在花园里早已玩得精疲力竭了，尼亚悄悄地把鸡崽和鸡妈妈领到了花园。看到活泼可爱的小鸡，孩子们精神大振，他们高兴得又唱又跳。有的学着小鸡唧唧喳喳满地乱跑，有的则争先恐后地给小鸡喂食。是啊，善良而富有爱心是孩子们的天性，几乎所有的小孩都喜欢小动物。教育家研究发现：养宠物家庭的孩子远比没有养宠物家庭的孩子要细心善良得多。

　　尼亚发现只有维特一个人坐在旁边发呆，活泼可爱的小鸡和憨态可掬的鸡妈妈并不能吸引他的注意力。他的眼睛里似乎蕴涵着连成年人也少有的迷茫、孤独甚至是愤怒。这不是一双4岁小孩子所该拥有的眼睛啊。

　　这时，有两只小鸡经过维特的脚旁，他突然弯下腰，飞快地一手拎起一只小鸡，恶狠狠地骂道："我讨厌你们乱窜，你们不知道打扰了我的休息吗？"

小鸡拼命挣扎,尼亚大叫:"维特,放下它们!"可维特不听。忽然,鸡妈妈从对面冲过来,一跃而起,照准维特露在外面的肚脐,狠狠地一啄!维特尖叫一声,立即松开了双手,哭着按住了自己鲜血淋漓的肚脐。获胜的鸡妈妈迅速带着两只小鸡逃开了。

尼亚赶紧替维特处理伤口,维特也止住了哭声,他开始不停地重复一句话:"我要报复!我要报复……"依维特的脾气,只要有机会,杀掉鸡妈妈也不会让尼亚感到意外。

接下来的两周,维特每天都独自一人坐在一旁,他为自己肚脐上留下的这个清晰的伤痕既惭愧又懊恼。看到维特闷闷不乐的样子,想起母鸡张臂保护一群小鸡的情景,尼亚不由得感慨万千:连动物都能为下一代撑起一片爱的晴空,那么我们人类难道不应该多几双爱的眼睛吗?

为了帮维特掩盖这个印迹,让他淡忘不快乐的事情,尼亚找出一个圆环,在上面刻了4个字——"爱的眼睛"。这天,尼亚当着所有小朋友的面宣布:"上帝知道维特肚脐被啄伤后,特地送给他一个脐环,让他从此拥有一只既能保护自己又能关爱别人的眼睛。"

维特先是一副不以为然的样子,可当他看见小朋友们都用羡慕的眼神望着他时,不由得第一次露出了开心的笑容,他欣然戴上了"爱的眼睛"。

小朋友们都嚷着也要戴脐环,尼亚笑着说道:"当你们有一天犯了一个小小的错误,但因此学会爱、宽容并且为爱奋斗后,你们才有机会戴上脐环。"从这一刻起,维特成了孩子们心中的英雄,也是从这一刻起,他显然改变了许多:变得爱说爱笑,更重要的是他会关心照顾别人了。

从那以后,每当维特遇到不开心的事,他都会告诉"爱的眼睛";每当别人需要帮忙时,"爱的眼睛"就仿佛具有一种魔力,指引着维特去帮助别人……

维特一直在孤儿院健康快乐地成长，他变成了一个坚强、执著而富有爱心的孩子。

维特懂事后，终于明白了尼亚老师的苦心。他30岁时，成了一家大型孤儿院的院长。而孤儿院的名字就叫"爱的眼睛"……

哲理启示

尼亚老师给了维特一双爱的眼睛，让这个孩子拥有了一颗善心，让他学会了去爱别人，而不是无视一切。有一双会爱的眼睛是多么重要，用这双眼睛看世界，你会发现阳光同样会洒在你的身上，鸟儿同样也在为你歌唱！

学会付出

有一个人在沙漠走了两天,途中遇到暴风沙。一阵狂沙过后,他已辨不出正确的方向。正当快撑不住时,突然,他发现了一间被废弃的小屋。他拖着疲惫的身子走进了屋内。这是一间不通风的小屋子,里面堆了一些枯朽的木材。他近乎绝望地走到后院,竟意外地发现了一架抽水机。

他狂喜地上前汲水,可是怎么抽也抽不出半滴水来。他颓然坐地,却发现抽水机旁有一个用软木塞堵住瓶口的小瓶子,上面贴了一张泛黄的纸条,纸条上写着:"你必须用水灌入抽水机才能引水。但是不要忘了,在你离开前,请再将水装满!"他急忙地拔开瓶塞,发现瓶子里果然装满了水。他的内心开始激烈地交战。如果自私点,只要将瓶子里的水喝掉,他就不会渴死,就能活着走出这间屋子;如果照纸条说的做,把瓶子里仅有的水倒入抽水机内,万一抽不出水来,他就会渴死在这地方了……到底要不要冒险?

最后,他决定把瓶子里仅有的水,全部灌入那架看起来破旧不堪的抽水机,然后用颤抖的双手汲水——水真的源源不断地涌了出来!

他喝足水后,又把瓶子装满水,用软木塞封好,想了想,又在原来那张纸条后面,加了他自己的留言:请相信我,真的有用,在获得之前,要先学会付出。

哲理启示

为别人付出，其实自己也受益。在付出的同时，自己也在享受为别人服务的快乐。在危难时刻，不要只想着自己，为别人提供方便，自己也方便。到时你也会像文中的那个人一样，尽情地享受着付出的成果。

玛拉的奇遇

玛拉因为长得又矮又瘦而没被允许加入合唱团，而且，她总是穿着一件又灰又旧又不合身的衣服。

玛拉在公园里难过地流泪。她想：我为什么不能去唱歌呢？难道我的歌声真的很难听？

不由自主地，玛拉就低声地唱了起来，她唱了一首又一首，直到唱累了为止。

"真好听！"这时，一个声音响起来，"谢谢你，小姑娘，你让我度过了一个愉快的下午。"

玛拉惊呆了！

说话的是一位满头银发的老人，他说完后就走了。

玛拉第二天再去时，老人还坐在昨天的位置上，满脸慈祥地看着她微笑。

于是玛拉又唱起来，老人聚精会神地听着，一副深深陶醉的样子。最后他大声喝彩，说："谢谢你，小姑娘，你唱得太棒了！"说完，他又独自走了。

就这样，十多年过去，玛拉长成了大姑娘，变得美丽而优雅，是本城有名的歌手。但她忘不了公园长椅上那个慈祥的老人。于是，她特意回公园去找老人，却怎么也找不着他了。经过打听才知道，老人早就去世了。

"他是个聋子，都聋了20年了。"一个知情人这样告诉她。

哲理启示

鼓励可以让一个自卑的人变得自信，可以让一个伤心的人变得快乐。鼓励有这么多好处，我们又何必吝惜自己对别人的鼓励呢？就像那位聋者，虽然听不见，但他却用真诚的鼓励为孩子打开了一扇继续努力的窗，使她走上了成功之路。

男孩与小狗

宠物店老板在门上挂了一个广告牌，上面写着"出售小狗"。这条信息显然把孩子们吸引住了。一名小男孩出现在这个广告牌下。"小狗多少钱一只呢？"他问道。

"30 到 50 美元不等。"

小男孩从衣袋里掏出一些零钱："我有 2.37 美元，请允许我看看它们，好吗？"

老板笑了笑，吹了声口哨，负责管理狗舍的女士便跑了出来，她身后跟着 5 只毛茸茸的小狗，其中有一只远远地落在后面。小男孩立刻发现了落在后面的那只一跛一跛的小狗："那只小狗有什么毛病吗？"

老板解释说："这只小狗没有臀骨臼，所以它只能一拐一拐地走路。"小男孩说："就这只吧，我要买它。"

老板说："这只你用不着花钱，要是你真的想要它，我就把它送给你好了。"

小男孩变得十分生气，他看着店主的眼睛说："我不需要你把它送给我。这只狗和其他狗的价值应该是一样的，我会付给你全价。我现在付 2.37 美元，以后每月付 50 美分，直到全部付完为止。"

老板劝道："你真的用不着买这只狗，毕竟它不可能像别的狗那样又蹦又跳地陪你玩儿。"

听完这话，小男孩弯下腰，卷起裤腿，露出他的一条严重畸形的腿——他的左腿是跛的，靠一个大大的金属支架撑着。

男孩说道:"瞧,我的腿也不好,这只小狗需要一个能完全理解它的朋友。"

哲理启示

这只小狗是幸运的,它遇到了一个了解它的人。小男孩说的没有错,不能因为腿残就贬低狗的价值,其实这也是小男孩的心声。他需要别人的理解与支持,需要别人的呵护,而不是歧视与嘲笑。所以,请给予这样的孩子更多的理解,让他们活得轻松,笑得开心。

不只是一束花

有一个人在拥挤的车流中缓缓驾车前进。在红灯时,一个衣衫褴褛的小男孩,敲着车窗问他是否要买花,他拿出两美金,但由于绿灯已亮,后面的人正猛按喇叭催促他,因此他略显粗暴地对正问他要什么花的男孩说:"什么样的花都可以,你只要快一点就好。"

那男孩仍然十分礼貌地说:"谢谢你,先生。"

在开了一小段路后,他有些过意不去,他粗暴无礼的态度,却得到对方如此有礼的回应。于是他把车停在路边,回头走向男孩表示了歉意,并且又再给了两美金,要小男孩自己买一束花送给他喜欢的人。这个男孩笑了笑并道谢接受。

当他再回去发动车子时,却发现车子出故障了,动不了,一阵忙乱后,他决定步行找拖车帮忙。正在这时,一辆拖车已经迎面驶来,令他大为惊讶。司机笑着对他说:"有一个小男孩给了我四美金,要我开过来帮你,并且还让我把这张纸条给你。"他接过纸条,打开一看,只见上面写着:"这代表一束花。"

哲理启示

真诚地对待别人,也会换来真诚的回报,当自己也处于困境时,真诚就会降临到你身边,让你为自己曾经付出的真诚而欣慰。所以,不要总是期待好运气从天而降,真诚的付出才是自救的最佳途径。

1849次
拒绝

一 美 元

在 19 世纪美国南部的一个农场里，住着许多生活非常贫困的黑奴。一天，黑奴杰克生病了，因为没有治疗费用一美元只能躺在床上等死，他的 7 岁小女儿露西决定找农场主哈森借钱。当她敲开哈森的房门，他很不高兴，恶狠狠地问她："什么事？"露西清楚地回答："我父亲生病了，我想向您借一美元，非常需要！"

哈森很生气地说："我叫你回去，你听不懂啊？再不走，我叫你好看！"露西依然答应了一声"是"，却仍然一动不动地站在那里。

这下可真把哈森惹火了，他气急败坏地抓起皮鞭朝露西走过来。

然而，她毫无惧色，不等哈森走近，反而先迎着他踏前一步，凛然的眼睛一眨不眨地注视着凶恶的他，斩钉截铁地说道："我今天无论如何都要拿到一美元！"

哈森一下愣住了，细细地端详着站在他眼前的这个女孩的脸，缓缓地放下皮鞭，从口袋里掏出了一美元给她。

哲理启示

面对不顺利的事情，面对恶势力，我们要有敢于正视、勇于克服的勇气。无论你在困难面前显得多么弱小，都要鼓足勇气，坚定自己必胜的意志，这样的话，困难就不会再成为障碍了。

一口暴牙的歌星

卡丝·黛莉颇有音乐天赋,可遗憾的是她长了一口暴牙。第一次上台演出的时候,为了掩饰自己的缺陷,她一直想方设法把上唇向下撇着,好盖住暴出的门牙,结果她的表情看起来十分好笑。

她下台后一位观众对她说:"我看了你的表演,知道你想掩饰什么。其实这又有什么呢?暴牙并不可怕,尽管张开你的嘴好了,只要你自己不引以为耻,投入地表演,观众就会喜欢你。"

卡丝·黛莉接受了这个人的建议,不再去想那口牙齿。从那以后,她关心的只是听众,总是全身心投入地张大了嘴巴尽情歌唱,最后成为了一位非常优秀的歌手。

哲理启示

人生正因为有了缺憾,才使得未来有了无限的转机,所以缺憾未尝不是一件值得高兴的事。

善待身边的一切,真正的快乐随处都能拥有。

人活的是一种境界,只要你能战胜自身的缺陷,即使大风大浪也无法将你征服。

你应该高兴

契诃夫在他的《生活是美好的》一文中有这样一段文字：

要是火柴在你的衣袋里着火了，那你应该高兴，而且感谢上苍：多亏你的衣袋不是火药库。

要是有穷亲戚上别墅来找你，那你不要脸色发白，而是要喜洋洋地叫道：挺好，幸亏来的不是警察！

要是你的手指头扎了一根刺，那你应当高兴：挺好，多亏这根刺不是扎在眼睛里！

要是你有一颗牙痛起来，那你该高兴：幸亏不是满口的牙痛。

契诃夫在文章最后写道："依此类推……朋友，照我的劝告去做吧，你的生活就会欢乐无穷了。"

哲理启示

大哲学家叔本华有一句话："事物本身并不影响人，人们只受对事物看法的影响。"看问题的观点有积极与消极之分，看法会对人产生潜在的影响，每个人都要对他的看法承担相应的后果。

尽力而为、全力以赴、竭尽全力永远都不如那积极的心态来得自然。无论我们追求的是什么，我们都应该在实现目标之前想象我们已经做到了这一点。先想象得到，再去得到。

英若诚的游戏

著名表演艺术家英若诚生长在一个大家庭中,每次吃饭都是几十个人坐在大餐厅中。有一次他突发奇想,决定跟大家开个玩笑。吃饭前,他把自己藏在饭厅一个不被注意的柜子里,想等到大家遍寻不着时再跳出来。

让小英若诚大为尴尬的是,大家丝毫没有注意到他的缺席。当酒足饭饱的大家离去后他才蔫蔫地走出来吃了些残汤剩菜。自那以后,他就告诉自己:永远不要把自己看得太重要,否则就会大失所望。

哲理启示

每个人都会有以自我为中心的经历。其实,我们觉得自己重要是对的,但我们要证明自己重要只能通过自己的努力,而不能强迫别人认为自己重要。

福特修筑河堤

汽车业巨子亨利·福特，年轻的时候担任过工程师的职务。

有一次他带队修筑一条河堤，不料突然来了场暴风雨，大水淹没了所有的机器设备，辛苦构筑的工程也全遭摧毁。

当洪水退去之后，工人们望着遍地的泥泞与东倒西歪的机器，不禁悲从中来。

"你们怎么都哭丧着脸？"福特笑着问大家。

"你自己瞧！"他们哭丧着脸说道，"遍地都是泥泞。"

"我怎么没瞧见？"他爽朗地说。

"这不是吗？还有那里，还有……"工人指着满是泥浆的机器，不解地说。

"我只看见蔚蓝的晴空，那上头没有一片泥巴，即使有，泥巴又如何抗拒阳光的照射呢？不久泥巴就会结块，我们就可以重新开动推土机了，不是吗？"

哲理启示

无论在什么样的环境中，我们都要以平常心及赞美心去面对，这是很重要的。只要我们对一切事物抱以赞美而不抱以痛苦的叹息，那么，无论我们面对的环境是悲是喜，我们的生活及我们的态度都会改变。

丑女的怪模样

春秋时代,越国有一位美女名叫西施。她的美貌简直到了倾国倾城的程度。无论是她的举手、投足,还是她的音容笑貌,样样都惹人喜爱。西施略施淡妆,衣着朴素,走到哪里,哪里就有很多人向她行"注目礼",没有人不惊叹她的美貌。

西施患有心口疼的毛病。有一天,她的病又犯了,只见她手捂胸口,双眉皱起,流露出一种娇媚柔弱的女性美。当她从乡间走过的时候,乡里人无不睁大眼睛注视着。

乡下有一个丑女子,不仅相貌难看,而且没有修养。她平时动作粗俗,说话大声大气,却一天到晚做着当美女的梦。今天穿这样的衣服,明天梳那样的发式,却仍然没有一个人说她漂亮。

这一天,她看到西施捂着胸口、皱着双眉的样子竟博得这么多人的青睐,因此回去以后,她也学着西施的样子,手捂胸口、紧皱眉头,在村里走来走去。哪知这丑女的矫揉造作,使她原本就丑陋的样子更难看了。其结果,乡间的富人看见丑女的怪模样,马上把门紧紧关上;乡间的穷人看见丑女走过来,马上拉着妻子、带着孩子远远地躲开。人们见了这个怪模怪样模仿西施心口疼、在村里走来走去的丑女人简直像见了瘟神一般。

哲理启示

唐朝大诗人李白曾有这样两句诗:"丑女来效颦,还家惊四邻。"盲目模仿别人的外表,不顾自身的条件和特色,不注重内在素质的提高,只能弄巧成拙。

疼痛是个好消息

扮演"超人"的克里斯多弗·里夫,在1995年的一次坠马中,伤势严重,导致颈部以下全部瘫痪。三年来,他凭着坚强的意志,与死神作着不懈的抗争。

经过一年的知觉训练,他脊椎末端的神经又恢复了知觉。他说,现在碰它一下,就有疼痛的感觉,但这疼痛感觉很舒服,"请相信我说的全是真的。"

大多时候,疼痛是一种痛苦,但"超人"这回的痛,是生命的一道光亮。人有一种可贵的智慧,便是给每一种现象赋予意义。西班牙和美国心理学家在1992年巴塞罗那奥运会田径比赛场上,用摄像机拍摄了20名银牌获得者和15名铜牌获得者的情绪反应。心理学家们发现,在冲刺之后和在颁奖台上,"第三名"看上去比"第二名"更高兴。

研究人员分析认为:因为铜牌获得者通常不是期望值高的人,获得铜牌已经很高兴了;而银牌得主往往是冲着金牌而来的,因此就会为没有夺得金牌而感到难过。确实,在领奖后采访获奖运动员时,许多亚军都伤心地说:"差一点就成了冠军,真遗憾。"而季军获得者也许会说:"差一点就名落孙山,真幸运。"

哲理启示

你是否能够经常保持愉快的心情,能否成为情绪的主人,关键在于你站在什么位置、从什么角度上看问题。只要你从积极乐观的方面考虑问题,不幸和烦恼自然就会离你而去。

只管去干活

托妮·莫里森是美国著名黑人女作家，1993年诺贝尔文学奖获得者。在莫里森的少年时代，由于家境贫困，从12岁开始，每天放学以后，她都要到一个富人家里打几个小时的零工，十分辛苦。一天，她因工作的事向父亲发了几句牢骚。父亲听后对她说："听着，你并不在那儿生活。你生活在这儿。在家里，和你的亲人在一起。只管去干活就行了，然后拿着钱回家来。"

莫里森后来回忆说，从父亲的这番话中，她领悟到了人生的四条经验：一、无论什么样的工作都要做好，不是为了你的老板，而是为了你自己；二、把握你自己的工作，而不让工作把握你；三、你真正的生活是与你的家人在一起；四、你与你所做的工作是两回事，你该是谁就是谁。

在那之后，莫里森又为形形色色的人工作过，有的很聪明，有的很愚蠢；有的心胸宽广，有的小肚鸡肠。但她从未再抱怨过。

哲理启示

做自己应该做的事，做好自己应该做好的事。这样，我们才会找到自己的位置，把握住生活的方向。不要把牢骚和抱怨挂在嘴边，你真正需要做的是全力以赴地去解决问题，获得成功。

疼痛是个好消息

扮演"超人"的克里斯多弗·里夫，在1995年的一次坠马中，伤势严重，导致颈部以下全部瘫痪。三年来，他凭着坚强的意志，与死神作着不懈的抗争。

经过一年的知觉训练，他脊椎末端的神经又恢复了知觉。他说，现在碰它一下，就有疼痛的感觉，但这疼痛感觉很舒服，"请相信我说的全是真的。"

大多时候，疼痛是一种痛苦，但"超人"这回的痛，是生命的一道光亮。人有一种可贵的智慧，便是给每一种现象赋予意义。西班牙和美国心理学家在1992年巴塞罗那奥运会田径比赛场上，用摄像机拍摄了20名银牌获得者和15名铜牌获得者的情绪反应。心理学家们发现，在冲刺之后和在颁奖台上，"第三名"看上去比"第二名"更高兴。

研究人员分析认为：因为铜牌获得者通常不是期望值高的人，获得铜牌已经很高兴了；而银牌得主往往是冲着金牌而来的，因此就会为没有夺得金牌而感到难过。确实，在领奖后采访获奖运动员时，许多亚军都伤心地说："差一点就成了冠军，真遗憾。"而季军获得者也许会说："差一点就名落孙山，真幸运。"

哲理启示

你是否能够经常保持愉快的心情，能否成为情绪的主人，关键在于你站在什么位置、从什么角度上看问题。只要你从积极乐观的方面考虑问题，不幸和烦恼自然就会离你而去。

只管去干活

托妮·莫里森是美国著名黑人女作家,1993年诺贝尔文学奖获得者。在莫里森的少年时代,由于家境贫困,从12岁开始,每天放学以后,她都要到一个富人家里打几个小时的零工,十分辛苦。一天,她因工作的事向父亲发了几句牢骚。父亲听后对她说:"听着,你并不在那儿生活。你生活在这儿。在家里,和你的亲人在一起。只管去干活就行了,然后拿着钱回家来。"

莫里森后来回忆说,从父亲的这番话中,她领悟到了人生的四条经验:一、无论什么样的工作都要做好,不是为了你的老板,而是为了你自己;二、把握你自己的工作,而不让工作把握你;三、你真正的生活是与你的家人在一起;四、你与你所做的工作是两回事,你该是谁就是谁。

在那之后,莫里森又为形形色色的人工作过,有的很聪明,有的很愚蠢;有的心胸宽广,有的小肚鸡肠。但她从未再抱怨过。

哲理启示

做自己应该做的事,做好自己应该做好的事。这样,我们才会找到自己的位置,把握住生活的方向。不要把牢骚和抱怨挂在嘴边,你真正需要做的是全力以赴地去解决问题,获得成功。

追逐快乐

先不说他的名字,即使说了,也没有多少人能够知道,但是他的故事,却令人惊讶。

1991 年,他 20 岁,已是上海复旦大学生物系的高才生了,再待一年,他就可以得到学位。但令人惊讶的是,他却退学了。他从小的梦想是哈佛大学,而不是复旦。这样离去,似乎在意料之外,又在情理之中。但为了签证,他却在国内等了四年。

在美国,他向哈佛大学申请了两次,两次都没有通过,直到第三年第三次申请他才成功。

哈佛梦他做了十多年。1998 年,他即将获得哈佛大学遗传学博士学位时,他又作出一个令人费解的决定,放弃博士学位跟着一位同学回国了。

同学的名字叫张朝阳,他们一起白手起家,最后成为搜狐网的中坚分子。1999 年,他在即将成为搜狐第一副总裁的时候又作出一个决定:离开搜狐。他对别人的解释是:他不是给别人打工的人,帮人成为英雄不是他的梦想。

他创办了"e 龙网"。当"e 龙网"破土而出,取得 6000 万资金支持时,他又作出一个更令人费解的决定:他离开"e 龙网"不干了。

看看他这 15 年遇上的每一个机会,如果抓住任何一个,他都会功成名就。假如这样的机会能宠幸我们,我们定会感谢上苍对自己的垂青。

但是,这个人,他却浅尝辄止,在到达巅峰的时刻,突然收手,飘然离去。

在这个"以成败论英雄"的社会里,他显然不是我们眼中的英雄,相反,

他具备一个失败者所具备的特征。但是他不承认，他说人生在于不断追求，这个过程应该是快乐的、自我的，是按照自己的价值体系来衡量的。功成名就不是快乐，功成名就也不是一个人的终极价值。他是一个为了拼搏而存在的人，他更像战场上的战士，当把敌人打翻在地时，转身而去，把战利品留给了别人。也许他要的就是那种冲锋陷阵的感觉。

名利场就像几年来攀登珠穆朗玛峰的历史，我们记住的往往是那些攀上顶峰的人，而对那些到达巅峰却满意地转身下山的人，我们再也记不起他们的名字了。

他就是这样的一位攀登者，他所做的不是为了冲顶，而纯粹是为了享受攀登的快乐。

他的名字叫张黎刚，一个和张朝阳一样优秀的男人。他说，天下只有一种英雄，那就是人性的英雄。

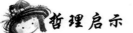 哲理启示

结果固然重要，但过程同样令人难忘。追逐理想的过程有欢笑，有泪水，有收获，有失落，这些已深深刻在我们心里，最后的结局还需要计较吗？

136

口吃的韦尔奇

　　世界第一经理人、美国通用电气公司董事长杰克·韦尔奇，出生在一个典型的美国中产阶级家庭，不算穷，但也不富。他父亲是个工作狂，每天都早出晚归，所以培养孩子的任务就落在了母亲身上。

　　与其他母亲不一样的是，杰克的母亲对儿子的关心更体现在提升儿子的能力与意志上，她要求儿子一切从头开始，努力主宰自己的命运。杰克从小就口吃，可母亲说这算不了什么缺陷，甚至还表扬他："你有点口吃，正说明了你聪明爱动脑，想的比说的快些罢了。"母亲的话给杰克带来了极大的自信。

　　结果，略带口吃的毛病并没有阻碍杰克的发展，也没有影响他的自信。而在实际生活中，注意到他有口吃缺陷的人士，反倒更加对他产生敬意。因为这位有这样缺陷的人在商界竟取得了这么辉煌的成就。美国全国广播公司新闻总裁迈克尔甚至开玩笑地说："杰克真行，我真恨不得自己也口吃！"

　　杰克从小就非常喜欢运动，尤其喜欢打曲棍球，经常和同学到其他城市比赛。别的孩子出远门父母都要陪着，可杰克的母亲很早就把儿子当大人看待，她总是让儿子独自去参加比赛。杰克中学毕业后应该是可以保证进入美国最好的大学的，但结果却事与愿违，只能进马萨诸塞州立大学。开始他感到非常沮丧，想不去上学，来年再考。但母亲却鼓励他就上马萨诸塞州立大学。杰克进入大学不久，原先的沮丧变成了庆幸。他说："如果当时我选择了麻省理工学院，那我就会因为入学成绩较差，而被伙伴们打压，永远没有出头的一天。然而这所较小的州立大学，让我获得了许多自信。事实证明,母亲让我进马萨诸塞州立大学是对的。"后来,杰克果然成了马萨诸塞州立大学最顶尖的学生。

哲理启示

自信心就像是上足了发条的钟摆,可以让人在任何困难面前来去自如。如果失掉了这份自信心,哪怕是小小的挫折都可能给自己判死刑。问题是拿来解决的!只有充足的自信才能克服人生中的一切困难,并帮助自己到达胜利的彼岸。

"难民心理"

保罗现在是一位很有成就的新闻记者。他在 6 岁时以难民身份到达美国。开始在学校里他因不会说英语而深感痛苦。在受到同学讥讽时不是大打出手,便是转身逃避,结果养成了他所说的"难民心理"。这种心理表现在诸如"不要破坏现状"、"到了人家这里就该知足"以及"这种东西轮不到你"等想法。

后来在一次夏令营活动时,他的生命有了转折。

"他们要我担任营里最有地位的职务——岸边指导员,因为我具备必要的资格。"保罗说,"这时,我照例听到一个内心的声音在提醒自己:这种东西轮不到你。你不是第一流的人。可是,出乎意料之外,内心就像有一盏灯忽然亮了似的,我一下子变得恍然大悟。现在应该轮到我了。于是,我便答应担任那个职位。"

保罗不能肯定他当时怎么会恍然大悟。可是那一刻的确改变了他的一生,使他摆脱了心理羁绊,而变成"在我的世界里的真正自己"。

哲理启示

美国著名学者爱默生曾经说过:自信就是成功的第一秘诀!如果你想取得成功,你首先需要做的就是克服自卑,努力树立自己的自信心,只有这样,你才能走向通往成功的坦途。

不幸是最好的大学

在法国里昂的一次宴会上，人们对一幅是表现古希腊神话还是历史的油画发生了争论。主人眼看争论越来越激烈，就转身找他的一个仆人来解释这张画。使客人们大为惊讶的是：这位仆人的说明是那样清晰明了，那样深具说服力。辩论马上就平息了下来。

"先生，您是在什么学校毕业的？"一位客人对这位仆人很尊敬地问。"我在很多学校学习过，先生，"这年轻人回答，"但是，我学的时间最长、收益最大的学校是苦难。"

他为这苦难的课程付出的学费是很有益的，尽管当时他只是一个贫穷卑微的仆人，但是不久，他终于以其智慧震惊了整个欧洲。他就是那个时代法国最伟大的天才——法国哲学家和作家卢梭。

哲理启示

不幸是最好的大学。有时候，物质条件的优越反而会滋生人的惰性，使人丧失进取心。而艰难和不幸则会激发出一个人对困难和不幸的挑战心理，使人内在的力量被挖掘出来，取得成功。

世上谁人不如此

美国作家霍桑讲过这样一个故事：

大卫·斯旺沿着大道朝波士顿走去。他的叔父在波士顿经商，要给他在自己店里找个工作。夏日里起早摸黑地赶路，实在太疲乏，大卫打算一见阴凉的地方就坐下来歇歇。不多会儿，他来到一口覆盖着浓荫的泉眼旁边。这儿幽静、凉快。他蹲下身子，饮了几口泉水。然后，把衣服裤子折起当枕头，躺在松软的草地上，很快就酣然入睡了。

就在他呼呼大睡的当儿，大道上来了一辆由两匹骏马拉着的华丽马车，蓦地，由于马蹩痛了脚，车子"嘎"地停在泉眼边。车里走出一位年长绅士和他的妻子。他们一眼就瞧见大卫睡在那儿。

"他睡得多沉，呼吸那么顺畅，要是我也能那样睡会儿，该多幸福！"绅士说。

他的妻子也叹道："像咱们这样的老人，再也睡不上那样的好觉了！看那孩子多像咱们心爱的儿子呀，能叫醒他吗？"

"看他脸孔，多么可爱哟！"大卫不知道，幸运之神正近在咫尺呢！年长绅士家里很富有。他唯一的儿子最近不幸死了。在这样的情况下，人们往往会做出奇怪的事来。比如说，认一个陌生小伙子为儿子，并让他继承自己的家产。可是，大卫却始终没醒来，睡得正甜。"咱们叫醒他吧！"绅士妻子又说了一句。正在这时，马车夫嚷起来："快走吧！马好了。"老夫妻俩依恋地对视一下，便快步走向马车。过了不到 5 分钟，一个美丽的姑娘踏着欢快的步子，朝泉眼走来了。她停下来喝水，也瞧见了大卫。就像未经允许进入

了别人的卧室,姑娘慌忙想离开。突然,她看见一只大马蜂正嗡嗡地在大卫头上飞来飞去,就不由得掏出手帕挥舞着,把马蜂赶走。

看着大卫,姑娘心头一颤,脱口而出:"他长得多俊啊!"可是大卫却丝毫未动,她只好快快地走了。要是大卫能醒来,也许能和她认识,甚至结亲。大卫永远也不会知道在他睡眠时发生的一切幸运。可是,仔细想想,世上谁人不如此呢?

哲理启示

在现实生活中,我们总是在抱怨上帝没有给我们机会。其实机遇无处不在,关键是你想不想把握而已。

作家梁晓声曾经道出了一些幸运儿成功的绝密,他说:有的人搭上机遇的快车,顺风而行;有的错过了它,终身遗憾;有的一生都未能实现,默默地埋藏自己的才华。

天赐良机不可失,坐失良机更可悲,一个人要学会创造机遇,用自己的聪明才智勤奋努力,不断进取,踏踏实实地耕耘,才能获得成功。

别把乌龟推回河里

斯坦姆是女权主义运动的一位领导者兼作家。学生时代，在一次地理考察中，她上了人生中重要的一课。在史密斯大学演讲时，斯坦姆和听众分享了这次经历："在考察中，在蜿蜒的康涅狄格河畔，我发现了一只巨大的乌龟，它趴在一段路的护堤上。它显然是从河里爬出来的，经过一段土路才到了现在这个地方。它还在继续前进，随时有被汽车轧死的危险。

"同是地球上的生物，我觉得帮助它是责无旁贷的。于是我走上前，连拉带拽，最后总算把这只大乌龟从路障上带回岸边。这期间，它不断愤怒地想咬我一口。

"当我正要把乌龟推回河里时，地理学教授走了过来，并对我说：'你知道，为了在路边的泥里产卵，那只乌龟可能花了一个月的时间才爬上公路，结果你却要把它推回河里！'

"唉，我当时懊恼极了。不过，在后来的岁月里，我发现那次经历是我人生中最生动的一课……"

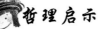 哲理启示

在需要作出可能影响别人的决断时，不要犯主观臆断的错误。不管你是出于多么善良的目的，都要尽可能多听听当事人的意见。

擦亮你的眼睛

孔子的一位学生在煮粥时,发现有肮脏的东西掉进锅里去了。他连忙用汤匙把它捞出来,正想把它倒掉时,忽然想到,一粥一饭都来之不易啊,于是便把它吃了。刚巧孔子走进厨房,以为他在偷食,便教训了那位负责煮食的学生。经过解释,大家才恍然大悟。孔子很感慨地说:"我亲眼看见的事情也不确实,何况是道听途说呢?"

哲理启示

我们自己的主观判断有时候很难得到确证是对是错。所以千万不要自以为是,不要用直觉或自己内心的想法判断是非,要学会客观地,多角度地看问题,谨慎地评价事物。

高明的医生

魏文王问名医扁鹊说："你们家兄弟三人，都精于医术，到底哪一位最好呢？"

扁鹊答："长兄最好，中兄次之，我最差。"

文王再问："那么为什么你最出名呢？"扁鹊答："长兄治病，是治病于病情发作之前。由于一般人不知道他事先能铲除病因，所以他的名气无法传出去；中兄治病，是治病于病情初起时。一般人以为他只能治轻微的小病，所以他的名气只及本乡里；而我是治病于病情严重之时。一般人都看到我在经脉上穿针管放血、在皮肤上敷药等大手术，所以以为我的医术高明，名气因此响遍全国。"

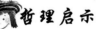 **哲理启示**

人们总是看到事物的现象，却不去思考事物的本质。预防永远胜于治疗。

145

李 广 射 石

西汉时期,有个大将军叫李广。李广生来口才笨拙,不善言谈,可身材高大,膂力超人,精通射箭。有一次,他到郊外去打猎,忽然发现前面草丛里有一只猛虎正蹲卧在那里,好像正在等待扑捉食物的时机。

李广立刻神情振作,瞄准老虎,拉弓搭箭,使足力气,"嗖"地射出一箭。这一箭射出,正中要害。可是李广在那里等了一会儿,看老虎动也没动一下,他很奇怪,大着胆子走近,仔细一看,被射中的不是什么老虎,而是一块形状像老虎的大石头。当他寻找射出的那支箭时,发现那支箭不仅深深地射中了石头老虎,而且连箭翎都几乎看不见了。

李广自己也感到很惊奇,自己怎么会有这么大的力气。接着他又接连射几箭,却始终不能再射进去了。

后来,当他对别人说起这件事时,人家告诉他说:"见其诚心,而金石为开。"

哲理启示

坚强的意志力常常能形成一种无形的强大力量,以至于连自己都难以相信。所以遇到困难时,一定要坚定意志,下定决心去克服,只有这样,难题才会迎刃而解。

90 年的人生总结

内德·兰塞姆是法国里昂最著名的牧师,一生中一万多次走到临终者的床前,聆听临终者的忏悔。他的献身精神不知感化过多少人,无论是在富人区还是在贫民窟都享有极高的威望。

兰塞姆到了 84 岁的时候,尽管仍然很想走近需要他的人,但由于体弱多病,已经深深感到力不从心了。他躺在教堂的一间阁楼里,酝酿写一本书,以便把自己对生命、生活和死亡的认识告诉世人。他多次动笔,几易其稿,都不满意,总觉得没有很好地表达出他心中想要表达的思想。

一天,一位老妇人来敲兰塞姆的门,说自己的丈夫快要不行了,临终前很想见见他。他不愿让这位远道而来的妇人和她的丈夫失望,在别人的搀扶下,还是坚持去了。

临终者是位布店老板,已 72 岁,年轻时曾和著名音乐指挥家卡拉扬一起学吹小号。他说,他非常喜欢音乐,当时他的成绩远在卡拉扬之上,老师也非常看好他的前程。可惜 20 岁时,他迷上了赛马,结果把音乐荒废了,要不然他可能是一个相当不错的音乐家。现在生命快要结束了,一生碌碌无为,感到非常地遗憾。他告诉兰塞姆,到了另一个世界,他决不会再做这样的傻事。他请求上帝宽恕他,再给他一次学习音乐的机会。

兰塞姆很体谅他的心情,尽力安抚他,答应回去后为他祈祷,并告诉他,聆听这次忏悔使自己也很受启发。

兰塞姆回到教堂,继续写书的思路更加清晰了。他拿出自己的 60 多本日记,决定把一些人的临终忏悔编成一本书。他认为,不管他如何论述对生

命、生活和生死的认识，都不如这些临终者的话能给人们以启迪。经过几年的艰辛努力，书的内容都从日记中圈出来了。他给书起了名字，叫《最后的话》。可是非常意外，在法国麦金利影印公司承印该书时，里昂发生了大地震，兰塞姆的60多本日记全部毁于火灾。《基督教科学箴言报》非常惋惜地报道了这件事，把它称为基督教的"里昂大地震"。

兰塞姆也深感痛心，他知道凭自己的风烛残年已经不可能全部回忆出60本日记中的内容了，因为那一年他已90高龄。

兰塞姆在临终前，对身边的人说，基督画像的后面有一只牛皮纸信封，那里面有他留给世人的"一句话"。他还语重心长地解释说："那是从一万多临终者的忏悔中提炼出的一句话，那是从60本日记中提炼出的一句话，那是从90年生命历程中提炼出的一句话，那是警示世人珍惜生命、尽可能减少临终前遗憾的一句话。"

兰塞姆去世后，葬在新圣保罗大教堂。他的墓碑上工工整整刻下了他亲笔书写的那一句话：

"假如时光可以倒流，世上将有一半的人可以成为伟人。"

哲理启示

吃一堑长一智，人的一生中经历了太多的风风雨雨，才对生活有了明智的认识。可是，当我们真正懂得该如何去生活的时候，许多美好时光已经一去不复返了。为了将来回首往事的时候不因碌碌无为而悔恨，现在多作些努力吧！

任尚和班超

西汉初年,班超为西域都护。他在漠北任职达 30 多年,威慑西域诸国。在他任期内,西域各族不敢轻举妄动,因此汉朝西北部边疆及西域地区得以和平安宁。为此朝廷封其为定远侯,可谓功成名就。

当班超年老力衰之后,认为自己已不能胜任此职,便上表辞职。皇帝念其劳苦功高,便批准了他的请求,让任尚接替他的职务。

为了办理交接手续,任尚拜访了班超,问他:"我要上任去了,请您教我一些统治西域的方法。"班超打量一下任尚,答道:"看你的样子就是个急性子人,做事可能一板一眼,所以我有几句话奉劝你:当水太清时,大鱼就没有地方躲藏,谅它们也不敢住下来;同样,为政之道也不能太严厉、太挑剔,否则也不容易成功。对西域各国未开化民族,不能太认真,做事要有弹性。大事化小,繁事化简才是。"

任尚听了,大不以为然。虽口头上表示赞成,内心却不服。"我本以为班超是个伟大人物,肯定有许多高招教我,却只说了些无关痛痒、无足轻重的话,真令我失望。"任尚果然把班超的教诲当做了耳旁风。他到达西域后,严刑厉法,一意孤行。结果没过多久,西域人便起兵闹事,该地就此失去了和平,又陷于激烈的刀兵状态。

出现这样的结果,任尚想必是非常后悔的。但是,已酿成大乱,后悔已无济于事了。

班超出使西域数十年,他的成功经验当然是宝贵的。任尚毫无治理西域的经验,应该认真领会才对。

哲理启示

俗话说:"听君一席话,胜读十年书。"年轻人不可固执己见,看轻别人的经验,要多多参考长辈的建议,这样可以少走许多弯路,避免许多失败。

一 碗 汤

有一次,台湾诗人林先生在日本进了一家中国人开的餐馆,要了一份他感兴趣的汤。入座不久,服务生将一大盆汤放在他面前,他一愣,问服务生:"这么大一盆汤,我能喝得了吗?"服务生理直气壮地回答:"你没说明是一小碗呀!"他一时语塞,匆匆喝了几口汤,心里感到不是滋味,便按一大盆汤的价格付了钱后拂袖而去。

后来,他又到一家日本人开的料理店,要了一份同样的汤,也没有说是一大盆还是一小碗。不一会儿,服务生给他端来一小碗汤,并说:"如果不够,可以再来一碗。"他只喝了一小碗,当然只付一小碗汤的钱。

再后来,他每次去日本,都要到那家料理店用餐,包括喝他感兴趣的汤。

 哲理启示

市场会给予那些从细节上设身处地为消费者着想的商家以更多的回报。商家是精明的,但消费者也不傻,他们往往通过细节观察事情。

老鼠实验

1925 年，美国科学家麦开做了一个前人从未做过的老鼠实验。

将一群刚断奶的幼鼠一分为二区别对待：第一组享受"最惠国待遇"，予以充足的食物让其饱食终日；第二组享受"歧视待遇"，只提供相当于第一组60%的食物以饿其体肤。

结果大大出人意料：第一组饱老鼠难逾千日，未到中年就英年早逝；第二组饿老鼠寿命翻番，享尽高年方才寿终正寝，而且皮毛光滑，皮肤绷紧，行动敏捷，煞是耐看。更耐人寻味的是其免疫功能乃至性功能均比饱老鼠略高一筹。

后继科学家触类旁通，扩大范围验及细菌、苍蝇、鱼等生物，又发现了惊人相似的一幕幕。为论证这一普遍真理能否放之人类而皆准，科学家又以与人类同源共祖的猴子做实验，结果如出一辙，难分左右。

哲理启示

生活中，常常有这样一种现象：顺境出庸才，逆境出英才。经历过困难、挫折和不幸的人往往更容易抓住生活赐予给他的机会，然后努力进取，获得成功。所以，不要让自己的生活太安逸，最后，你会发现逆境对你的成长更有帮助。

走自己的路

美国著名女演员索尼亚·斯米茨的童年是在加拿大渥太华郊外的一个奶牛场里度过的。

当时她在农场附近的一所小学里读书。有一天她回家后很委屈地哭了，父亲问其原因。她断断续续地说："班里一个女生说我长得很丑，还说我跑步的姿势难看。"父亲听后，只是微笑。忽然他说："我能摸得着咱家天花板。"正在哭泣的索尼亚听后觉得很惊奇，不知父亲想说什么，就反问："你说什么？"父亲又重复了一遍："我能摸得着咱家的天花板。"索尼亚忘记了哭泣，仰头看看天花板。将近4米高的天花板，父亲能摸得到？她怎么也不相信。父亲笑笑，得意地说："不信吧？那你也别信那女孩的话，因为有些人说的并不是事实！"

索尼亚就这样明白了，不能太在意别人说什么，要自己拿主意！她在二十四五岁的时候，已是个颇有名气的演员了。有一次，她要去参加一个集会，但经纪人告诉她，因为天气不好，只有很少人参加这次集会，会场的气氛有些冷淡。经纪人的意思是，索尼亚刚出名，应该把时间花在一些大型的活动上，以增加自身的名气。索尼亚坚持要参加这个集会，因为她在报刊上承诺过要去参加，"我一定要兑现诺言。"结果，那次在雨中的集会，因为有了索尼亚的参加，广场上的人越来越多，她的名气和人气因此骤升。

后来，她又自己做主离开加拿大去美国演戏，从而闻名全球。

哲理启示

不要轻易相信别人的话。坎坷人生,很多时候我们都要自己拿主意! 自己拿主意是自信的表现。当然,这并不意味着一意孤行,而是忠于自己,相信自己。

最伟大的推销员

　　乔·吉拉被誉为世界上最伟大的推销员,他在 15 年中卖出 13001 辆汽车,并创下一年卖出 1425 辆(平均每天约 4 辆)的记录,这个成绩被收入《吉尼斯世界大全》。那么你想知道他推销的秘密吗?

　　曾经有一次一位中年妇女走进乔·吉拉的展销室,说她想在这儿看车打发一会儿时间。

　　闲谈中,她告诉乔·吉拉她想买一辆白色的福特车,就像她表姐开的那辆。但对面福特车行的推销员让她过一小时后再去,所以她就来这儿看看。她还说这是她送给自己的生日礼物:"今天是我 55 岁生日。""生日快乐! 夫人。"乔·吉拉一边说,一边请她进来随便看看。接着乔·吉拉出去交代了一下,然后回来对她说:"夫人,您喜欢白色车,既然您现在有时间,我给您介绍一下我们的双门式轿车——也是白色的。"他们正谈着,女秘书走了进来,递给乔·吉拉一打玫瑰花。乔·吉拉把花送给那位妇女:"祝您生日快乐,尊敬的夫人。"

　　显然她很感动,眼眶湿了。"已经很久没有人给我送礼物了,"她说,"刚才那位福特推销员一定是看我开了部旧车,以为我买不起新车。我刚要看车,他却说要去收一笔款,于是我就上这儿来等他。其实我只是想要一辆白色车而已。只不过表姐的车是福特,所以我也想买福特,现在想想不买福特也可以。"

　　最后她在乔·吉拉这儿买走了一辆雪佛莱,并写了一张全额支票。其实从头到尾乔·吉拉的言语中都没有劝她放弃福特而买雪佛莱的词句,只是因为她在这里感受到了重视，所以放弃了原来的打算，转而选择了乔·吉拉的产品。

 哲理启示

尊重他人是一种高尚的品质，尊重别人，别人就尊重你，你会因尊重他人而得到许多好处。

自　律

　　在美国一所大学的日文班里，突然出现了一个50多岁的老太太。开始大家并没感到奇怪。在这个国度里，人人都可以挑自己开心的事做。可过了不长时间，人们发现这个老太太并非是退休之后为填补空虚才来这里的。每天清晨她总是最早来到教室，温习功课，认真地跟着老师阅读。老师提问时她也会出一脑袋汗。她的笔记记得工工整整。不久人们就纷纷借她的笔记来作参考。每次考试前老太太更是紧张兮兮地复习、补缺。

　　有一天，老教授对人们说："做父母的一定要自律才能教育好孩子，你们可以问问这位令人尊敬的女士，她一定有一群有教养的孩子。"

　　一打听，果然，这位老太太叫朱木兰，她的女儿是美国第一位华裔女部长——赵小兰。

 哲理启示

　　骄傲是灭亡的先导，自大是垮台的开始。骄傲的人，结果总是在骄傲里毁灭了自己，一味孤芳自赏，自吹自擂，结果事事落空，终致一事无成。

马克·吐温与聋子

马克·吐温是美国著名的幽默大师,常开别人的玩笑,但有一次反而被人开了一个玩笑。

一天,马克·吐温应邀到一个小镇。演讲结束后,一个年轻人来找他,说自己的祖父从来不笑,不管什么人或什么事情都不能让他发笑。

"今天晚上,请你带你的祖父来听我的演讲,"马克·吐温信心十足地说,"相信我一定可以让他捧腹大笑。"

那天晚上,年轻人和他祖父坐在第一排。马克·吐温特别针对老人,说了许多有趣的故事,别人都笑得前仰后合,可是老人脸上却一点笑容都没有。接着马克·吐温说了他所知道的最有趣的故事,但老人还是面无表情。最后马克·吐温只好停止努力,感到泄气极了。

过了几天,马克·吐温向一个朋友提起这件事情。"嗯,"他的朋友说,"我认识那个老人,他的耳朵已经聋了好多年了。"

哲理启示

许多人常常犯自以为是的毛病,地位与成功往往使人们忘了自己是谁,忘了自己有多大本事,而盲目去做一些不切实际的事。

一滴焊接剂

有一位年轻人，几经周折，终于在一家石油公司里谋到一份工作，他所做的工作是最低档、最机械、最没有创造性的巡视并确认储油罐盖有没有自动焊接好。

这是公司里最简单枯燥的工作，凡是有出息的人都不愿意干这件事。尽管这份工作来之不易，但这位年轻人还是觉得，天天看一个个铁盖太没有意思了。他找到主管，要求调换工作。可是主管说："不行，别的工作你干不好。"

年轻人只好回到焊接机旁，继续检查那些油盖上的焊接圈。既然好工作轮不到自己，那就先把这份枯燥无味的工作做好吧！

有一次，他突然发现石油罐子每旋转一次，焊接剂滴落 39 滴，焊接工作便结束了。

为什么一定要用 39 滴呢？少用一滴行不行？在这位年轻人以前，已经有许多人干过这份工作，从来没有人想过这个问题。这个年轻人不但想了，而且认真测算试验。结果发现，焊接好一个石油罐盖，只需 38 滴焊接剂就足够了。年轻人在最没有机会施展才华的工作上，找到了用武之地。他非常高兴，立刻为节省一滴焊接剂而开始努力工作。

原有的自动焊接机，是为每罐消耗 39 滴焊接剂专门设计的，用旧的焊接机，无法实现每罐减少一滴焊接剂的目标。年轻人决定另起炉灶，研制新的焊接机。经过无数次尝试，他终于研制成功了"38 滴型"焊接机。

这个小伙子节省的只是一滴焊接剂，但"一滴"却给公司带来了每年上

亿美元的利润。

　　许多年后,他成了世界石油大王——洛克菲勒。

　　有人问洛克菲勒:"成功的秘诀是什么?"他说:"重视每一件小事。我是从一滴焊接剂做起的,对我来说,点滴就是大海。"

哲理启示

　　不积跬步,无以至千里,不积小流,无以成江河。由此可见,小事可以成大事,重视小事的作用,才能把大事做好。所以,注重小的积累,才会促成大的成功。

富兰克林的时间观

本杰明·富兰克林是美国资产阶级民主主义思想家,杰出的政治活动家,出色的文学家,同时也是一位卓越的物理学家。

富兰克林曾经在《新英格兰报》承担排字、校对等工作。有一天,在富兰克林所在报社前面的商店里,一位犹豫了将近一个小时的男人终于开口问店员:"这本书多少钱?"

"一块钱。"店员回答。

"一块钱?"这人又问,"你能不能少要点?"

"它的价格就是一块钱。"这位顾客又看了一会儿,然后问:"富兰克林先生在吗?"

"在,"店员回答,"他在印刷室忙着呢!"

"那好,我要见见他。"这个人坚持一定要见富兰克林。于是,富兰克林就被找了出来。这个人问:"富兰克林先生,这本书你能出的最低价格是多少?"

"一块两毛五。"富兰克林不假思索地回答。

"一块两毛五?你的店员刚才还说一块钱一本呢!"

"这没错,"富兰克林说,"但是,我情愿倒给你一块钱也不愿意离开我的工作。"

这位顾客惊异了。他心想,算了,结束这场自己引起的谈判吧,他说:"好,这样,你说这本书最少要多少钱吧?"

"一块五毛。"

"又变成一块五毛？你刚才不还说一块两毛五吗？"

"对。"富兰克林冷冷地说，"我现在能出的最好价钱就是一块五毛。"这人默默地把钱放在柜台上，拿起书出去了。这位著名物理学家和政治家给他上了终生难忘的一课：对于有志者，时间就是金钱。

哲理启示

我们学习、办事是否高效从来都是与我们对时间的态度是否端正，使用时间的方法是否合理分不开的。

一方面，一个珍惜时间、善于使用时间的人必然是高效的。对于那些成功者而言，他们的第一个共性就是：珍惜时间的价值，更懂得在日常生活和工作中如何最大限度地利用有限的时间。

另一方面，讲究学习、工作的方法也是获得高效的一个有效途径。在生活中我们会发现，有的人"起了个大早，却赶了个晚集"，并不是他不珍惜时间，办事拖拖拉拉，而是因为他没有掌握办事的方法，在一种比较笨的方法中浪费了时间，当然就不能高效了。

1849 次拒绝

美国,有一位年轻人,穷困潦倒,然而就在身上全部的钱加起来都不够买一件像样西服的时候,他仍执著地坚持着心中的梦想:做演员,拍电影,当明星。

当时,好莱坞有 500 家电影公司,他根据自己划定的路线与排列好的名单顺序,带着自己写好的、量身订做的剧本前去一一拜访。但第一遍下来,所有的 500 家电影公司没有一家愿意聘用他。

面对百分之百的拒绝,这位年轻人没有灰心,从最后一家被拒绝的电影公司出来之后,他又回去从第一家开始,继续他的第二轮拜访与自我推荐。

在第二轮拜访中,他仍然遭到了 500 次拒绝。

第三轮的拜访结果仍与第二轮相同。这位年轻人咬牙开始他的第四次行动。当他拜访完第 349 家后,第 350 家电影公司的老板破天荒地答应让他留下剧本先看看。

几天后,年轻人获得通知,请他前去详细商谈。

就在这次商谈中,这家公司决定投资开拍这部电影,并请这位年轻人担任男主角。

这部电影名叫《洛奇》。这位年轻人叫席维斯·史泰龙。

哲理启示

　　成功没有捷径,唯有坚持。如果面对困难轻言放弃,自然得不到成功的垂青。要知道,没有经过困苦的磨砺,就不可能成为强者,只有坚持到最后的人,才能成为胜利者。

成功的心态

1936 年,美国著名医师及药理学家勒韦荣获诺贝尔生理学及医学奖。他是一个非常专注于目标的人。

勒韦 1873 年出生于德国法兰克福的一个犹太人家庭,从小喜欢艺术,绘画和音乐都有一定的水平。但他的父母是犹太人,对犹太人深受各种歧视和迫害心有余悸,不断敦促儿子不要学习和从事那些涉及意识形态的行业,要他专攻一门科学技术。他的父母认为,学好数理化,可以走遍天下都不怕。

在父母的教育下,勒韦进入大学学习时,放弃了自己原来的爱好和专长,进入施特拉斯堡大学医学院学习。

勒韦是一位勤奋志坚的学生,他不怕从头学起,他相信专一必定会成功。他带着这一心态,很快进入了角色,他专心致志于医学课程的学习。心态是行动的推进器,他在医学院攻读时,被导师的学识和专心钻研精神所吸引。这位导师叫淄宁,是著名的内科医生。勒韦在这位教授的指导下,学业进展很快,并深深体会到医学也大有施展才华的天地。

勒韦从医学院毕业后,他先后在欧洲及美国一些大学从事医学专业研究,在药理学方面取得较大进展。由于他在学术上的成就,奥地利的格拉茨大学于 1921 年聘请他为药理教授,专门从事教学和研究。在那里他开始了神经学的研究,通过对青蛙迷走神经的实验,第一细胞传至另一个细胞,又可将刺激从神经元传到应答器官。他把这种化学物质称为乙酰胆碱。1929年他又从动物组织分离出该物质。勒韦对化学传递的研究成果是一个前人

未有的突破,对药理及医学作出了重大贡献,因此,1936年他与戴尔获得了诺贝尔生理学及医学奖。

勒韦是犹太人,尽管他是杰出的教授和医学家,但也如其他犹太人一样,在德国遭受了纳粹的迫害,当局把他逮捕,并没收了他的全部财产,被取消了德国籍。后来,他逃脱了纳粹的监禁,辗转到了美国,并加入了美国籍,受聘于纽约大学医学院,开始了对糖尿病、肾上腺素的专门研究。勒韦对每一项新的科研,都能专注于一,不久,他这几个项目都获得了新的突破,特别是设计出检测胰脏疾病的勒韦氏检验法,对人类医学作出了又一个重大贡献。

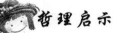 **哲理启示**

现实生活中,人人都有梦想,都渴望能美梦成真,但只会幻想的人,永远都不可能如愿。当你有了坚定的目标时,勇敢地迈出第一步,也就意味你离成功近了一步。

"诚实"的地位

我有一个学生叫威廉,是个黑人学生,很有礼貌,也很聪明,一年前选过我的逻辑课,可上了几节就不来了。后来,他说他爸爸死了,所以缺了很多课。我谅解了他。

威廉依然缺课,一直缺到期末考试。他请我不要给他不及格,给他一个"课目未结业"。他说他的部队要到前线去打仗了,因为他是现役军人。我一听,立刻同意。

这天,我突然接到军人驻校办公室的电话。一个军人问我:"为什么威廉一年前的课到现在都没有结业?"我说:"威廉到前线去啦。"那边立刻提高了嗓门:"他到什么前线?他撒谎。他知道在他读书期间,部队不送他去前线!"我一听很生气,立刻给了他一个不及格,送到成绩部去了。

没想到,部队三番五次打电话来,要我起诉威廉"学术欺骗"。我一听就头疼。我是教授,我只管给学生成绩。学生的德行由他们自己负责。我没理部队的要求。

一天,我下课回来,办公室门口站着一个高大的军人,表情严肃得像个门板。他说:"戴博士,我是团长詹姆斯,我得找你谈谈。"我第一个反应就是:"我做了什么坏事?"团长詹姆斯倒是开门见山:"我们要把威廉送上军事法庭,因为他撒谎。"

我一听事情这么严重,就说:"我已经给威廉不及格了,他已经得到了惩罚……"团长詹姆斯打断我的话:"戴博士,我请您认真想一想,如果您不起诉,他就可以从这所大学毕业。他毕业后,就可以当排长,32个美国的儿子

和女儿的生命就要掌握在他手里。如果他不诚实,您能放心把32个美国的儿子和女儿交给他吗?"

32个美国的儿子和女儿的生命可不是小事。我想了一个星期,依然决定不起诉威廉。我当然不放心把32个美国的儿子和女儿的生命交在他手里,可为撒谎起诉自己的学生,却不是我能做出来的。

过了几个月,我在校园里碰见威廉。我问他有没有被送到军事法庭。他说:"倒是没有上军事法庭,可我自己要求退役了,因为我不诚实。"

以后,我就再没见到过威廉。他不再是军人,也不再是学生。"32个美国的儿子和女儿"的生命算是安全了。威廉最后对我说的那几句话却真使我看到了"诚实"在美国的位置。

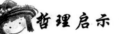 **哲理启示**

　　诚实是维系整个社会关系的基石,它代表着一个人的品质。如果人格出现了问题,即便是再有地位的人也会失去自己的尊严。

胜利的手势

收到鲍勃照片的时候，我很难把相片上这个搂着州年度最佳射手奖杯、一脸阳光的年轻人，同12年前那个瘦弱畏缩的男孩子联系起来。但是，他高高举起的右手是划破我记忆的闪电，那是一个孩子对生命的坚强诠释。

12年前，我受蒙特利歌学校邀请，担任该校足球队春季集训的教练。第一次和队员们见面是在一个阳光明媚的下午，10多个男孩穿着整洁的球服坐在草地上听我讲话。从孩子们清澈的眼睛里可以看出，他们是崇拜我的。

训练结束后，我对孩子们说："现在轮到我认识你们了。大家站成一排，在我和你们握手的时候告诉我你们的名字。"

我从一个个孩子面前走过，夸奖着那些自信地喊出自己名字的孩子，最后走到队尾那个瘦小的男孩面前。他紧张地看着我，小声说："我叫鲍勃。"然后，他缓缓地把左手伸到我面前。

"哦，这可不行，"我说，"你应该知道用哪只手握手吧？而且你的声音还可以再大一点。怎么样，小家伙，我们再来一次？"鲍勃低下头一声不吭地站在那里。

这时，他身旁的狄恩说："教练，鲍勃的右手生来只有两根手指。"鲍勃猛地抬起眼睛看着我："我能踢得很好的，教练，相信我。做替补我也愿意。"

我平静地把右手伸到鲍勃的面前，温和地说："你愿意跟我握一下手吗？"

鲍勃迟疑地将他残缺不全的手放到我的手心里。

我双手握住他微微颤抖的小手："鲍勃你记住，没有必要遮掩什么。恰

恰相反，你有一双幸运的手。上帝如此安排，为的是能让你比别人更快地打出'胜利'的手势。"

鲍勃苍白的脸上渐渐浮起灿烂的笑容。

集训结束的时候有一场和邻校的汇报比赛。最后一次训练结束后，孩子们举着手争先恐后拥到我面前，希望自己能首发出场。鲍勃的左手几乎举到我眼前。我装作没有看见。剩下最后一个名额时，我沉默地看着鲍勃。鲍勃涨红的脸上突然有了凝重的神情。他坚定地举起右手，微微张开两指："教练，请给我一次机会。"

我记得那次比赛鲍勃进了两个球。每次进球后都对我微笑着高高举起他的右手，做出胜利的姿势。

再以后，鲍勃以他优秀的踢球技术和阳光般的笑容，入选了州足球队，开始了他的职业足球生涯。

哲理启示

智慧让人生充满阳光，满载笑声，填满希望。

小镇彻底变了

美国缅因州的阿拉加什河畔曾有一座欣欣向荣的小镇。小镇的街道一尘不染，建筑物精致华丽，就连普通人家的庭院里也拾掇得干干净净。小镇的居民积极乐观，过着舒适安逸的生活。

天有不测风云。这一年春天，一个可怕的消息在小镇流传：州政府决定在阿拉加什河上建一座水利发电厂，工程师把建坝的地点定在小镇的上游河段。也就是说，一旦大坝建成，美丽的小镇就会被河水淹没，永远从地图上消失。虽然州长还没作出最终决定，即使决定了，搬迁计划也要两年后才开始实行，但小镇的居民已经惶恐不安了。一个在小镇长大的年轻人不忍心看着自己美丽的家乡被大水淹没，决定去找州长，说服他把大坝改建在小镇下游。

年轻人拍了很多小镇优美的照片，带着这些照片和必要的行李，他登上了开往班戈（缅因州首府）的火车。州长公务繁忙，没有预约想见到他并不是件容易的事。一周、两周过去了，一个月过去了，心急如焚的年轻人终于见到了州长。年轻人讲明来意，描述了小镇繁华美丽的景象，恳请州长重新考虑建坝的位置。

听完年轻人的话，州长说："我很理解你对家乡的感情，但据刚从镇上回来的调查员说，这个镇子并不像你说得那样繁华。他的报告上说：该镇经济萧条，街道肮脏不堪，建筑物年久失修。

"这不可能，我一个月前刚从镇上来。您看，这是我出发前拍的照片。"年轻人急忙拿出照片。州长仔细看着他手里的照片，摇摇头说："这的确是

我们说的那个小镇,但你看看这些照片,"州长从文件夹里取出一叠照片递给年轻人,"这是调查员昨天刚从镇上拍回来的照片。"

年轻人目瞪口呆地看着照片,照片上曾经美丽的小镇已经面目全非。建筑物上伤痕累累,街道上堆满垃圾,疏于打理的庭院中杂草丛生。市中心冷冷清清,到处是出租、转让的招牌。照片上的小镇居民也满面愁容,无精打采。"发生了什么事?是……瘟疫?"年轻人惊讶地问。

"不,孩子。我想这是比瘟疫更可怕的原因——绝望。"

 哲理启示

如果我们先放弃了自己,就不能责怪别人放弃了我们;如果我们没经过努力就失去了信心和希望,心灵的花园就会变成一片荒漠。

死亡日记和童话故事

一名工程师不幸身患绝症，医生说，此病随时可能引发中枢神经系统病变，并导致死亡。知道这个消息的时候，工程师刚满三十岁，正当年富力强之时，儿子也有四岁了。

原本美好的生活一下子化为泡影，面对这样残酷的事实，工程师彻底绝望了。

为了减轻自己的痛苦，工程师现在唯一能够做的，就是用文字记录下生命中最后的每一天。

工程师买来一个精致的日记本，在扉页工整地写下"生命苦旅"四个字。

在这本日记里，工程师记录了自己每天的病症，想对亲人诉说的千言万语，以及自己的感受。这些悲怆的文字载满了工程师对生活的留恋，对亲人的愧疚，对事业的遗憾……

时间过了两个月，工程师发觉，写日记并没有减轻悲伤，反而加剧了自己的痛苦，因为日记中的文字每一天都在提醒他自己经历着的残酷事实。工程师觉得这个世界抛弃了他。

有一天，工程师突然回想起自己读大学时曾经有过一个梦想：绘制一个关于蚂蚁的童话故事！当想到这里时，工程师撕毁了死亡日记，拿起画笔开始创作童话故事。

不过，因为工程师以前是搞建筑设计的，不会画画，所以一切都得从零起步。他开始穿梭于图书馆查阅资料，整日面对着一张白纸、一支铅笔和一块橡皮……每当沉浸在这种创作状态中时，工程师经常忘记了自己的病痛。

这个过程,持续了整整五年。五年过去后,工程师成功了,他的童话得到出版社的赞赏,终于顺利出版了。

有记者采访他,叫他谈谈现在的感受,工程师说:"五年前,当我患上不治之症时,我觉得这个世界抛弃了我,把我从人群中挤了出去;今天,虽然仍然时刻面临着死神的威胁,可是我觉得这个世界并没有抛弃我,因为它至少还给了我一个实现梦想的机会。我现在终于明白了一个道理:当我们觉得这个世界抛弃自己时,其实是我们首先抛弃了这个世界。"

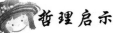 哲理启示

不要让自己生活在痛苦和不幸之中,应该积极行动起来改变自己的心态,这样你才能拥有健康、快乐的明天。

不再说"不"

1943 年,美国的《黑人文摘》刚创刊时,前景并不被看好。它的创办人约翰逊为了扩大该杂志的发行量,积极地准备做一些宣传。

他决定组织撰写一系列"假如我是黑人"的文章,他想,如果能请罗斯福总统夫人埃莉诺来写这样一篇文章就最好不过了。于是约翰逊便给她去了一封非常诚恳的信。

罗斯福夫人回信说,她太忙,没时间写。但是约翰逊并没有因此而气馁,他又给她写去了一封信,但她回信还是说太忙。以后,每隔半个月,约翰逊就会准时给罗斯福夫人写去一封信,言词也愈加恳切。

不久,罗斯福夫人因公事来到约翰逊所在的芝加哥市,并准备在该市逗留两日。约翰逊得知此消息,喜出望外,立即给总统夫人发了一份电报,恳请她趁在芝加哥逗留的时间里,给《黑人文摘》写那样一篇文章。

罗斯福夫人收到电报后,没有再拒绝。

这个消息不胫而走,而最直接的结果是,《黑人文摘》杂志在一个月内,由 2 万份增加到了 15 万份。后来,他又出版了黑人系列杂志,并开始经营书籍出版、广播电台、妇女化妆品等事业,终于成为闻名全球的富豪。

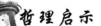

哲理启示

如果有了坚持的毅力,任何困难都可以克服。要学会把困难看小,看淡,不要怕失败和拒绝,一次一次地坚持,就会把困难攻破、化解。

分苹果的
启示

什么东西最难画

听说有位画师能画出任何东西,而且画的画与原物体特别相像,对照起来几乎没什么两样。这个消息很快传到了齐王的耳朵里,他很佩服这个画师,于是打算找来这个画师给自己也画几幅画。

后来,画师被请进了王宫。齐王并没有直接请他给自己画画,而是准备先考考他,看他是不是真有那样的本事。

齐王开始向他发问:"什么东西最难画?"画师立即恭敬地回答:"狗、马这一类活的东西,它们是我们最熟悉、最经常见的,这些东西最难画。"齐王感到很奇怪,又问他:"那你说说,画什么最容易啊?"画师笑着回答:"画妖魔鬼怪最容易。"

齐王想了半天也搞不明白。他觉得妖魔鬼怪的模样根本就不清楚,怎么说是最好画呢,是不是欺骗自己啊。

画师看齐王满脸困惑的样子,急忙解释说:"狗、马这些动物,人人都熟悉,天天都能看得到,画得有一丁点儿不像,谁都能指出来其中的缺点。至于妖魔鬼怪那就不一样了,它没有固定的形状和影子,谁都没见过它,不管我怎么画,谁也说不出我画得不像,所以当然是画妖魔鬼怪最容易。"

哲理启示

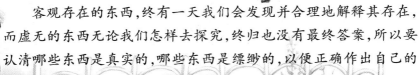

客观存在的东西,终有一天我们会发现并合理地解释其存在,而虚无的东西无论我们怎样去探究,终归也没有最终答案,所以要认清哪些东西是真实的,哪些东西是缥缈的,以便正确作出自己的决断。

179

不要挡住我的阳光

公元前323年,亚历山大大帝英年早逝,年仅三十三岁。在同一天,第欧根尼在科林斯寿终正寝,享年九十岁。这两人何其不同:一个是武功赫赫的世界征服者,行宫遍布欧亚,被万众呼为神;另一个是靠乞讨为生的穷哲学家,寄身在一只木桶里,被市民称做狗。相同的是,他们都名声远扬,是当时希腊最有名的两个人。

在两千多年后的今天,提起第欧根尼,人们仍会想到亚历山大,这是因为一个脍炙人口的故事。亚历山大巡游某地,遇见正躺着晒太阳的第欧根尼,这位世界之王上前自我介绍道:"我是大帝亚历山大。"哲学家依然躺着,也自报家门:"我是狗儿第欧根尼。"大帝肃然起敬,问:"我有什么可以为先生效劳的吗?"哲学家的回答是:"有的,就是——不要挡住我的阳光。"据说亚历山大事后感叹道:"如果我不是亚历山大,我就愿意做第欧根尼。"

哲理启示

世俗的利益和物质享受固然可以给我们带来许多乐趣,但人生的最高境界是顺应心灵的指引,选择一条更有价值的路,所以要有勇气去走自己真正想走的道路。

石头的价值

有一天，一位得道的老禅师让一位门徒到大殿受教。为了启发门徒，老禅师给了他一块石头，叫他去菜市场，并试着将石头卖掉。

这块石头很大，圆滑光泽，非常漂亮。禅师告诫他："不能将石头卖掉，只是试着卖它。注意观察，多问一些人，然后回来告诉我在菜市场它能卖多少钱。"

门徒听明白后，带上石头就出去了。来到菜市场，门徒找了一个人多的地方，将石头摆在那里。许多人看着石头想：也许可以把它当做一件小摆设，也许我们的孩子也可以拿着玩，也许……于是有人对门徒说："它最多只能卖几个硬币。"

门徒把在菜市场的经历告诉了禅师，禅师又说："现在你到黄金市场，问一下那儿的人。但是不要卖掉它，只问问价。"

不久，门徒兴奋地从黄金市场回来，激动地说："这些人出了好多钱，他们非常喜欢，有的人竟然乐意出一千两银子。"

禅师说："那你现在去珠宝商那儿看看，但千万不要把它卖掉。"于是，徒弟又去了珠宝商那儿。他简直不敢相信，他们竟然乐意出五千两，因为他执意不卖，所以他们就不停地抬高价钱——甚至出到十万两。

但门徒还是说："我不打算卖掉它。"

他们说："我们出二十万、三十万，或者你要多少就多少，只要你卖！"

门徒又回避说："我不能卖，我只是问问价。"

他回来后，把刚才发生的事情从头到尾讲给老禅师听，并惊讶地问为什

么禅师不让他卖掉,那石头在珠宝商那里怎么会那么值钱!

禅师拿回石头,说:"我们本来就没打算卖掉它。难道你现在还没有明白吗,这块石头之所以会有不同的价格,是因为你去了不同的地方,而不同的地方对价值的评估标准是不同的,如果你是在菜市场,那么你只有那个市场的评估标准,你就永远不会认识到更高的价值。"

哲理启示

只有把自己放在合适的位置上,才会显示出自身的价值。如果选错了地方或领域,不仅实现不了自己的价值,而且还会因此埋没了自己的闪光点,使自己的人生得不到最佳的规划。

逃跑的袋鼠

一天,动物园管理员发现袋鼠从笼子里跑了出来,于是开会讨论原因,结果一致认为是笼子的高度过低所致。所以他们决定把笼子的高度由原来的10米加高到20米。结果第二天他们发现袋鼠还是跑到外面去了,所以他们又决定再将高度加到30米。

没想到隔天居然又看到袋鼠全跑到外面,于是管理人员们大为紧张,决定一不做二不休,将笼子的高度加到100米。

一天,长颈鹿和几只袋鼠在闲聊。"你们看,这些人会不会再继续加高你们的笼子?"长颈鹿问。

"很难说,"袋鼠说,"如果他们再继续忘记关门的话!"

哲理启示

当找不到问题的关键时,无论采取什么办法,变换多少种方式,还是解决不了问题。所以,出现问题的时候,找准问题的本质所在很重要,否则多少努力都将是徒劳。

破窗理论

多年前,美国斯坦福大学心理学家詹巴斗做了一个实验。他找了两辆一模一样的汽车,把其中的一辆摆在帕罗阿尔托的中产阶级社区,而另一辆停在相对杂乱的布朗克斯街区。停在布朗克斯的那一辆,他把车牌摘掉了,并且把顶棚打开。结果这辆车一天之内就给人偷走了,而放在帕罗阿尔托的那一辆,摆了一个星期也无人问津。后来,詹巴斗用锤子把那辆车的玻璃敲了个大洞。结果呢?仅仅过了几个小时,它就不见了。

政治学家威尔逊和犯罪学家凯琳,以詹巴斗的这个实验为基础,于1982年提出了一个"破窗理论"。

"破窗理论"认为,如果有人打坏了一个建筑物的窗户玻璃,而这扇窗户又得不到及时的维修,那么,别人就可能受到某些暗示性的纵容去打破更多的窗户玻璃。久而久之,这些破窗户就给人造成一种无序的感觉。结果在这种公众麻木不仁的氛围中,犯罪就会滋生。

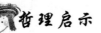 哲理启示

暗示的心理作用很强大,应该尽量使自己的行为表现得积极、优秀,这样你就会真的成为你所表现的那样。

珍惜你所拥有的

在一家香火很旺的寺院的屋顶上，住着一只蜘蛛，因为长期受到善男信女的膜拜，也沾上了一些灵气。

有一天，上帝问蜘蛛："世界上最珍贵的是什么？""得不到的和已逝去的。"蜘蛛脱口而出。上帝说："你好好想想吧，想通了我来找你。"就这样，过了一千年，蜘蛛因为长期的修炼也变得深沉了许多。上帝又来问："世上最珍贵的是什么？""得不到的和已逝去的。"蜘蛛依然这样回答。上帝说："你好好想想吧，想通了我来找你。"

时间在不停地流逝，又是一千年过去了，蜘蛛一边想那个问题，一边结网，忽然一滴甘露从天而降，蜘蛛顿生爱慕之心，一步一步向甘露爬去。正要爬到时，一阵风吹走了甘露，吹走了蜘蛛的美梦，看了看屋檐下那棵芝草，蜘蛛无奈地叹了口气。上帝走过来，问它想通了没有，它依然那样回答，上帝很无奈，说："好吧，那你去人间走一趟吧！"

就这样，蜘蛛投胎到了一个大户人家，做了那家的女儿，取名珠儿。十几年过去了，她出落得貌美如花，无人能比。一天，听说有个叫甘璐的人考上了状元，才华横溢，一表人才，各家小姐们都急着一睹风采。可珠儿不急，因为她知道这是上帝赐予她的一段姻缘。果然，没多久，他们相见了——就在那座庙的屋檐下，珠儿急切地问："甘露，还记得17年前我们在蜘蛛网上的事儿吗？"甘璐莫名地看了看她，说道："小姐，你的智力是不是有问题？"说罢，拂袖而去。虽遭冷遇，但珠儿却没有灰心，因为她知道这是上帝赐予她的一段姻缘。又过了几天，圣旨下，皇帝诏告天下：令甘璐和长风公主完婚，并把珠儿许配给太子芝草。珠儿急了,她想:这不是上帝赐予我的一段姻缘吗? 天长日久,日久生疾,珠儿一病不起,上帝来到她的梦中对她说:"甘露一闪而过,他被长风带走了,可在屋檐下面的那棵芝草仰慕了你三千年啊!"

哲理启示

泰戈尔说:"当你为错过太阳而扼腕叹息时,不要再错过月亮和星星了。"珍惜目前你所拥有的,不错过将要来临的,你会得到你追求的幸福和快乐。

没人指望你

多年前，作家艾迪初次到纽约，马克·吐温请他吃饭，陪客有30多个，都是当时的显贵。吃饭的时候，艾迪越想越害怕。"你难道不舒服吗?"马克·吐温问。

"我怕得要死，"艾迪说，"我知道他们会要我演讲，也知道到时候我会站不起来，即使站起来脑子也不会听我使唤。"

"艾迪，"马克·吐温对艾迪说，"只要记住一点，你就不会害怕了，他们并不指望你有什么惊人的言论!"

从此以后，艾迪站起来讲话，一直没害怕过。

 哲理启示

给自己加压不如给自己减压。当面临一件重要的事情时，一味地给自己加压，会导致紧张、焦虑和不安，事情往往会因此出现不理想的结局。相反，如果学会为自己减压，那么结果会在意料之外。

187

决定了就马上去做

有一个 6 岁的小男孩,一天在外面玩耍时,发现了一个鸟巢被风从树上吹掉在地,从里面滚出了一个嗷嗷待哺的小麻雀。小男孩决定把它带回家喂养。当他托着鸟巢走到家门口的时候,他突然想起妈妈不允许他在家里养小动物。于是,他轻轻地把小麻雀放在门口,急忙走进屋去请求妈妈。在他的哀求下妈妈终于破例答应了。小男孩兴奋地跑到门口,不料小麻雀已经不见了,他看见一只黑猫正在意犹未尽地舔着嘴巴。小男孩为此伤心了很久,但从此他也记住了一个教训:只要是自己认定的事情,绝不可优柔寡断。这个小男孩长大后成就了一番事业,他就是华裔电脑名人——王安博士。

在人生中,思前想后,犹豫不决固然可以免去一些做错事的可能,但也可能会失去很多成功的机遇。

哲理启示

错过了,就不会再回来。生活中的很多事情都是这样。所以在决定做一件事情时,就要马上去做,思前想后的结果是错过了最好的时机,犹犹豫豫的结局终将一事无成。

困境即是赐予

　　北欧一座教堂里，有一尊耶稣被钉在十字架上的苦像，大小和一般人差不多。因为有求必应，因此专程前来这里祈祷、膜拜的人特别多，几乎可以用门庭若市来形容。教堂里有位看门的人，看十字架上的耶稣每天要应付这么多人的要求，觉得于心不忍，他希望能分担耶稣的辛苦。有一天他祈祷时，向耶稣表明了这份心愿。意外地，他听到一个声音，说："好啊！我下来为你看门，你上来钉在十字架上。但是，无论你看到什么、听到什么，都不可以说一句话。"这位先生觉得这个要求很简单。于是耶稣下来，看门的先生上去，像耶稣被钉在十字架般地张开双臂。本来塑像就雕刻得和真人差不多，所以来膜拜的群众并没发现破绽，这位先生也依照先前的约定，静默不语，聆听信徒的心声。来往的信徒络绎不绝，他们的祈求，有合理的，有不合理的，千奇百怪。但无论如何，他都强忍下来没有说话，因为他必须信守先前的承诺。有一天来了一位富商，当富商祈祷完后，竟然忘了手边的钱便离去了。他看在眼里，真想叫这位富商回来，但是，他憋着不能说。接着来了位三餐不继的穷人，他祈祷耶稣能帮助他渡过生活的难关，当他要离去时，发现先前那位富商留下的袋子，他打开，发现里面全是钱。穷人高兴得不得了——耶稣真好，有求必应，他万分感谢地离去。十字架上伪装的耶稣看在眼里，想告诉他，这不是你的。但是，约定在先，他仍然憋着不能说。接下来有一位要出海远行的年轻人来到了，他来祈求耶稣降福他平安。正当要离去时，富商冲进来，抓住年轻人的衣襟，要年轻人还钱，年轻人不明究竟，两人吵了起来。这个时候，十字架上伪装的耶稣终于忍不住，遂开口说话了。

189

既然事情清楚了,富商便去找冒牌耶稣所形容的穷人,而年轻人则匆匆离去,生怕搭不上船。伪装成看门的耶稣出现了,指着十字架说:"你下来吧!那个位置你没有资格了。"看门人说:"我把真相说出来,主持公道,难道不对吗?"耶稣说:"你懂得什么?那位富商并不缺钱,他那袋钱不过用来嫖妓,可是对那穷人,却是可以挽回一家大小的生计的;最可怜的是那位年轻人,如果与富商一直纠缠下去,延误了他出海的时间,他还能保住一条命,而现在,他所搭乘的船正沉入海底。"

哲理启示

　　如果上天没有为你安排一条一帆风顺的路,而是荆棘满地、陷入困境时,不要害怕,也不要抱怨,勇敢地去面对,竭尽全力地去克服,你会发现,走完这条路之后,你收获了很多东西。

惠灵顿与蜘蛛

惠灵顿在与拿破仑作战的时候,屡次失败。他手下的部队被法国的骑兵冲散,他自己则躲在一个破屋中方才躲过一劫。

天上下着雨。惠灵顿想,自己一个堂堂的英国公爵,竟然被逼到如此窘迫的境地,不由悲从中来。正在他黯然伤神的时候,却看见一只蜘蛛正努力地修补着它那残破不全的网。风很大,蜘蛛辛辛苦苦织就的网很快就被风吹破了。但它仍一次次地、毫不妥协地继续织网。

终于,当风力稍稍减弱的时候,蜘蛛终于完成它的"杰作":一张漂亮的蜘蛛网织起来了。惠灵顿看着这只愈挫愈勇的蜘蛛,心里十分感动。一只蜘蛛都不会轻易言败,自己又为什么要气馁呢?惠灵顿马上回去召集军队,重整旗鼓,并最终在滑铁卢击败了拿破仑。

哲理启示

人生最可怕的便是失败后,再也没有站起来,成为了永远的失败者。真正的成功者应该是失败后勇敢地再去尝试,直到成功,就像那只蜘蛛一样,终会织出属于自己的完整的网。

古 董

从前,魏地有个人,素以博学多才而著称。很多奇物古玩,据说只要他看一眼就能知道是什么朝代的什么器具,并且解说得头头是道,大家都很佩服他,他自己也常常引以为荣。一天,他去河边散步,不小心踢到一件硬东西,把脚碰痛了。他一边揉脚一边四下张望,原来是一件铜器。他顿时忘了脚疼,拾起来细细查看。这件铜器的形状像一个酒杯,两边还各有一个孔,上面刻的花纹光彩夺目,俨然是一件珍稀的古董。

魏人得了这样的宝贝非常高兴,决定大宴宾客庆祝一番。他摆下酒席,请来了众多亲朋好友,对大家说:"我最近得到一个夏商时期的器物,现在拿出来让大伙儿赏玩赏玩。"于是,他小心地将那铜器取出,斟满了酒,敬献给各位宾客。大家看了又看,摸了又摸,都装出懂行的样子交口称赞,恭喜主人得了一件宝物。可是,宾主欢饮还不到一轮,意想不到的事情发生了,有个从仇山来的人一见到魏人用来盛酒的铜器,就惊愕地问:"你从什么地方得到的这东西?这是一个铜护裆,是角抵的人用来保护生殖器的。"这样一来,举座哗然,魏人羞愧万分,立刻把铜器扔了,不敢再看一眼。

哲理启示

真才实学不是吹嘘出来的,而是靠实践检验出来的;滥竽充数之徒终将被揭穿而无地自容,所以,在当今社会,要想使自己立于不败之地,就要真正地去学习知识,掌握本领,拥有真才实学。

两只警犬

某老师在一堂咨询课上讲了两个故事：

其一，有人去买警犬，香港的要 10 万元，而德国的要 100 万元。到底有什么区别呢？买主拿了一包海洛因给它们闻，然后藏起来。两条警犬同时被放出，它们同时找出了海洛因。

"10 万元的和 100 万元的也差不多嘛。"买主说。但卖警犬的人提议再试一次。同样是藏海洛因，但这次在路上出现了一条母狗。两条警犬被放出后，同样直奔海洛因的所在地。区别出来了：香港警犬开始注意母狗，越跑越慢，而且与母狗亲热起来了；而德国警犬置若罔闻，狂奔至终点。

所以，10 万元的与 100 万元的还是有本质区别的，即目标明确后，能否经受住各种诱惑。能够经受住各种诱惑，始终如一地朝着目标进发，才能真正完成好任务；而老是受到各种干扰，完成任务的时间、质量就要打折扣。

其二，如果你每年年底存 1.4 万元，并且将存下的钱都投资到股票或房地产上，因而获得平均每年 20% 的投资回报率，那么 10 年后，是 36 万元。

老师询问，40 年后是多少？大家纷纷说出自己的答案，最多的不过猜是二三百万元。

老师一步一步地演算给大家看，最后却是 1.0281 亿元！

全场的人都惊呆了！

所以，成功的关键是目标明确后，坚持、坚持、再坚持。但坚持 10 年就已经不易了，而要坚持 40 年真是难上加难，奇迹就是这样创造的。

老师最后总结：成为亿万富翁是完全可能的。不过一要目标明确，要经得起各种诱惑，心无旁骛。二要不管是办企业，还是做生意，哪怕只是存钱，在确定目标后，比的就是耐力、毅力，看谁能坚持住，坚持到极限，就能成为亿万富翁。

哲理启示

　　一旦确定了目标，就要坚持下去，直到实现。在实现目标的路上，会遇到各种各样的困难，各种各样的诱惑，但只要坚守自己的意志，不要半途而废，大目标终将会实现。

痛苦的鹰

老鹰是世界上寿命最长的鸟类,它一生的年龄可达70岁。要活那么长的寿命,它在40岁时必须作出困难却重要的决定。当老鹰活到40岁时,它的爪子开始老化,无法有效地抓住猎物;它的喙变得又长又弯,几乎碰到胸膛;它的翅膀变得十分沉重,因为它的羽毛长得又浓又厚,使飞翔十分吃力。它只有两种选择:等死,或经过一个十分痛苦的更新过程——150天漫长的操练。它必须很努力地飞到山顶,在悬崖上筑巢,停留在那里,不得飞翔。它首先用它的喙击打岩石,直到喙完全脱落,然后静静地等待新的喙长出来。它用新长的喙把指甲一根一根地拔出来。当新的指甲长出来后,它们便把羽毛一根一根地拔掉。5个月以后,新的羽毛长出来了。老鹰开始飞翔。

哲理启示

茧蛹不经历痛苦就不会变成蝴蝶;母亲不经历痛苦就不能生产新的生命;人生不经历磨难和挫折,就不会有更大的成就。所以,痛苦和不幸也许并不是坏事,经历了这些会有新的收获。

颍考叔的悲剧

郑庄公准备讨伐许国。战前,他先在国家里组织比赛,挑选先行官。众将一听露脸立功的机会来了。都跃跃欲试,准备一显身手。

第一个项目是击剑格斗。众将都使出浑身解数,只见短剑飞舞,盾牌晃动,斗来冲去。经过轮番比试,选出了六个人,参加下一轮比赛。

第二个项目是比箭,前面五人都射完了,只见最后是一位老人,胡子有点花白,他就是颍考叔,曾劝庄公与母亲和解,深得庄公器重。颍考叔上前,不慌不忙,"嗖嗖嗖"三箭射去,连中靶心,与前面一位将领射了个平手。

只剩下两个人了,庄公派人拉出一辆战车来,说:"你们二人站在远处,同时来抢这部战车。谁抢到手,谁就是先行官。"颍考叔飞速抢到了战车,成为了先行官,但却使那位将领怀恨在心。

颍考叔果然不负庄公之望,在进攻许国都城时,手举大旗率先从云梯冲上城头。眼看大功告成,那位将领嫉妒得心里发疼,他抽出箭来,向城头射去,一下子把颍考叔射了个"透心凉",从城头栽了下来。

哲理启示

俗话说"枪打出头鸟"。生活中,凡事都以内敛为宜,如果太张狂,太高调,则会招来众多的目光,这些目光也许就有嫉妒的目光,所以,为了更好地保护自己,学会低调行事很重要。

分苹果的启示

　　一个人一生中最早受到的教育来自家庭,来自母亲对孩子的早期教育。美国一位著名心理学家为了研究母亲对人的一生的影响,在全美选出了50位成功人士,他们都在各自的行业中取得了卓越的成就;同时又选出50位有犯罪记录的人,分别给他们去信,请他们谈谈母亲对他们的影响。有两封回信给他的印象最深———一封来自白宫的一位著名人士,一封来自监狱的一位服刑的犯人。他们谈的都是同一件事:小时候母亲给他们分苹果。

　　那位来自监狱的犯人在信中这样写道:小时候,有一天妈妈拿来几个苹果,红红的,大小各不同。我一眼就看见中间的那个又红又大,十分喜欢,非常想要。这时,妈妈把苹果放在桌上,问我和弟弟:"你们想要哪个?"我刚想说想要最大最红的那个,这时弟弟抢先说出我想说的话。妈妈听了,瞪了他一眼,责备地说:"好孩子要学会把好东西让给别人,不能总想着自己。"

　　于是,我灵机一动,改口说:"妈妈,我想要那个最小的,把大的留给弟弟吧。"

　　妈妈听了,非常高兴,在我的脸上亲了一下,并把那个又红又大的苹果奖励给我。我得到了我想要的东西,从此我学会了说谎。以后,我又学会了打架、偷、抢,为了得到想要得到的东西,我不择手段。直到现在,我被送进监狱。

　　那位来自白宫的著名人士是这样写的:小时候,有一天妈妈拿来几个苹果,红红的,大小各不同。我和弟弟们都争着要最大的,妈妈把那个最大最红的苹果举在手中,对我们说:"这个最大最红最好吃,谁都想要得到它。很

好,现在,让我们来个比赛,我把门前的草坪分三块,你们三个人一人一块,负责修剪好,谁干得最快最好,谁就有权得到它!"

我们三人比赛除草,结果,我赢得了那个最大的苹果。

我非常感谢母亲,她让我明白一个最简单也最重要的道理:想要得到最好的,就必须努力争第一。她一直都是这样教育我们,我也是这样做的。在我们家里,你想要什么好东西要通过比赛来赢得,这很公平。你想要什么,想要多少,就必须为此付出多少努力和代价!

哲理启示

都是分苹果的故事,却有不同的结局。这种不同告诉我们公平竞争的机制很重要,在这种机制下,人才会公平、公正地发挥自己的热情,而不会投机取巧。

中了头奖之后

杰克是一位百万富翁,开着下水管道公司,手下有一百多名员工。他出身贫寒,全凭自己的辛勤劳动,取得了成功。他有一位结婚四十多年的恩爱妻子,有一个视为掌上明珠的外孙女。他是很典型的美国人,诚实、善良、勤奋、爱家,经常去教堂。

幸运突然降临,他中了头奖,得到3.14亿美元。

当他得奖以后,决定扩大自己的企业,改善自己的生活,并花钱帮助本州有困难的人。这些都非常符合常理。

然而平静的生活一去不复返了。当地和附近的人知道他发了大财,不管认识不认识的,都想从他身上捞一笔。不过各人用的方法不同。他被弄得烦恼不堪。好在他不缺钱,花点小钱打发他们走是他可以作出的最佳选择。没想到这么一来,招来了更多的人。他专门请了三个人为他处理这些乞助信件,照样忙不过来。他无法正常生活了,他变得烦躁不安,容易发脾气。他看透了人的丑恶的一面,他逐渐变得看不起人,盛气凌人,整个世界在他的眼里已经变了形了。而外面世界对他的看法也转了一百八十度。他不再是个君子绅士,而是一个狂人。

由于有了花不完的钱,他与众不同了,他不再是一个普通人了。本来他去教堂,诚心诚意地祷告,请上帝宽恕他的错误。现在他敢于向上帝挑战了。他甚至说出了这样的话:"我的钱比上帝还多。你们必须按照我的话做。你们应该为我欢呼,庆祝我的成功。"当地小镇本来有一个小教堂,比较破落寒酸。杰克得奖后答应花百万美元重建教堂。可是教堂建成后,大家讨厌他的趾高气扬,宁愿去又窄又小的老教堂,而不愿意去杰克花钱修的新

教堂。钱,并不能买动人。人们自有自己的评价标准。

然而最不幸的是他视若生命的外孙女的遭遇。杰克的女儿因为丈夫自杀身亡,自己又得了癌症,把女儿从小就寄养在她的父亲家。所以杰克夫妇把孩子抚养大,对待外孙女比自己亲生的还要宠爱。杰克常说外孙女布兰迪的世界就是他的世界。当杰克中奖时,布兰迪16岁,在高中念书,是一个健康快乐的普通女孩。她有自己的同学、老师,生活得无忧无虑。可是自从外公中了大奖以后,她用外公的钱摆阔气。请吃请玩是小事,还拿外公的钱买豪华轿车,拿钱雇佣同学当司机,一次就给500美元。送同学礼品,其中有时髦服装,甚至大钻石戒指。这种摆阔行为招来了一批趋炎附势者,他们想办法讨好她,奉承她。她的世界跟她外公一样,整个地变了。她的朋友换了一批又一批。逃学成为她的家常便饭。逃学干什么?到处无目的地游荡,甚至闯祸。好在有钱,闯了祸拿钱摆平。这就是她的生活。后来她结交了一批最危险的吸毒者。她的男朋友因为吸毒过量死亡。最后她自己也得到了同样的结局,这使得杰克痛不欲生。可是杰克并没有真正懂得是什么导致了他外孙女的死亡,他认为那些教唆布兰迪吸毒的人是罪魁祸首。他不明白,真正的祸根是钱。

哲理启示

金钱会给我们带来很多,同样金钱也会使我们失去很多。所以,在拥有了金钱之后,合理地使用很重要,要做钱的主人,不要让钱做你的主人,当你成了钱的仆人时,那么钱对你来说便不是财富而是灾难了。

把海洋
装进胸膛

林肯的道歉

林肯，小时候家里很穷，父母亲没有足够的经济实力给小林肯买书看，尽管他的母亲总设法满足他看书的愿望，但对于如此渴求书本的林肯来说这是不够的，因此他经常去别的小朋友或是邻居家里借书。

他经常去的是邻村的鲍里斯医生的家，去帮忙干农活，既可以为贫困的家里分担一些责任，又可以减轻一下家里的经济负担。有一天，小林肯无意中发现了一本《华盛顿传》，他兴奋异常，于是大胆地向医生借这本书。刚好医生也是刚刚得到这本书，也非常喜欢，当然有些舍不得，不过他问小林肯："你真的这么喜欢这本书吗？""是的，医生，我非常想看这本书。因为我很崇拜华盛顿总统，长大了也希望做一个像他那样伟大的人物。医生，求求你了，我就借一天，明天就能还给你了，我保证马上就能送还给你。请相信我吧。"

"这是一本新书，而且我是非常爱护书本的人，你能保证不会损坏它吗？"小林肯作出了保证，鲍里斯医生于是将书借给了他。

小林肯喜出望外，一回到家里就废寝忘食地看了起来，直到深夜两点钟。他的母亲不断催促林肯早点睡觉，他才恋恋不舍地回屋睡觉了。半夜的时候他被一声震耳欲聋的雷声惊醒，他马上意识到屋里开始漏水了，糟糕，放在外屋的书！小林肯赶忙跳下床，去营救他的书，可一切都已经晚了，新书早已被水打湿了。面对此情景，小林肯有些不知所措，但他的母亲这样对他说："孩子，书已经湿了。不过你不是答应鲍里斯医生要好好保管这本书的吗？那么你就要对此负起责任来，不要怪天气不好，只能怪你自己没有

保管好书。明天你就去鲍里斯医生那里,请求他的原谅。"

第二天,小林肯只好硬着头皮去医生家里,非常歉疚地把事情告诉了医生,并且希望得到医生的原谅。可是当医生看到皱巴巴的书时,着实很生气,大声地训斥林肯:"你不是答应要好好保管这本书的吗? 怎么让它变成了这副模样?""医生,我知道这件事情不能怪天气,只怪我没有将书放在一个安全的地方,只是随手扔在了桌子上,真是对不起,你能原谅我吗? 我会为此负责任的,我会赔偿你的损失的。我可以为你工作,这样我可以用工资偿还,可以吗?"小林肯真的是非常希望得到医生的原谅,他说得很恳切。"那就这样吧。"医生同意了。这样林肯为医生干了三天的活,又抽时间看完了那本书。医生为他的这种精神深深打动了,最后还将这本书送给了林肯。林肯就是凭着这种品质,不断努力,后来成为美国历史上最受人民爱戴的总统。

哲理启示

如果许下诺言,就要做出实际行动来兑现诺言,一旦食言,就应诚心地为自己的食言道歉,并应避免这样的事以后再发生。

最好的通行证

国际函授学校丹佛分校经销商的办公室里，戴尔正在应聘销售员的工作。

经理约翰·艾兰奇先生看着坐在面前的这位身材瘦弱、脸色苍白的年轻人，忍不住先摇了摇头。从外表看，这个年轻人显示不出特别的销售魅力。他在问了姓名和学历后，又问道：

"干过推销吗？"

"没有！"戴尔答道。

"那么，现在请回答几个有关销售的问题。"约翰·艾兰奇先生开始提问：

"推销员的工作目的是什么？"

"让消费者了解产品，从而心甘情愿地购买。"戴尔不假思索地答道。

艾兰奇先生点点头，接着问："你打算跟推销对象怎样开始谈话？"

"'今天天气真好'或者'你的生意真不错'。"

艾兰奇先生还是只点点头。

"你有什么办法把打字机推销给农场主？"

戴尔稍稍思索一番，不紧不慢地回答："抱歉，先生，我没办法把这种产品推销给农场主。"

"为什么？"

"因为农场主根本就不需要打字机。"

艾兰奇高兴地从椅子上站起来，拍拍戴尔的肩膀，兴奋地说："年轻人，

很好,你通过了,我想你会出类拔萃!"

此时,艾兰奇心中已认定戴尔将是一个出色的推销员,因为测试的最后一个问题,只有戴尔的答案令人满意。以前的应聘者总是胡乱编造一些办法,但实际上绝对行不通,因为谁愿意买自己根本不需要的东西呢?

哲理启示

在人生旅途中,诚实是一张可靠的身份证,无论走到哪里都会受到热情的接待。

都是社会的人,要与人交往,与人相处,这一切都离不开诚实的个人品质,一个拥有诚实品质的人,才能赢得别人的信任,获得真正的友谊,取得事业的成功。

嘲笑他人的后果

公元前592年，大夫郤克受晋景公派遣访问齐国和鲁国，他在鲁国访问结束后要去访问齐国。这时鲁国也想与齐国联络，鲁宣公就打发季孙行文与他同行。两国大夫中途遇见卫国的使臣孙良夫与曹国的使臣公子首，他们也去齐国，于是四人一起来到齐国都城临淄拜见了齐顷公。齐顷公一见他们四个人，差点笑出声来，只见晋国大夫老是闭一只眼睁一只眼看东西；鲁国大夫脑袋瓜又光又滑像个大葫芦；卫国大夫是个跛子；曹国大夫总是弯着腰。他使劲忍住了笑，办完了公事之后，告诉他们第二天在后花园摆宴招待。

第二天，齐顷公特意挑了四个人招待来访的大夫，陪他们上后花园赴宴。陪同独眼龙的也是一只眼，陪同秃子的也是秃子，陪同跛子的也是瘸子，陪同驼背的也是个驼背。当萧太夫人见了独眼龙、秃子、瘸子、驼背成双成对走过来时，不由得哈哈大笑起来，旁边的宫女们也跟着笑。四位大夫起初瞧见那些陪同的人都有些生理缺陷，还以为是巧合呢，直到听见楼上的笑声，才明白是怎么回事。

四国使臣回到馆舍，感到受到了极大的侮辱，非常生气，当他们打听到讥笑他们的是齐国的国母后，更加怒不可遏。三国大夫对郤克说："我们诚心诚意来访，他们却如此戏弄我们，真是岂有此理！"郤克说："他们如此戏弄人，此仇不报，就算不得大丈夫！"其余三位大夫齐声说："只要贵国领兵攻打齐国，我们一定请国君发兵，大伙都听你指挥。"四人对天起誓，一定要报今日之仇。

哲理启示

永远要记住，不要拿他人的缺陷开玩笑。因为这不但是对他人的不尊重，也是一种无知的表现。

您只是我的顾客

电影明星洛依德将车开到检修站，接待他的是一个年轻俊美的女士，她的美貌一下子吸引了他。

整个巴黎都知道他，但这个姑娘却没表示出丝毫的惊讶和兴奋。

"您喜欢看电影吗?"他不禁问道。"当然喜欢，我是个电影迷。"她手脚麻利，看得出她的修车技术非常熟练。半小时不到，她就修好了车。"您可以开走了，先生。"他却依依不舍:"小姐，您可以陪我去兜兜风吗?""不，先生，我还有工作。""这同样是您的工作。您修的车，难道不亲自检查一下吗?""好吧，是您开还是我开?""当然我开，是我邀请您的嘛。"车跑得很好。姑娘说:"看来没有什么问题，请让我下车好吗?""怎么，您不想再陪陪我吗?我再问您一遍，您喜欢看电影吗?""我回答过了，喜欢，而且是个影迷。""您不认识我?""怎么不认识，您一来我就认出，您是当代影帝阿列克斯·洛依德。""既然如此，您为何对我这样冷淡?""不! 您错了，我没有冷淡。只是没有像别的女孩子那样狂热。您有您的成绩，我有我的工作。您今天来修车，只是我的顾客，我就像接待顾客一样接待您;将来如果您不再是明星了，再来修车，我也会像今天一样接待您。人与人之间不应该是这样吗?"他沉默了。在这个普通的女工面前，他感受到自己的浅薄与狂妄。

"小姐，谢谢! 您让我受到了一次很好的教育。现在，我送您回去。再要修车的话，我还会来找您。"

哲理启示

对权贵和名流的崇拜，只能给我们自己带来两种结果；第一是对自卑心的安慰，第二是对自尊心的亵渎。

恪守本分，不卑不亢。如此做人才不丧失起码的尊严。

英雄的缺陷

1961 年 4 月 12 日,当加加林在太空飞完了 108 分钟,按下"25"那个神秘密码以后,东方 1 号飞船降至 700 米高空,随之,加加林跳伞平安地落回了地球。这个 25 岁的矮个儿上尉,代表人类圆满地完成了探索太空的第一次飞行!

几分钟后,消息在全球传开。世界各大电台、报纸竞相报道这位一夜升空的超级明星。接着,他与火箭之父科罗廖夫并肩坐在了一起,与苏共中央总书记赫鲁晓夫握手、交谈,与政要、名人拥抱举杯,大小勋章挂满胸前,军衔从上尉升至少校。接着,他成了茹科夫斯基军事学院的学子,然后又进了高等军事学院研究生院学习,连他的微笑也有了传奇色彩,向后梳的头发也成了迷人的时尚。他走到哪里,都有人硬要与他交朋友;无论到哪里,都有盛宴款待。

以前,他认为赫鲁晓夫简直是神,到这时候,他发现是神的还有他,尤里·加加林!

于是,他常常无视法规,驾着国家赠送给他的伏尔加小轿车在街道上飞奔,甚至因为喜欢上了一位护士,而不顾影响地从大楼窗口飞身跳下。

有一天,他又闯红灯了,这一回他的伏尔加撞翻了另一辆汽车,两辆车毁得不成样子,幸好他和另一位司机都只受了点轻伤。赶到出事地点的警察自然一眼就认出了加加林,连忙举手行礼,冲着他笑,并当即保证"追究肇事者的责任"。在一旁,那位受害的退休长者虽然受了伤,但见面前站着的是加加林,也赔起了笑脸。随后,警察拦下了一辆过路汽车,嘱咐司机将加

加林安全送到目的地,下一步,准备将全部责任记在老人身上。

　　加加林坐上了车子,但老人的苦笑和伤势在他的脑海中已驱赶不去,让他无法不想的是:原来,英雄也有致命的缺陷,也会让执法者颠倒黑白,深爱也可能让一位退休长者违心顶罪。这一刻,加加林的淳朴本性复苏了,他让司机迅速开回出事地点,在警察和老人面前诚恳地认错,帮助老人修好了汽车,并承担了全部费用。

哲理启示

　　你的行为高尚,别人才会把光环加在你的头上。不要轻易挥霍别人加在你头上的光环,否则,你会发现,当光环完全消失的时候,你的人生意义与价值也就不复存在了。

丢掉的鞋子

　　在高速行驶的火车上，一个老人不小心把刚买的新鞋从窗户掉了一只。周围的人备感惋惜，不料老人立即把第二只鞋也扔了下去，这举动更让人大吃一惊。老人解释说："这一只鞋无论多么昂贵，对我而言已经没有用了，如果有谁能捡到一双鞋子，说不定他还能穿呢！"

　　值得一提的是，这位老人就是印度的圣雄——甘地。

 哲理启示

　　当你为失去星星而哭泣的时候，也会错过月亮。当不幸发生时，与其自怨自艾，还不如想想怎样能让这件事变成一件好事。

世界闻名的萧伯纳

萧伯纳是英国有名的戏剧家。有一次在国外,他看到一个胖胖的小姑娘,长着一对闪亮的大眼睛,头上戴着大红蝴蝶结,十分可爱。萧伯纳非常高兴,同她玩了很久。

临别的时候,萧伯纳把头一扬,风趣地对小姑娘说:"别忘了回去告诉你妈妈,就说今天同你玩的是世界闻名的萧伯纳!"

"先生,您就是萧伯纳?""怎么,难道我不像吗?""可是,您怎么会说自己了不起呢? 请回去告诉您的妈妈,就说今天同您玩的是普普通通的小姑娘!"

萧伯纳惊呆了,他觉得刚才自己太自以为是了,一时不知说什么才好。后来,萧伯纳逢人就说:"一个人无论取得多大的成就都不能骄傲,要永远谦虚。这就是那位小姑娘给我的教育。"

哲理启示

骄傲是在成功面前止步的前兆。一个有志于不断进步的人是不会经常回头看他已有的成就的。

214

仁智的孙叔敖

小时候的孙叔敖就是一个好孩子,他勤奋好学,尊敬长辈,孝敬母亲,很受邻里的喜爱。

有一次,孙叔敖外出玩耍,忽然看到路上爬着一条双头蛇。他以前听别人说,谁要是看见双头蛇,谁就会死去。孙叔敖乍一见这条蛇,心中不免一惊。他决定马上把这条双头蛇打死,不能再让别人看见。于是他拾起路边的大石块,打死了双头蛇,并把它深深地埋起来。

回到家里,孙叔敖闷闷不乐,饭也不吃,一个人坐在油灯前看书发呆。

他母亲看到孩子的情绪有些不对头,便问他道:"孩子,你今天是怎么啦?"孙叔敖抬头看了看母亲,摇摇头说:"没什么。"然后低下头去,依然无精打采。

母亲伸出手,摸了摸他的额头说:"莫不是生病了?"

孙叔敖再也憋不住了,一下扯住母亲的衣袖伤心地哭起来。妈妈感到十分诧异,问道:"孩子,你到底出了什么事啊,哭得这么伤心?"

孙叔敖边哭边说:"今天我在外面看到了一条双头蛇。听人说,看见这种蛇的人会死去的,要是我死了,我就再也见不到您了……"母亲边安慰边问道:"那条蛇现在在哪里呢?"孙叔敖边擦眼泪边回答说:"我怕再有人看见它也会死去,就把它打死后埋起来了。"

听了孙叔敖的话,母亲很感动,她高兴地摸着孙叔敖的头说:"好孩子,你做得对。你的心眼这么好,你一定不会死的。好人总是有好报的。"

孙叔敖半信半疑地看着母亲,点了点头。

后来，孙叔敖长大成人，由于他的学识、品德好，做了楚国的令尹。他还没正式上任，老百姓就已经很信赖他了。

哲理启示

肯为他人着想的人，常常是有责任心的人，肯于奉献的人。这样的人总会得到别人的认可和敬重，从而成为大家心目中的好人，他也会因此获得更多的发展机会，结交到更多的朋友。

迈过通往自由的大门

曼德拉因为领导反对白人种族隔离的政策而入狱,白人统治者把他关在荒凉的大西洋小岛罗本岛上 27 年,当时曼德拉年事已高,但白人统治者依然像对待年轻犯人一样对他进行残酷的虐待。

罗本岛上布满岩石,到处是海豹、蛇和其他动物。曼德拉被关在集中营一个"锌皮房"里,白天打石头,将采石场的大石块碎成石料。他有时要到冰冷的海水里捞海带,有时干采石灰的活儿——每天早晨排队到采石场,然后被解开脚镣,在一个很大的石灰石场里,用尖镐和铁锹挖石灰石。因为曼德拉是要犯,看管他的看守就有 3 人。他们对他并不友好,总是寻找各种理由虐待他。

谁也没有想到,1991 年曼德拉出狱当选总统以后,他在就职典礼上的一个举动震惊了整个世界。

总统就职仪式开始后,曼德拉起身致辞,欢迎来宾。他依次介绍来自世界各国的政要,然后他说,能接待这么多尊贵的客人,他深感荣幸,但他最高兴的是,当初在罗本岛监狱看守他的 3 名狱警也能到场。随即他邀请他们起身,并把他们介绍给大家。

曼德拉的博大胸襟和宽容精神,令那些残酷虐待了他 27 年的白人汗颜,也让所有到场的人肃然起敬。看着年迈的曼德拉缓缓站起,恭敬地向 3 个曾关押他的看守致敬,在场的所有来宾以至整个世界,都静下来了。

后来,曼德拉向朋友们解释说:自己年轻时性子很急,脾气暴躁,正是狱中生活使他学习了控制情绪,因此才活了下来。牢狱岁月给了他时间与激

励,也使他学会了如何处理自己遭遇的痛苦。他说,感恩与宽容常常源自痛苦与磨难,必须通过极强的毅力来训练。

获释当天,他的心情平静:"当我走出囚室、迈过通往自由的监狱大门时,我已经清楚,自己若不能把悲痛与怨恨留在身后,那么,我其实仍在狱中。"

哲理启示

在生活中,我们之所以总是烦恼缠身,总是充满痛苦,总是怨天尤人,总感到有那么多不满和不如意,多半是因为我们缺少必要的宽容和感恩之情。

选拔德才兼备的人才

屈原是我国春秋时代的伟大爱国诗人，也是一位杰出的政治家和思想家。他在任楚国左徒期间，主张举贤荐能，并经常四处察访，选拔德才兼备的人才。

有一次，屈原回到故乡归州选贤，发现在原来的 500 人中，有 99 人交卷成绩相同，都应列为头名，只有一人稍差，名列第二。这样一来，仅头名和二名加起来就有 100 人。屈原觉得很奇怪：是归州人才济济，还是有人作弊？

屈原一边重新查阅文卷，一边苦苦思索。忽然，他想起来，前天晚上，他正伏案拟定文题，有一群学生前来拜访过他，一定是他们中间有人偷看了文题！屈原十分恼怒，立刻命人撰写金榜，悬于归州府大门上。榜后注明：凡榜上题名者，明日到归州府复试。

复试开始了，只听屈原宣布："现在是谷雨季节，你们每人带一点谷种回去，秋后以收谷为卷。"随后，命随从分给每人谷种一百粒。大家都觉得很惊奇。而这 99 个头名却心中暗喜：总算躲过了当堂笔试这一关。于是，便都带着谷种乐颠颠地走出州府。

交卷日期终于到了。这 99 个头名都让家人背筐挑担，满载着黄澄澄的金谷，谈笑风生地来到归州府。唯独第二名的青年农夫，闷闷不乐地捧着一只小土钵，最后走进府门。他不言不语，神色似乎有些不安。

屈原开始检验每个人的成绩。他看到这越堆越多的谷子，眉头越锁越紧，脸色十分难看。99 个头名检验完了，当看到农夫小土钵里的谷粒时，屈原的眉头猛然一挑，兴致勃勃地问："你一共收了多少粒？"

"九百——九十——九粒。"农夫结结巴巴地回答。屈原说:"好吧,你现在把这 999 粒谷子的来历当着众人讲一讲。"

农夫说:"大夫,您发给我的 100 粒谷种,有 97 粒已失去了生机,只有三粒能做种。我把这三粒谷种种到地里,日夜辛勤照料,最后只结了 999 粒。"

99 个头名听农夫如此一说,哄地一声大笑起来。但出乎众人意料,屈原却激动地捧起钵对农夫说:"诚实的年轻人啊,你的品质就像这 3 粒谷种那样诚实!"接着,屈原当众宣布:"这个青年农夫是此次当选的唯一贤才!"

屈原的话像晴天霹雳,把 99 个头名震懵了。原来,屈原把分给他们的谷种蒸煮了一遍。在发给每人的 100 粒种子中,只掺进 3 颗能发芽的谷种。

就这样,屈原巧妙地检验了每个人的品质,终于选出一位品学兼优的人才。

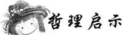
哲理启示

品格是最宝贵的财富,诚实是最明智的选择,一个缺乏诚实心灵的人,是不值得人尊敬的,在生活中也不会有远大的发展前途。

大　衣

一天,爱因斯坦在街道上碰到一位朋友。朋友说:"爱因斯坦先生,你似乎有必要添置一件新大衣了,现在穿的这件太旧了。"

"这没什么要紧,反正这街上的人都不认识我。"

几年后,两位老友又偶然相遇。这时的爱因斯坦已是著名的物理学家了,但仍穿着那件旧大衣。朋友自然又一次劝他赶快"弃旧图新",以免跌了名人的面子。

"何必呢!"爱因斯坦说,"反正这里所有的人都认识我了。"

 **哲理启示**

越是成功的人越是重视自己的内在素质,反而是那些还在路上的人才过分注重外表。

221

爱因斯坦的镜子

爱因斯坦小时候十分贪玩。母亲再三告诫他:"不能再这样下去了。"爱因斯坦总是不以为然地回答说:"你瞧瞧我的伙伴们,他们不都和我一样吗?"

有一天,父亲给爱因斯坦讲了一件有趣的事情。

父亲说:"昨天,我和邻居杰克大叔去清扫南边工厂的一个大烟囱。那烟囱只有踩着烟囱内的钢筋踏梯才能上去。你杰克大叔在前面,我在后面。我们抓着扶手,一阶一阶地爬上去了。下来时,你杰克大叔依旧走在前面,我跟在后面。钻出烟囱,我看见你杰克大叔的模样,心想我肯定和他一样,脸脏得像个小丑,于是我就到附近的小河里去洗了又洗。而你杰克大叔呢,他看见我钻出烟囱时干干净净的,就以为他也和我一样干净呢,于是只草草洗了手就大模大样上街了。结果,街上的人都笑痛了肚子,还以为你杰克大叔是个疯子呢。"

父亲郑重地对爱因斯坦说:"其实,别人谁也不能做你的镜子,只有自己才是自己的镜子。拿别人做镜子,白痴或许会把自己照成天才呢。"

爱因斯坦听了,顿时满脸愧色,从此离开了那群顽皮的伙伴。他时时用自己做镜子来审视和映照自己,终于映照出了他生命的熠熠光辉。

哲理启示

人最难得的发现就是认识自己,有自知之明。一个不自知的人会把自己的愚蠢看成是聪明,只有以己为镜,才会清醒、理智地认清自己的路,找到正确的人生方向。

大　衣

一天，爱因斯坦在街道上碰到一位朋友。朋友说："爱因斯坦先生，你似乎有必要添置一件新大衣了，现在穿的这件太旧了。"

"这没什么要紧，反正这街上的人都不认识我。"

几年后，两位老友又偶然相遇。这时的爱因斯坦已是著名的物理学家了，但仍穿着那件旧大衣。朋友自然又一次劝他赶快"弃旧图新"，以免跌了名人的面子。

"何必呢！"爱因斯坦说，"反正这里所有的人都认识我了。"

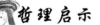 **哲理启示**

越是成功的人越是重视自己的内在素质，反而是那些还在路上的人才过分注重外表。

爱因斯坦的镜子

爱因斯坦小时候十分贪玩。母亲再三告诫他："不能再这样下去了。"爱因斯坦总是不以为然地回答说："你瞧瞧我的伙伴们，他们不都和我一样吗？"

有一天，父亲给爱因斯坦讲了一件有趣的事情。

父亲说："昨天，我和邻居杰克大叔去清扫南边工厂的一个大烟囱。那烟囱只有踩着烟囱内的钢筋踏梯才能上去。你杰克大叔在前面，我在后面。我们抓着扶手，一阶一阶地爬上去了。下来时，你杰克大叔依旧走在前面，我跟在后面。钻出烟囱，我看见你杰克大叔的模样，心想我肯定和他一样，脸脏得像个小丑，于是我就到附近的小河里去洗了又洗。而你杰克大叔呢，他看见我钻出烟囱时干干净净的，就以为他也和我一样干净呢，于是只草草洗了手就大模大样上街了。结果，街上的人都笑痛了肚子，还以为你杰克大叔是个疯子呢。"

父亲郑重地对爱因斯坦说："其实，别人谁也不能做你的镜子，只有自己才是自己的镜子。拿别人做镜子，白痴或许会把自己照成天才呢。"

爱因斯坦听了，顿时满脸愧色，从此离开了那群顽皮的伙伴。他时时用自己做镜子来审视和映照自己，终于映照出了他生命的熠熠光辉。

哲理启示

人最难得的发现就是认识自己，有自知之明。一个不自知的人会把自己的愚蠢看成是聪明，只有以己为镜，才会清醒、理智地认清自己的路，找到正确的人生方向。

美好人性的根本

世界首富比尔·盖茨在飞机上接受意大利《机会》杂志记者的采访。记者问他："最不能等待的事情是什么？"比尔·盖茨没有回答记者往往希望听到的"商机"二字，他说："天下最不能等待的事情莫过于孝敬父母！"

哲理启示

经历无数商场风云，已经是腰缠万贯的比尔·盖茨，在尝试过人生的百种滋味之后，得出的人生真谛是：天下最不能等待的是孝敬父母。是的，对于一个人来说，有什么美德能比孝敬父母更为重要和值得修炼呢？一个连父母都不孝敬的人，很难想象他能给别人爱心。父母是对我们最有恩的人，也是最爱我们的人。对最爱自己的人都不知道去爱，还能爱谁呢？乌鸦有反哺之孝，羊有跪乳之恩，何况人呢？孝敬父母要从现在做起，从小事做起，从一点一滴做起。

阮籍与朋友

　　魏晋时的"竹林七贤"之一阮籍,是一个特立独行的人。他的母亲去世了,裴楷前去吊唁,阮籍刚喝醉了酒,披散着头发支楞着腿歪在坐榻上,也不哭。裴楷来了后,阮籍才走到地上。裴楷哭了一会儿,吊唁完毕就离开了。有人问裴楷:"凡是去吊唁的,都是主人先哭,客人才按照礼节哭。既然阮籍不哭,您为什么哭呀?"裴楷说:"阮籍是世俗之外的人,所以不崇尚礼制。我们是世俗之中的人,所以要按礼仪的规矩办事。"当时的人都很赞叹他们两个各有各的道理。

　　阮籍是西晋有名的"竹林七贤"之一,放荡不羁,蔑视礼教,所以当自己的母亲去世时仍然喝得醉醺醺的;而裴楷与他不同,向来遵从礼制。所以裴楷吊丧时就出现了这样的场面——主人不哭而客人哭。裴楷对于出现这种场面的解释很能反映出他处世的标准:尽管两人的价值观念不同,但可以按照自己的原则、方式做事,不要强求对方遵从自己的处事原则。正是因为如此,裴楷才会毫不顾忌阮籍的行为,而只按照自己认定的礼仪规矩去办事。也正因为两人互相尊重彼此,所以才能互相容忍,成为好朋友。

哲理启示

　　你怎样对待别人,别人就怎样对待你;你尊重别人,别人也会尊重你。世上的人形形色色,各不相同,人的个性千差万别,所以,在平时与人交往中,要学会尊重别人,包括别人的风俗习惯,特长爱好。以博大宽容的胸怀去宽容别人、尊重别人,你的生活才会越来越精彩。

把海洋装进胸膛

几年前，姚明在 NBA 赛场首次亮相时，一分未得，出人意料地交了白卷。

当晚，美国一个体育脱口秀节目"TNT"正在直播，谈起姚明时，主持人巴克利笑得前仰后合，一脸轻蔑与不屑："姚明是中国的傻大个儿，根本不会打篮球。"他的搭档史密斯立即反驳："我看好姚明的潜力，也许他将来能拿到 19 分。"巴克利寸步不让，竟然当众与史密斯打赌："如果姚明能拿到 19 分，我就亲吻你的屁股！"

对姚明而言，这哪是打赌，分明是奇耻大辱！通过电波，此事迅速传遍了全世界，引起轩然大波，不少人对巴克利口诛笔伐，国内媒体甚至一度将他称做"恶汉"，唯独姚明选择了沉默。

时隔不久，姚明不负众望，给了巴克利沉重一击。2002 年 11 月 18 日，美国洛杉矶客斯台普斯中心座无虚席，火箭队客场挑战湖人队，姚明终于爆发，接连得手，看台上早已沸腾，不断有人高喊："巴克利亲屁股！"此场比赛姚明上场 22 分钟，共得了 20 分抢下 6 个篮板，并帮助主队以 93 比 89 将湖人挑落马下。

此时最沮丧的莫过于巴克利，因为人们都记着他的赌注。当晚"TNT"节目准时直播，为了避免行为不检，史密斯特意牵了一头驴进演播室，暂时代替自己。众目睽睽之下巴克利满脸尴尬，不得不硬着头皮亲了一下驴屁股。那天我专门守着电视，目睹了"恶汉"巴克利的狼狈相，真是大快人心。毫无疑问，此刻最解恨的人莫过于姚明，只可惜没有亲眼看见姚明如何"回

敬"巴克利,一直引以为憾。

直到前不久,美国纪录片《挑战者姚明》在国内发行,心中的谜团终于解开。比赛刚结束,在火箭队休息室,电视上正在直播巴克利亲吻驴屁股的镜头,顷刻间掌声雷动,队友们欢呼雀跃,纷纷走上前向姚明表示祝贺。聪明的记者不失时机地给姚明递上了话筒,问他此时有何感想。姚明淡然一笑:"我觉得巴克利很有意思,他没什么恶意,只是想制造点噱头而已。"

面对曾给自己制造了奇耻大辱的"敌人",姚明大获全胜之后,非但没有痛打落水狗,反而出言为巴克利开脱,这是何等的胸襟! 是啊,如果一个人心里装不下浩瀚的海洋,怎么可能拥有整个世界? 面对"小巨人",我们没有理由不仰视。

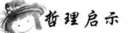哲理启示

面对他人的恶意侮辱,"以牙还牙"的方式只会让事情变得更糟,以淡然的心态处理,以一颗宽容之心对待,反而有更好的效果。

抱恨终生的忏悔

18 世纪法国著名的思想家、文学家卢梭在少年时，曾经将自己极不光彩的盗窃行为转嫁在一个女仆的身上，致使这位无辜的少女蒙冤受屈，并被主人解雇。

后来这件"卑鄙龌龊"的行为，使卢梭深深陷入痛苦的回忆中，他说：

"在我苦恼至极的时候，看到这个可怜的姑娘前来谴责我的罪行，好像这个罪行是昨天才犯的。"

卢梭在他的名著《忏悔录》中，对自己作了严肃而深刻的批判。他敢把这"难以启齿"而抱恨终生的丑事，告诉世人，显示了他勇于忏悔的坦荡胸怀和不同凡响的伟大人格。

哲理启示

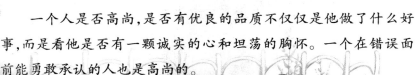

一个人是否高尚，是否有优良的品质不仅仅是他做了什么好事，而是看他是否有一颗诚实的心和坦荡的胸怀。一个在错误面前能勇敢承认的人也是高尚的。

快乐是一种

心境

性格与声音

在日常生活中，我们常说："这个人性格开朗"或说"那个人很内向"。其中，"开朗"或"内向"的印象，并非由性格来判断，而是由自我表现的方式所决定的。

日本心理学大师多湖辉曾经讲述了他经历的一件事：不久前，我的一位朋友给我打电话，说："我们公司现在急需一名职员，你那儿有没有合适的人选？"恰好，我的一位学生刚刚毕业，也符合条件，我便举荐他去面试。

当天晚上，朋友的电话就打了过来。我满以为他会告诉我录取我学生的好消息。谁知他却说："你的那位学生看上去能力不错，人品也可以，但我觉得他太过忧郁，感觉不好，所以决定不用他。"一听此话，我马上意识到这个学生是有这样一个缺点——平时说话细声细气，仿佛是喃喃自语。我马上对朋友说："你再给他一次机会吧，他其实是一个很开朗很优秀的学生。"朋友拗不过我，答应了。同时我告诉那个学生，让他说话一定要大声一点。

结果，这次朋友的反应不一样了。他说："我觉得他并不那么忧郁，也许是第一次他太紧张了。"最后，这个学生被录取了。

哲理启示

开朗快乐的语调和声音如同春日里的阳光，会将人与人之间的距离拉近，同时它也是一个人内在品质的外在标签，试着发出开朗乐观的声音，你会有意想不到的收获。

勇敢面对一切磨难

有一个人，在他的一生中遭受过两次惨痛的意外事故。第一次不幸发生在他46岁时，一次飞机意外事故，使他身上65%以上的皮肤都被烧坏了。在16次手术中，他的脸因植皮而变成了一块"彩色板"。他的手指没有了，双腿特别细小，而且无法行动，只能瘫在轮椅上。谁能想到，6个月后，他亲自驾驶着飞机上了蓝天！

四年后，命运再一次把不幸降临到他的身上，他所驾驶的飞机在起飞时突然摔回跑道，他的12块脊柱骨全部被压得粉碎，腰部以下永远瘫痪。但他没有把这些灾难当做自己消沉的理由，他说："我瘫痪之前可以做一万种事，现在我只能做9000种，我还可以把注意力和目光放在能做的9000种事上。我的人生遭受过两次重大的挫折，所以，我只能选择不把挫折当成自己放弃努力的借口。"

这位生活的强者，就是米契尔。正因为他永不放弃努力，最终才成为一位百万富翁、公众演说家、企业家，还在政坛上获得一席之地。

哲理启示

生活的路不会总是平坦的，当困难、挫折甚至是厄运来临时，勇敢地面对是最好的解决办法，想成大事，必须有劳其筋骨、饿其体肤的受难精神。

只看我所有的

有一位牧师的女儿,她天生就是一位脑性麻痹患者,全身布满不正常的高张力,且无法言语。但她却靠着毅力与信仰,在美国拿到了艺术博士学位,并到处现身说法,帮助他人。

有一次,她应邀到一个场合演"写"(不能讲话的她必须以笔代口)。会后发问时,一个学生当众小声地问:"你从小就长成这个样子,请问你怎么看你自己?你没有怨恨吗?"这个无心但尖刻的问题,让在场人士无不捏一把冷汗,深怕会深深刺伤了她的心。

只见她回过头,用粉笔在黑板上吃力地写下了"我怎么看自己"这几个大字。她笑着再回头看了看大家后,又转过身去继续写着:

我好可爱!

我的腿很长很美!

爸爸妈妈这么爱我!

上帝这么爱我!

我会画画!我会写稿!

我有只可爱的猫!

还有……

……

忽然,教室内鸦雀无声,没有人敢讲话。她又回过头来静静地看着大家,再回过头去,在黑板上写下她的结论:"我只看我所有的,不看我所没有的。"

众人安静了几秒钟后，一下子，全场响起了如雷的掌声，也有了无数感动的泪水。那天，许多人因为她的乐观与坚强而得到激励。

这个乐观的脑性麻痹患者是谁？她，就是美国南加州大学艺术博士，在台湾办过多次画展的黄美廉女士。

哲理启示

　　乐观的人会常常看到自己所拥有的，而悲观的人却常常看到自己所没有的。不同的人生态度，也会造就不同的人生，乐观的人会不断进步，不断充实自己的所有，而悲观的人则会不断放弃，以至于形成恶性循环。

快乐是一种心境

从前有两个重病人，同住在一家大医院的小病房里。房间很小，只有一扇窗子可以看见外面的世界。其中一个人，在他的治疗中，被允许在下午坐在床上一个小时（有仪器从他的肺中抽取液体）。他的床靠着窗，但另外一个人终日都得平躺在床上。每当下午，睡在窗旁的那个人在那个小时内坐起的时候，都会描绘窗外的景致给另一个人听——从窗口向外看可以看到公园里的湖，湖内有鸭子和天鹅，孩子们在那儿撒面包屑、放模型船，年轻的恋人在树下携手散步，在鲜花盛开、绿草如茵的地方人们玩球嬉戏，后头一排树顶上则是美丽的天空。另一个人倾听着，享受每一分钟，他听见一个孩子差点跌到湖里，一个美丽的女孩穿着漂亮的夏装……他朋友的述说几乎使他感觉自己亲眼目睹了外面发生的一切。然而，在一个天气晴朗的午后，他心想：为什么睡在窗边的人可以独享看外头的权利呢？为什么我没有这样的机会？他觉得不是滋味，他越这么想，就越想换位子。他一定得换才行！有天夜里他盯着天花板瞧，另一个人忽然醒了，拼命地咳嗽，一直想用手按铃叫护士来，但这个人只是旁观而没有帮忙——尽管他感觉同伴的呼吸已经停止了。第二天早上，护士来的时候那人已经死了，只能静静地抬走他的尸体。过了一段时间后，这人开口问，他是否能换到靠窗户的那张床上。他们搬动了他，帮他换位子，这使他觉得很舒服。他们走了以后，他用手肘撑起自己，吃力地往窗外望……窗外只有一堵空白的墙。

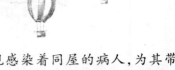

哲理启示

第一个病人用他的善良和乐观感染着同屋的病人，为其带去了快乐，可见，乐观开朗的力量。从故事的结局我们又可以看到，真正快乐的人是用一颗善良之心去帮助别人的人。

236

鸡尾酒的来历

在国外有一个酒吧，酒吧里有一个叫乔治的年轻伙计。他的工作就是把供酒商送来的酒，按品种倒入相应的大缸里，再卖给客人。他做得很认真很小心，因为这个工作是他和他卧病在床的母亲的唯一经济来源。但是不幸还是出现了。有一次，他实在太疲惫了，迷迷糊糊中竟把酒倒错了缸子，两种酒混在一起。他醒悟过来后脸色一片煞白。他非常清楚这种名贵酒的价值，他也清楚现在等待他的只有被炒鱿鱼和罚款。正好，接班的人这时候来了，而且更巧的是正好有一个顾客来买酒。因此，那位不知情的伙计就把弄混了的酒舀了一杯给他。奇迹就这样出现了。顾客喝了这种弄混了的酒后竟然赞不绝口。"为什么不能把不同的酒混在一起，调成另一种别有风味的酒呢？"乔治突然灵光一闪。随后，他不断地试验和调制，一种口感独特、颜色瑰丽的酒——鸡尾酒，终于面世了。它一出现，就成为顾客们的新宠，乔治也因此成为让人羡慕的富翁。

哲理启示

事物的发展规律证明，任何事物都是辨证的。有时候，好事可以变成坏事，而坏事也可以变成好事，所以，在遇到不顺利的事的时候，要镇定自若，学会面对，也许顺利不久便会到来。

枯井中的驴子

一个农夫养了一头驴子。这头驴子为农夫干了不少的活儿，农夫很喜欢它。一次，农夫赶集结束后回家，却遇到了一口枯井。农夫很幸运地躲开了它，但驴子却掉进了那口枯井里。

农夫绞尽脑汁，想了各种办法救驴子，但几个小时过去了，驴子还在井里痛苦地哀号着。最后，这位农夫决定放弃，他想这头驴子年纪大了，不值得大费力气去把它救出来，不过无论如何，这口井还是得填起来。

于是农夫便请来左邻右舍帮忙一起将井中的驴子埋了，以免除它的痛苦。农夫的邻居们人手一把铲子，开始将泥土铲进枯井中。当这头驴子了解到自己的处境时，刚开始哭得很凄惨。但出人意料的是，一会儿之后这头驴子就安静下来了。农夫好奇地探头往井底一看，出现在眼前的景象令他大吃一惊：当铲进井里的泥土落在驴子的背部时，驴子的反应令人称奇——它将泥土抖落在一旁，然后站到铲进的泥土堆上面！就这样，驴子将大家倒在它身上的泥土全数抖落在井底，然后再站上去。很快地，这只驴子便得意地上升到井口，然后在众人惊讶的表情中快步地跑开了！

哲理启示

当困难和不幸来临的时候，不能一味悲观地等待失败，而应该勇敢地去面对，发挥自身的潜能，奋力一搏，也许结果会令你自己都大吃一惊，试着勇敢一点，生命才更有意味。

238

珍惜生命

有一个阿拉伯的富翁，在一次大生意中亏光了所有的钱，并且欠下了债。他卖掉房子、汽车、还清债务。此刻，他孤独一人，无儿无女，穷困潦倒，唯有一只心爱的猎狗和一本书与他相依为命，相依相随。在一个大雪纷飞的夜晚，他来到一座荒僻的村庄，找到一个避风的茅棚。他看到里面有一盏油灯，于是用身上仅存的一根火柴点燃了油灯，拿出书来准备读书。但是，一阵风忽然把灯吹灭了，四周立刻漆黑一片。这位孤独的老人陷入了黑暗之中，对人生感到痛彻的绝望，他甚至想到结束自己的生命。但是，立在身边的猎狗给了他一丝慰藉，他无奈地叹了一口气沉沉睡去。第二天醒来，他忽然发现心爱的猎狗被人杀死在门外。抚摸着这只相依为命的猎狗，他突然决定要结束自己的生命，世间再没有什么值得留恋的了。于是，他最后扫视了一眼周围的一切。这时，他发现整个村庄都沉寂在一片可怕的寂静之中。他不由得急步向前，啊，太可怕了，尸体，到处是尸体，一片狼藉。显然，这个村庄昨夜遭到了匪徒的洗劫，整个村庄一个活口也没留下来。看到这可怕的场面，老人不由心念急转——啊！我是这里唯一幸存的人，我一定要坚强地活下去。此时，一轮红日冉冉升起，照得四周一片光亮，老人欣慰地想：我是这个世界里唯一的幸存者，我没理由不珍惜自己，虽然我失去了心爱的猎狗，但是，我得到生命，这才是人生最宝贵的。

老人怀着坚定的信念，迎着灿烂的太阳又出发了。

哲理启示

生命的意义在于使生命好好地存在，并延续下去。一个对生命的存在有坚定信念的人，会不断地拥有许多东西。所以，珍爱生命，实现生命的价值应是人生最大的意义。

勇于承担风险

有一天,园艺师向井植岁男请教说:"社长先生,我看您的事业越做越大,而我像树上的一只蝉,一生都在树上,太没出息了。请您告诉我一点创业的秘诀吧!"井植岁男点点头说:"好吧,我看你很适合做园艺方面的事情。"这样吧,我工厂旁边有两万坪空地,我们就种树苗吧!一棵树苗多少钱?"

"40 元。"

井植岁男又说:"好!以一坪地种两棵计算,扣除道路,两万坪地大约可以种 2.5 万棵,树苗成本刚好 100 万元。三年后,一棵树苗可以卖多少钱?"

"大约 3000 元。"

"那么,100 万元的树苗成本与肥料费都由我来支付。你就负责浇水、除草和施肥工作。三年后,我们就有 600 万的利润,那时我们一人一半。"井植岁男认真地说。

不料园艺师却拒绝说:"哇!我不敢做那么大的生意,我看还是算了吧。"

哲理启示

世上本没有路,走的人多了,也便成了路。不敢承担风险,做事畏首畏尾的人是不会拥有一条属于自己的路的,只有敢想敢做的人,成功的机会才会更多。

善用失败

高尔夫球运动刚刚兴起时,有个奇怪的现象,几乎所有的高尔夫球手都喜欢用旧球,特别是有划痕的球。原来,有划痕的球比光滑的新球有着更优秀的飞行能力。于是,根据空气动力学原理,科学家设计出了表面有凹点的高尔夫球。这些凹点让高尔夫球的平稳性和距离性比光滑的球更有优势。从此,有凹点的高尔夫球成为比赛的统一用球。

哲理启示

高尔夫球的凹点反而成了它的亮点,因为经过摩擦后的球更适合使用,这就如同人一样,只有经历过无数的磨炼,无数的挫折之后,才会更加坚强,更有韧性。

绕房三圈

在古老的西藏，有一个叫爱地巴的人，每次生气和人起争执的时候，就以很快的速度跑回家去，绕着自己的房子和土地跑三圈，然后坐在田地边喘气。爱地巴工作非常勤劳努力，他的房子越来越大，土地也越来越广，但不管房子和土地有多大，只要与人争论、生气，他还是会绕着房子和土地跑三圈。爱地巴为何每次生气都绕着房子和土地跑三圈呢？所有认识他的人，心理都起疑惑，但是不管怎么问他，爱地巴都不愿意说明。

直到有一天，爱地巴老了，他的房子和土地已经太大太多，他生气时就挂着拐杖艰难地绕着房子和土地走，等他好不容易走了三圈后，太阳都下山了。爱地巴独自坐在田边喘气，他的孙子在身边恳求他："阿公，你已经年纪大了，这附近地区的人没有人的土地比你更多，您不能再像从前一样一生气就绕着房子和土地跑啊！您可不可以告诉我这个秘密，为什么您一生气就要绕着土地跑三圈？"

爱地巴禁不起孙子的恳求，终于说出隐藏在心中多年的秘密。他说："年轻时，我一和人吵架、争论、生气，就绕着房子和土地跑三圈，边跑边想，我的房子这么小，土地这么小，我哪有时间、哪有资格去跟人家生气？一想到这里，气就消了，于是把所有时间用来努力耕作。"孙子问到："阿公，你年纪老了，又变成了最富有的人，为什么还要绕着房子和土地跑？"爱地巴笑着说："我现在还是会生气，生气时绕着房子和土地走三圈，边走边想，我的房子这么大，土地这么多，我又何必跟人计较？一想到这，气就消了。"

哲理启示

　　人在冲动的时候常常会做出一些不理智的事情,所以冷静之后再去作决定会更明智,能让自己冷静下来的办法很多,绕房三圈便是一种有效的方式。

公正地对待别人

在一次宴会上，唐太宗对王珪说："你善于鉴别人才，尤其善于评论。你不妨从房玄龄等人开始，都一一作些评论，评一下他的优缺点。同时和他们互相比较一下，你在哪些方面比他们优秀。"

王珪回答说："孜孜不倦地办公，一心为国操劳，凡所知道的事没有不尽心尽力去做的，在这方面我比不上房玄龄。常常留心于向皇上直言建议，认为皇上的能力德行比不上尧舜很丢面子，这方面我比不上魏徵。文武全才，既可以在外带兵打仗做将军，又可以进入朝廷搞管理担任宰相，在这方面我比不上李靖。向皇上报告国家公务时详细明了，宣布皇上的命令或转达下属官员的汇报时能坚持做到公平公正，在这方面我不如温彦博。处理繁重的事务，解决难题，办事井井有条，这方面我也比不上戴胄。至于批评贪官污吏，表扬清政廉洁，疾恶如仇，好善喜乐，这方面比起其他几位能人来说，我也有一技之长。"唐太宗非常赞同他的话，而大臣们也认为王珪完全道出了他们的心声，都说这些评论是正确的。

哲理启示

在现实生活中，对他人的评价要客观、公正，不要将偏见或嫉妒带到对他人的定位中。只有公正地对待他人，才会得到对方的尊敬，从而树立自己的威信。

接受你的牌

艾森豪威尔年轻的时候,有一次晚饭后跟家人一起玩纸牌游戏。他连续几次都抓了很坏的牌,于是就变得不高兴,老是抱怨。他的妈妈停下来,正色对他说道:"如果你要玩,就必须用你手中的牌玩下去,不管那些牌怎么样。"

他一愣,听见母亲又说:"人生也是如此,发牌的是上帝,不管怎样的牌你都必须拿着,你能做的就是尽你全力,求得最好的结果。"

很多年过去了,艾森豪威尔一直牢记着母亲的这句话,从未再对生活有过任何抱怨。相反,他总是以积极乐观的态度去迎接命运的每一次挑战,尽力地做好每一件事。于是,他从一个默默无闻的平民家庭走出来,一步一步地成为中校、盟军统帅,最终成为美国历史上的第 34 任总统。

哲理启示

生活的路如同手中的牌,无论是顺利的路还是曲折的路,好牌还是坏牌,都要勇敢地接受,充满信心地玩下去,走下去,只有拥有了这样的心态,才会有好的结果。

鞋带松了

有一位表演大师上场前,他的弟子告诉他鞋带松了。大师点头致谢,蹲下来仔细系好。等到弟子转身后,又蹲下来将鞋带解松。有个旁观者看到了这一切,不解地问:"大师,您为什么又要将鞋带解松呢?"

大师回答道:"因为我饰演的是一位劳累的旅者,长途跋涉让他的鞋带松开,可以通过这个细节表现他的劳累憔悴。"

"那你为什么不直接告诉你的弟子呢?"

"他能细心地发现我的鞋带松了,并且热心告诉我,我一定要保护他这种热情的积极性,及时地给他鼓励,至于为什么要将鞋带解松,将来会有更多的机会教他表演,可以下一次再说啊。"

哲理启示

将心比心,尊重别人的意见和看法可以温暖他人的心灵,保护他人的自尊心,在相互尊重,相互友好的环境中,人活得才会舒心、顺心,生活质量才会提高。

247

积极心态的力量

在新墨西哥州的高原地区,有一位靠种植苹果谋生致富的园主。这年夏天,一场冰雹把已长得七八成熟的苹果打得遍体鳞伤、坑坑洼洼,令丰收在望的园主大惊失色,心痛不已。园主不甘心就这样失去一年的收成,他苦苦思索着怎样才能把这些伤痕累累的苹果名正言顺地推销出去。大约又过了一个月的时间,这些苹果的"伤口"渐渐愈合,也都成熟了,但却变得面目全非,一个个像雕琢过的"工艺品"。园主随手摘下一个疤痕累累的苹果一尝,意外地发现这些被冰雹打伤的苹果反而变得清脆异常、酸甜可口。这时,园主的心情一下子变得豁然开朗,胸有成竹。他决定换个说法和卖法。他在发给每一个客户的订单上清楚无误地写道:"今年的苹果终于有了高原地区的特有标志——冰雹打伤的明显痕迹。这些苹果不光从外表上而且从口味上更加体现了高原苹果的独特风味,实属难得的佳品。数量有限,欲购从速……"人们纷纷前来欣赏和品尝这种具有"高原特征"的苹果,苹果很快销售一空。

哲理启示

苹果是不变的,但人的思维是可变的。拥有悲观思维的人会将受伤的苹果看得一文不值,而乐观积极的人则会将苹果的伤变为卖点,从而获得利益。可见,好的思维方式和积极的心态是成功的主要因素。

章鱼的故事

一条章鱼的体重，可以达到70磅。换算一下，也就是将近32公斤。

32公斤有多重？让我来告诉你：它相当于3/5包水泥，一台电动跑步机，一只都江堰千年神龟，或是柔道比赛少年组一个小选手的体重。

但是，就是这样一个大家伙，它的身体却是非常柔软的，它柔软到几乎可以将自己塞进任何它想去的地方。因为它没有脊椎，甚至可以穿过一个银币大小的洞。章鱼们最喜欢做的事情，就是将自己的身体塞进海螺壳里躲起来，等到鱼虾走近，就咬它们的头部，注入毒液，使其麻痹而死，然后美餐一顿。

它几乎是海洋里最可怕的生物之一。

但是，渔民们有办法制伏它。他们把小瓶子用绳子串在一起沉入海底，章鱼见到小瓶子，都争先恐后地往里钻，不论瓶子有多么小，多么窄。

结果是在海洋里无往不胜的章鱼，成了瓶子里的囚徒。

是什么囚禁了章鱼？是瓶子吗？不，瓶子放在海里，瓶子不会走路，更不会去主动捕捉。

囚禁了章鱼的，是它们自己。它们向着最狭窄的路越走越远，不管那是一条多么黑暗的路，即使那条路是个死胡同。

如果我们的思想也是一条章鱼的话，当遇到苦恼、烦闷、失意、诱惑的瓶子时，请注意减速绕行。在更广阔的海洋里，有更多值得争取的东西。

一味地向瓶子里挤，我们的思想也会越来越狭窄，越来越失去光亮。

哲理启示

肉体可以被禁锢，但思想却可以无限伸展。可是如果自己的思想钻了牛角尖，那么就会无处可钻，画地为牢了。所以学会把心放宽，把思路扩展，你会拥有广阔的一片天。

布拉泽公司和日本餐馆

19 世纪中叶,英国资本主义工业发展很快,棉纺就是其中之一。当时的布拉泽公司的生产蒸蒸日上,纺织品涌向世界各地。这引起了日本同行的注意。

布拉泽公司位于英国某地一条热闹的大街旁。每到中午,公司的职员和工人们都到对面的一家馆子吃午饭。因为这是那条街上唯一的一家餐馆。所以尽管价格高昂,但每天还是顾客盈门,热闹非凡。

不久,在这家餐馆的附近又新开了一家餐馆,那里上至经理,下至堂倌都是清一色的日本人。这家餐馆一经开业,就十分惹人注意。它不仅价格比英国馆子便宜,而且味道鲜美,服务态度极佳。时间一长,那些惯于守旧的英国人谁也经不起这些特色的引诱。于是,情不自禁地渐渐把就餐重心移向了这家日本人开的餐馆。最后,甚至连一些高级工程师也慕名前来。有时,某些职员或工人没带钱,在那里可以先赊账,并同样受到热情的招待。久而久之,搞得人缘极好,生意兴隆。

几年后的一天,这家餐馆突然倒闭,理由是由于出售饭菜价格低廉,成本高而引起亏损。这使英国这家公司的职员和工人们都为之深感惋惜。与此同时,这家餐馆的经理和堂倌扬言"无钱回国",并且通过各种渠道,尤其是常来光顾的吃客——一些工程师及高级职员,请他们说情,协助谋求职业。以便筹集路费,返回家乡。

由于这些高级职员平时受到日本堂倌的"特殊照顾",所以对于他们也格外同情,因此都极力向公司推荐,起初,公司也相当谨慎,但到底经不住高级职员们屡次的担保,最后,不得不松口了。但是,公司里规定,所有进厂工

作的日本人不许进车间，只许在车间外面做做粗装工，如推筒管、运袋子、装纱等，只要一到车间门口，就由英国人接替。

经过一个时期的紧张观察，公司管理人员发现这些日本人忠实可靠，干活卖力，并无任何可疑之处，再加上往日的"交情"，警戒慢慢就消除了。过了一段时间，这些日本人不仅能自由进入各车间，而且有些日本人还被安排在技术部门工作。

可是，公司里上上下下做梦也没想到，这家日本餐馆的全班人马都是日本第一流的纺织专家。他们一边默默地工作，一边把英国纺织机的先进设备部件、结构及作用等，都牢牢记在心里。

若干年后，日本人声称已积蓄了一笔款子并准备回家。他们顺利地办好了出国护照，启程返回日本。回国后，他们经过几年的艰苦奋斗，设计出一套在当时来说是相当先进的纺织机械。从此，日本的纺织工业有了一个飞跃。

日本人采用的这种手段未必光明，但是，这种为了掌握先进技术千方百计学习的精神是值得我们学习和借鉴的。

哲理启示

独特的突破方式：从吃入手；合乎情理的故事发展：倒闭后另找工作；无孔不入的渗透：从工人到技术人员。从中最值得学习的还是为了达到目的而不懈努力的精神和缜密无缝的长远计划。

神偷的困惑

清朝乾隆年间,京城出现了一个专偷皇宫宝物的神偷。他来无影,去无踪,纵使紫禁城内墙高池深,戒备森严,他依旧是来去自如。只不过皇宫内大大小小的琐事何等繁杂,出现一名小偷而已,倒也没有惊动高高在上的皇帝。

直到有一天,乾隆皇帝发现放在御书房的玉玺竟然不翼而飞,勃然大怒,敕令紫禁城内外作地毯式的搜索。妙就妙在这里,玉玺居然在三天后又神不知鬼不觉地出现在了皇帝的桌上。这下子乾隆慌了,他想:"这神偷在深宫内院里这般地来去自如,这次玉玺失窃倒也算了,下次如果他要取我的项上人头,那不就……"乾隆越想越恐惧,马上召见大臣们商讨对策。

会议中,众大臣面面相觑,只见和珅率先打破沉默:"启奏陛下,臣有一计,定可捉拿此贼。"

乾隆急道:"爱卿有何对策?"

"这需要多管齐下。"和珅禀奏道,"首先,加派三千御林兵严守紫禁城,务求滴水不漏;其次,加强宫内防盗机关,严防里应外合;最后,百姓出入京城,一律接受身份及行李检查,以防赃物外流。如此一来,此恶贼一定无所遁形,难逃法网。"

乾隆大喜:"很好,就依爱卿所言,马上去做。"

不料这计策实施了半年,神偷猖獗依旧,接连着几件宝物被偷不说,京城的百姓也都感到不便,怨声载道。乾隆看这样下去实在不是办法,只得召开会议讨论。

"刘爱卿,你一向足智多谋,这次倒拿点主意啊!"乾隆沉不住气,开门见山地点名刘墉想想办法。

刘墉驼着背，伸出三根手指头缓缓地说："启奏陛下，依臣愚见，倒可以从三方面下手。一是将紫禁城外增派的御林军都撤掉；二是将所有宝库的大锁通通拿掉；第三，就是将存放宝物的箱子全部打开。如此一来，必能手到擒来。"

乾隆听了大感不解："刘爱卿，你是聪明人，怎么说起这糊涂话来了？"

刘墉眯着眼睛，嘴角浮起一抹微笑："请陛下试试看，便知成效！"

于是乾隆下令照办，不出十天，神偷居然就轻易地捉到了！

原来这位神偷已有30年偷窃经验，上千次的成功经验告诉他，进入目的地后，要先机警地躲过警卫，找到门后迅速开锁、进入、拿宝物，拿到后迅速往窗外跳。只要精准地执行这些步骤，即使再严守的地方也能顺利偷出宝物，可是这次进入目的地后，竟然没有警卫，也没有锁门，进去后只看见箱子打得开开的，窗户也被拿掉了，在这一连串的犹豫中，浮现了前所未有的疑问、惊慌与恐惧，就在这犹疑的片刻，说时迟那时快，巡逻的卫兵一拥而上，神偷还愣在那儿，口中犹自喃喃念着："怎么会这样呢？……怎么会这样呢？"

哲理启示

熟悉的环境如同麻醉人的鸦片一样，使人裹足不前，一旦环境改变，将会无所适从，无法生存。在现实中，往往要自我营造不同的环境，尝试不同的挑战，才能超越自己。

一名伟大的建筑师

三百多年前,建筑设计师克里斯托·莱伊恩受命设计了英国温泽市政府大厅。他运用工程力学的知识,依据自己多年的实践,巧妙地设计了只用一根柱子支撑的大厅天花板。一年以后,市政府权威人士进行工程验收时,却说只用一根柱子支撑天花板太危险,要求莱伊恩再多加几根柱子。

莱伊恩自信只要一根坚固的柱子足以保证大厅安全,他的"固执"惹恼了市政官员,险些被送上法庭。莱伊恩非常苦恼,坚持自己原先的主张吧,市政官员肯定会另找人修改设计;不坚持吧,又有悖自己为人的准则。矛盾了很长一段时间,莱伊恩终于想出一条妙计,他在大厅里增加了四根柱子,不过这些柱子并未与天花板接触,只不过是装装样子。

三百多年过去了,这个秘密始终没被人发现。直到前两年,市政府准备修缮大厅的天花板,才发现莱伊恩当年的"弄虚作假"。消息传出后,世界各国的建筑专家和游客云集,当地政府对此也不加掩饰。在 20 世纪末,特意将大厅作为一个旅游景点对外开放,旨在引导人们崇尚和相信科学。

作为一名建筑师,莱伊恩并不是最出色的。但作为一个人,他无疑非常伟大,这种伟大表现在他始终恪守着自己的原则,给高贵的心灵一个美丽的住所,哪怕是遭遇到最大的阻力,也要想办法抵达目的地。

哲理启示

既坚守自己做人的原则，又让对方可以接受，可以取得双赢的效果，使自己在尊重他人的同时也得到了他人的尊重，而做到这点需要的是艺术和智慧。

驻扎在沙漠地带的感受

在美国，一位叫塞尔玛的女士内心愁云密布，生活对于她已是一种煎熬。

为什么呢？因为她随丈夫从军，没想到部队驻扎在沙漠地带，住的是铁皮房，与周围的印第安人、墨西哥人语言不通；当地气温很高，在仙人掌的阴影下都高达 40 度；更糟的是，后来她丈夫奉命远征，只留下她孤身一人。因此她整天愁眉不展，度日如年。

怎么办呢？无奈中她只得写信给父母，希望回家。

久盼的回信终于到了，但拆开一看，使她大失所望。父母既没有安慰自己几句，也没有说叫她赶快回去。那封信里只是一张薄薄的信纸，上面也是短短的几行字。

这几行字写的是什么呢？

"两个人从监狱的铁窗往外看，一个看到的是地上的泥土。另一个看到的却是天上的星星。"

她开始非常失望，还有几分生气，怎么父母回的是这样的一封信？但尽管如此，这几行字还是引起了她的兴趣，因为那毕竟是远在故乡的父母对女儿的一份关切。她反复看，反复琢磨，终于有一天，一道亮光从她的脑海里掠过。这闪光仿佛把眼前的黑暗完全照亮了，她惊喜异常，每天紧皱的眉头一下子舒展了开来。大家知道这是为什么吗？

原来在这短短的几行字里，她终于发现了自己的问题所在，她过去习惯性地低头看，结果只看到了泥土，但自己为什么不抬头看？抬头看，就能看

到天上的星星！而我们生活中一定不只是泥土，一定会有星星！自己为什么不抬头去寻找星星，去欣赏星星，去享受星光灿烂的美好世界呢？

她这么想，也开始这么做了。

她开始主动和印第安人、墨西哥人交朋友，结果使她十分惊喜，因为她发现他们都十分好客、热情，慢慢他们都成了她的朋友，还送给她许多珍贵的陶器和纺织品当礼物；她研究沙漠的仙人掌，一边研究，一边作笔记，没想到那仙人掌是那么地千姿百态，那样地使人沉醉着迷；她欣赏沙漠的日落日出，她感受沙漠的海市蜃楼，她享受着新生活给她带来的一切。没想到慢慢地她找到了星星，真的感受到星空的灿烂。她发现生活一切都变了，变得使她每天都仿佛沐浴在春光之中，每天都仿佛置身于欢笑之间。后来她回美国后，根据自己这一段真实的内心历程写了一本书，叫《快乐的城堡》，引起了很大的轰动。

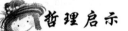哲理启示

世界还是一样的世界，心情已不是同样的心情，所以，命运不会是后来的命运。这一切，都是因为不一样的眼睛、不一样的思想、不一样的观点，所以选好角度看待问题很重要。

习惯与自然

一根小的柱子，一截细细的链子，拴得住一头千斤重的大象，这不荒谬吗？

可这荒谬的场景在印度随处可见。

那些驯象人，在大象还是小象的时候，就用一条铁链将它绑在水泥柱或钢柱上，无论小象怎么挣扎都无法挣脱。小象渐渐地习惯了，直到长成了大象，可以轻而易举地挣脱链子时，也不挣扎。

驯虎人本来像驯象人一样成功，他让小虎从小吃素，直到小虎长大。老虎不知肉味，自然不会伤人。

驯虎人的致命错误在于他摔了跤之后让老虎舔净他流在地上的血，老虎舔不可收，终于将驯虎人吃了。

小象是被链子绑住，而大象则是被习惯绑住。

虎曾经被习惯绑住，而驯虎人则死于习惯（他已经习惯于他的老虎不吃人）。

习惯几乎可以绑住一切，只是不能绑住偶然。比如那只偶然尝了鲜血的老虎。

哲理启示

习惯中总有偶然，持续的偶然也就成了习惯。真正的处世金针是既有应付习惯的常规做法，又有对付突发情况的机动策略，这样才能处变不惊，事事顺利。

野草中发现金子

只做风的生意

1956年，松下电器与日本生产电器精品的大阪制造厂合资，建立了大阪电器精品公司，开发制造电风扇。当时，松下幸之助委任松下电器公司的西田千秋为总经理，自己任顾问。

尽管这家公司的前身是专做电风扇的，而且后来还开发了民用排风扇。但是相比而言，产品还显得很单一。西田千秋准备开发新的产品，试着探询松下幸之助的意见。松下幸之助对他说："只做风的生意就可以了。"

当时松下幸之助的想法，是想让松下电器的附属公司尽可能专业化，以图突破。可是松下精工的电风扇制造已经做得相当卓越，颇有余力开发新的领域。尽管如此，西田千秋得到的仍是松下幸之助否定的回答。

然而，西田千秋并未因松下幸之助这样的回答而丧气。他的思维极其灵敏，他紧盯住松下幸之助问道："只要是与风有关的，任何事情都可以做吗？"

松下幸之助并未细想此话的真正意思，但西田千秋所问的与自己的指示很吻合，所以回答说："当然可以了。"四五年之后，松下幸之助又到这家工厂视察，看到厂里正在生产暖风机，便问西田千秋："这是电风扇吗？"

西田千秋说："不是。但它和风有关。电风扇是冷风，这个是暖风，你说过要我们做风的生意，这难道不是吗？"

后来，西田千秋一手操办的松下精工关于"风"的产品，已经是非常丰富了。除了电风扇、排气扇、暖风机、鼓风机之外，还有果园和茶圃的防霜用换气扇，培养香菇用的调温换气扇，家禽养殖业的棚舍换气调温系统……

只做风的生意,西田千秋为松下公司创造了无数的辉煌。

哲理启示

看到别人未曾看到的,想到别人未曾想到的,这就是创新。它需要一个人敏锐的眼光和过人的胆识,并理智地付诸行动,下一个奇迹也许就是你创造的。

唐太宗的金丝雀

玄武门之变后,唐太宗李世民坐上了龙椅宝座,开始统治天下。

有一天,风和日丽,唐太宗李世民在百花园中赏鸟散步,他对一只印度国进贡的金丝雀非常喜欢,围在笼子边左看右看也看不够,这只金丝雀羽毛艳丽,叫声婉转悠扬。唐太宗实在是喜欢得不得了,于是就命人把那只小鸟取了出来,放在自己的手掌上把玩。说来也奇怪,这只小鸟经过专门训练后,特别乖巧可人,也不飞,只在李世民的手中蹦蹦跳跳,叫人爱不释手。

这时,有人禀报说丞相魏征有事进谏,唐太宗一听脸色一变,他深知魏征的为人,他最恨朝廷官员玩物丧志,不思进取,就连李世民也惧他三分。

可是,现躲也来不及了,而且把金丝雀放回去也来不及了,因为随着禀报,魏征已经来到了唐太宗面前,唐太宗无奈,只好把那只金丝雀塞进了自己的大袖子里。

魏征给唐太宗见过礼后,瞥了一眼唐太宗,又见他的袖子中有物体在动,再加上近日耳闻唐太宗特别爱鸟,有时甚至贻误国事,心想这正是一个劝谏李世民的机会。于是,他就不停地禀报事情给唐太宗,弄得唐太宗手心不断出汗。魏征窃喜,又与唐太宗谈论起诸葛亮的《出师表》及为人君、为人臣的信条等,不知不觉地就过了两个时辰。

魏征觉得差不多了,这才起身告辞。等魏征走后,唐太宗把金丝雀拿出来一看,这只可怜的小鸟早已窒息而死了。

唐太宗长叹一声:"魏征啊!我算是服了你了!"

哲理启示

　　在战争中讲究的是："逢强智取，遇弱活擒。"在为人处世中也是如此，面对不好"惹"的人，就得多动动脑筋。

张巡用草人

　　唐朝中叶,安禄山发动叛乱。叛军一路上势如破竹,这一天来到了雍丘。著名将领张巡率领雍丘军民进行了积极的抵抗。守卫战坚持了40多天,城中的箭都已用完。张巡叫士兵们扎了一千多个草人,给草人穿上黑衣,系上绳子。晚上,叫士兵提着绳子把草人从城墙上慢慢放下去。围城的叛军以为是唐军偷越出城,一阵乱箭射去。等草人身上扎满了箭,士兵们再把草人拉上城来。这样反复好多次,得到了十几万支箭。秘密泄露出去,叛军才知道张巡用了草人借箭的计策。又一天夜里,只见又有好多人从城上吊了下去。叛军将士都哈哈大笑,嘲笑张巡愚蠢。有个将领说:"张巡还想用草人来赚我们的箭呀,弟兄们,别上当啦!咱们不理他,让他们等着吧!"

　　过了一阵子,有人报告城墙上的草人不见了。那个将领说:"咱们不射箭,张巡准是等得不耐烦,把草人收回去了。没事啦,大家都睡觉去吧。"夜深人静的时候,突然跑出一支唐军,直向叛军兵营杀来。城里唐军也擂鼓呐喊,就要杀出城来。叛军将士早已进入梦乡,遭到这突然袭击,立刻大乱。叛军将领从睡梦中惊醒,以为是唐朝的增援大军杀来了,不敢抵抗,慌忙下令放火,把那些工事壁垒一齐烧毁,然后逃跑了。原来这又是张巡用的计。这次吊下城来的不是草人,是唐军的敢死队。敢死队下城以后就找地方埋伏起来,到深夜发动突然袭击,城里再呼应助威,好像增援大军从天而降。其实敢死队一共才五百人。等叛军惊慌逃跑,敢死队和城里的唐军乘胜追杀十多里,取得大胜利,才收兵回城。

哲理启示

张巡运用他的聪明和智慧,在双方作战中大获全胜,由此可见,善于抓住对方的心理,从而施以一定的计策,必定会达到自己的预期目标。

最富有的人和"教养"

许多人错误地认为,由于亨利·福特接受的"学校教育"很少,所以他不是一个有"教养"的人。

第一次世界大战期间,芝加哥一家报纸在一篇社论中称亨利·福特是"一个无知的和平主义者"。福特先生不满这种指责,向法院控告这家报纸毁谤他的名誉。当法院审理这个案子时,这家报纸的律师要求福特先生坐上证人席,以便向陪审团证明福特先生确实无知。这位律师问了福特先生很多问题,企图证明:福特先生虽然拥有许多关于汽车制造的专业知识,但总的来说,他却是一个很无知的人。

福特先生被问的问题很多,如"班尼迪特·阿诺德是何许人?""1776 年英国派了多少士兵前往美洲镇压叛乱?"……

对后面的问题,福特先生回答说:"我不知道英国究竟派了多少士兵,但我听说,派出去的士兵比后来生还回国的士兵多很多。"

福特先生对这种问题很厌烦,在回答一个特别具有攻击性的问题时,他向前倾身,用手指着向他提问题的律师说:"如果我真的想回答你刚刚提出的这个愚蠢的问题,或其他问题,让我提醒你,在我办公桌上有一排按钮,只要我按一下,马上就会有人来回答这些问题。请问,我身边既然有那么多专家能够把我需要的任何知识提供给我,我为什么还要在我脑子中塞进那么多的一般知识?"

这种回答当然是合乎逻辑的,这个答案也使律师哑口无言。法庭上的每一个人也明白,这是一个有教养的人的答案,而不是一个无知者所能提出

的答案。任何人只要知道他在需要某种知识时,可从某处取得这种知识,以及知道如何把知识组织成明确的行动计划,那么他就可以算是一个有教养的人。

亨利·福特在他的"智囊团"的协助下,掌握了他所需要的全部知识,从而使他成为美国最富有的人之一。

哲理启示

学习在内容方面要有所选择,统筹安排,先学那些最实用的知识,最有助于发挥你特长的东西,最能发展你的事业的东西。这也是一门学问。一旦掌握了这门学问,你积累知识的时候就能够做到事半功倍。

人生的圆圈

大约 10 年前，我在一家电话推销公司作为业务员进行培训。

主管为了激励我们，有一次在培训课上用图诠释了一个人生寓意。

主管首先在黑板上画了一幅图：在一个圆圈中间站着一个人。接着，他在圆圈的里面加上了一座房子，一辆汽车，一些朋友。

然后，他问大家："谁能告诉我，这图意味着什么？"一阵沉默后，一位学员回答："世界？"主管说："基本正确。这是你的舒服区，这个圆圈里面的东西对你至关重要：你的住房，你的家庭，你的朋友，还有你的工作。在这个圆圈里，人们会觉得自在、安全，远离危险或争端。"

"现在，谁能告诉我，当你跨出这个圈子后，会发生什么？"教室里顿时鸦雀无声，还是那位积极的学员打破沉默："会害怕。"另一位认为："会出错。"接着又是一阵沉默。这时主管微笑着说："当你犯错误了，其结果是什么呢？"最初回答问题的那个学员大声答道："我会从中学到东西。"

"正是，你会从错误中学到东西。"主管于是转向黑板，画了一个箭头，把圆圈当中的人指向圈外。他继续说道，"当你离开舒服区以后，你就把自己抛到了一个你感到不自在的世界里。结果是，你学到你以前不知道的东西，你增加了自己的见识，所以你进步了。"他再次转向黑板，在原来那个圈子之外画了个更大的圆，有更多的朋友，一座更大的房子，等等。

"如果你老是在自己的舒服区里头打转，你就永远无法扩大自己的视野，永远无法学到新的东西。只有当你跨出舒服区以后，你才能使自己人生的圆圈变大，你才能挑战自己的心灵，使之变得更加坚强，最终把自己塑造

成一个更优秀的人。"

哲理启示

不要拘泥于你已经熟悉的生活，只有积极进取的人才会迈出勇敢的一步，勇于接受挑战，接触全新的领域，才可能拥有成功的人生。

圣人之书与车轮

在我国春秋战国时代,有一位擅长做车轮的能工巧匠,他的名字叫轮扁。

一天,齐桓公在殿堂上读书,轮扁在堂下砍削车轮。齐桓公读书读到妙处,不禁摇头晃脑、口中念念有词,很是得意。轮扁见齐桓公这样爱读书,心里觉得纳闷。他放下手中的锤子、凿子,走到堂上问齐桓公说:"请问,大王您所看的书,上面写的都是些什么呀?"齐桓公回答说:"书上写的是圣人讲的道理。"轮扁说:"请问大王,这些圣人还活着吗?"齐桓公说:"他们都死了。"于是轮扁说:"那么,大王您所读的书,不过是古人留下的糟粕罢了。"

齐桓公很是扫兴。他对轮扁说:"我在这里读书,你一个做车轮的工匠,凭什么瞎议论呢? 你说圣人书上留下的是糟粕,如果你能谈出个道理来,我还可以饶了你,如果你说不出道理来,我非杀你不可!"

轮扁不紧不慢地回答齐桓公说:"我是从自己的职业和经验体会来看待这件事的。就说我砍削车轮这件事吧,速度慢了,车轮就削得光滑但不坚固;动作快了,车轮就削得粗糙而不合规格。只有不快不慢,才能得心应手,制作出质量最好的车轮。由此看来,削车轮也有它的规律。可是,我只能从心里去体会而得到,却难以用言语很清楚明白地讲授给我儿子听,因此我儿子便不能从我这里学到砍削车轮的真正技巧,所以我 70 岁了,还得凭自己心里的感觉去动手砍削车轮。由此可见,古代圣人心中许多只可意会、不可言传的知识精华已经随着他们死去了,那么大王您今天所能读到的,当然只能是一些古人留下的肤浅粗略的东西了。"

哲理启示

理论来源于实践。再完善的理论,也无法囊括实践中的所有体验。越是需要高超技艺的实践,就越是难以用理论来描述。真想知道梨子的味道,还是亲自去尝吧。

作家的放弃与获得

1998年，著名作家毕淑敏成了心理学研究生。经过几年艰苦的学习，到2003年7月份，眼看就可以拿到心理学博士学位，但她却决定放弃文凭。

别人问她原因。

她说："因为我不能去考外语、写论文；我担心一个几十万字的心理学博士论文写下来，我可能就不会写小说了。因为风格不一样，思维的训练也不一样。考外语，是一个死功夫。我想，生命对我这个年过50的人来说那么宝贵，不值得拿出半年时间，专门去念外语，去应对考试！"

毕淑敏清醒地认识到，生命原来是有长度的。在这有限的过程里面，首先就要珍惜，然后是为你的生命确立一个意义，要有一种终极的价值观。她于是选择了在西四环外开设"北京毕淑敏心理咨询中心"，她认为这是"助人和自助的工作"，是她极有兴趣探索和愿意去做的有价值的事情。

哲理启示

一个人要有所不为才能有所为。放弃与获取都是有原则的，也是显示不同人的不同品格与追求的重要表现和标志。每个人都要理智地作出自己的选择。

回收利用高尔夫球

美国的基姆·瑞德先生原先从事沉船寻宝工作,在注意到那只高尔夫球前,他的日子过得很平凡。

一天,他偶然看到一只高尔夫球因为打球者动作的失误而掉入湖水中,霎时,他仿佛看见了一个机会。他穿戴好潜水服,跳进湖中。在湖底,他惊讶地看到白茫茫的一片。湖底散落堆积着成千上万只高尔夫球。这些球大部分跟崭新的球没什么差别。球场经理知道后,答应以 10 美分一只的价钱收购这些球。他第一天捞了两千多只球,得到的钱相当于他一周的薪水。干到后来,他把每天从湖中捞出的球带回家让雇工洗净,重新喷漆,然后包装,按新球价格的一半出售。

后来,其他的潜水员闻风而动,从事这项工作的潜水员多了起来,瑞德干脆从他们手中收购这些旧球,每只 8 美分,每天都有 8 万到 10 万只这样的旧高尔夫球送到他设在奥兰多的公司。现在,他的旧高尔夫球回收利用使得公司一年的总收入已到八百多万美元。

 哲理启示

具备了敏锐的目光和灵活的头脑,在一个尚未有人注意到的领域里创出赚钱的机会,要比金矿寻宝容易得多。

卡希的摄影风格

加拿大著名摄影家约瑟夫·卡希,由于他在摄影艺术上取得了突出成就,被人们誉为摄影大师。

卡希在他的一生中,曾经为一万五千多名有成就的人物照过相,其中不少是家喻户晓的世界著名人物。他们当中有国家元首、著名科学家、作家、艺术家等等。

卡希在加拿大的渥太华,专以拍摄人像为乐事。他拍的人像能够传神,能够充分反映一个人物的性格,甚至能表现一些名人所代表的国家和民族的精神。

有这样一件事,最能说明卡希的摄影风格。

1941 年的冬天,当时的英国首相丘吉尔到加拿大访问。在丘吉尔到达渥太华的前夕,当时只有 33 岁的卡希请求他的朋友、加拿大总理麦肯齐·金帮助他,以便为丘吉尔拍一张照片。麦肯齐·金答应了他的要求。

这一天晚上,卡希一夜睡不着觉。第二天,他赶到议会大厅听完丘吉尔轰动一时的演讲后,就急忙穿过大厅到了议长室,他在议长室的一角摆好了泛光灯,作好了一切准备。不久,他听到了脚步声,麦肯齐·金恭迎丘吉尔来到了议长室。卡希也立即打开了泛光灯。

丘吉尔叼着一根雪茄问:"这是要干什么?"左右的人们都笑起来,而麦肯齐·金则微笑不语。这时,卡希连忙向丘吉尔鞠躬,说道:"阁下,我希望给您拍一张照片以纪念这次历史性的盛会。"丘吉尔怒容满面地说:"为什么事先不告诉我?"但他最后还是同意了卡希的请求。

卡希这时正想按快门,忽然他灵机一动,走近丘吉尔,对他说:"对不起,

阁下!"话音未落,随即把丘吉尔口里叼着的雪茄扯了下来。丘吉尔顿时勃然大怒。就在这时,只听"咔嚓"一声,一张后来闻名于世界的名作拍下来了。而拍摄这杰作,前后只用了两分钟的时间。

丘吉尔的这张照片在暗房冲洗出来时,只见他一手挂着拐杖,一手叉在腰间,怒容满面,气势逼人。卡希看了这张照片后满怀信心地说:"这是一幅杰作。"后来,事实表明的也是如此,这张照片在全世界广泛流传,有人说它是自有摄影艺术以来流传最广的照片。同时,还有七个国家的邮票上印上了这张照片。全世界都认为这张照片是英国战时精神的象征。卡希在后来发表的文章中也写道:"相片里的丘吉尔,是战时英国的象征,昂然挺立,不屈不挠。"从此以后,卡希也就名扬四海,照他自己的说法:"自此以后,我便没有休息的时间了。"

要为将要拍摄的照片进行设计是一件很伤脑筋的事。卡希也常常因害怕照片拍摄出来时不理想而烦恼。因此,在有重要拍摄任务前,他经常彻夜不眠,第二天弄得疲乏而紧张。但奇怪的是,越是如此,照片拍得越好。因此卡希说:"我常常用夜里失眠时间的长短来判断第二天那张照片成功的程度。"

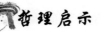 哲理启示

做好一件事情,只是肯动手是不够的,还必须勤于动脑,这样才能达到事半功倍的效果,取得预期的成功。

谁发现了色盲现象

色盲现象是英国著名化学家道尔顿发现的。当时,一件小事引发了他的思考。

道尔顿28岁时给妈妈买了一双袜子作为生日礼物。妈妈看了大吃一惊:"我这么大年纪了,怎么可以穿樱桃红色的袜子?"道尔顿不相信,争辩道:"这明明是双灰颜色的袜子呀!"后来,别人都说这双袜子是樱桃红色的,道尔顿这才相信自己错了。他感到十分奇怪:为什么自己看上去是灰色的而别人却说是红色的呢?他又指着自己的上衣问别人是什么颜色,别人告诉他是绿色的,而他自己一直以为是暗红色的。

道尔顿困惑了。于是,他放下手中的实验,仔细钻研这种奇特的生理现象,结果发现了色盲现象。道尔顿的新发现引起了大家的关注,人们普遍地调查了一下,结果查出好多人是色盲,这也就验证了色盲其实是一种普遍的生理现象。

事实上,在道尔顿之前有很多人是色盲,为什么他们不知道自己是色盲呢?这是因为道尔顿不仅是个有心人,而且具有敏锐的观察力。他能从日常生活细微的小事中有所发现,这就使他成了世界上首位发现色盲现象的人。

 哲理启示

生活中细微的小事引起了道尔顿的注意,于是引发了重大的发现。如果我们注重身边的细节,是不是也能有所作为呢?

279

重在小节

　　美国洛克菲勒财团,在中国招一名办事处主任。条件是大学商学院营销专业博士生,熟悉跨国公司经营,有开拓精神。一时应聘者络绎不绝。面试这天,大办公室内,中间放一张大办公桌,四周摆满高档沙发,应聘者陆续进来,坐在沙发上等候。办公桌前边,不知什么原因掉下两张复印办公纸,白白的在豪华的花地毯上,十分醒目。不一会儿,一位身穿笔挺西装、温文尔雅的青年进来,看到地上有两张文件纸,顺手放在桌上,找个靠门口的空位坐下。过了不久,一位主管模样的外国人进来,向大家问好,然后又问:"地上的两张文件纸是谁放到桌上的?"那位青年人站起来说:"先生,是我放的。""好了,面试结束了,请这位青年人留下。"其他人面面相觑,不解地纷纷离去。

　　这位青年人被录用了,后来被升为美国美孚石油公司中国总公司华人总裁,负责中国几十个分公司的销售业务。

　　小节往往决定一个人的命运。一个人的成功,不仅在于知识的渊博、超前的意识、非凡的开拓精神和杰出的办事能力,还在于待人处事、注重小节;相反,"势"大气粗、不计小节、粗枝大叶与事业的成功是绝对无缘的。

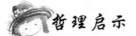

　　正所谓"小处不可随便",我们的一言一行也许会决定我们一生的命运。如果我们连小事都做不好,又怎能担负起未来那些重大的责任呢?

一条裙子

一所偏僻贫民区的小学来了一位新老师。第一天上课，她发现班上有个女孩长得很清秀，但是身上脏兮兮的，而且有酸馊的味道。

她每天耐心地为这小女孩洗脸，发现脸洗干净后，显得精神多了。她猜想家长一定是为养家糊口而奔忙劳碌，无暇照顾孩子的生活起居，她很想去跟家长谈谈，但一直抽不出时间来。

她心里一直惦念着这件事，并希望想办法帮助这个孩子和她的父母，又不至于伤害他们的自尊心。

有一天，她买了一条蓝色的裙子送给小女孩，小女孩开心地带着全新的裙子回家了。爸爸看到女儿脏兮兮的，穿上那么干净漂亮的裙子，显得极不协调，就让妻子将女儿彻底清洗了一番。看着穿着蓝裙子的女儿，他突然发现，原来自己的女儿长得这么可爱，只是以前一直衣衫褴褛，蓬头垢面，所以看不出来，如今一穿蓝裙子，面目一新。

这位爸爸环顾四周，发现这个脏乱的家实在配不上这清秀可爱的小佳人，就花了几天的时间，将家里打扫得干干净净，标致的女儿在窗明几净的家中，果真顺眼多了。但是，他一跨出家门，看到附近垃圾成山，藏污纳垢，又觉得不顺眼了，这么整洁的家，应该在什么样的社区里呢？

于是，他发动全家人，开始打扫住家附近的环境，才发现干干净净的环境住起来还是蛮有尊严的。左邻右舍看他这么勤劳，尤其是看到居住环境被打扫得焕然一新，不由啧啧称赞。他们已经习惯住在脏乱的环境中，不知道干净的感觉是什么，一下子感到新奇，但是一走进家门，看到家中脏乱，就

281

觉得很碍眼，也纷纷打扫自己的家。当然，他们也意识到干净的家中应该住什么样的人，啊哈，对了，干干净净的人。

就这样，几周之内，这个原本龌龊的贫民区，变成了模范社区，因为一位老师的爱心、一条裙子以及一对有反省力的父母。

哲理启示

一条裙子可以改变一个贫民区的面貌，细心的老师功不可没。如果我们从一点一滴做起，也能拥有一个良好的生存环境。

凌晨三点的面试

有一个公司的重要部门的经理要离职了,董事长决定找一位德才兼备的人来接替这个位置,但陆续来应聘的几个人都没有通过董事长的"考试"。

这天,一个三十多岁的留美博士前来应聘,董事长却通知他凌晨三点来他家考试,于是这位青年凌晨三点就去按董事长家的门铃,却没有人来应门,一直到八点钟,董事长才让他进门。

考试的题目由董事长口述,董事长问他:"你会写字吗?"年轻人说:"会。"董事长拿出一张白纸说:"请你写一个白饭的'白'字。"他写完了,却等不到下一题,疑惑地问:"就这样吗?"董事长静静地看着他,回答:"对,考完了!"

年轻人觉得很奇怪,这是哪门子的考试啊? 第二天,董事长去董事会宣布,该名年轻人通过了考试,而且是一项严格的考试!

他说:"一个这么年轻的博士,他的聪明和学问一定不是问题,所以我考其他更难的。"

他接着说:"首先,我考他牺牲的精神,我要他牺牲睡眠,半夜三点钟来参加公司的应考,他做到了;我又考他的忍耐,要他空等五个小时,他也做到了;我又考他的脾气,看他是否能够不发飙,他也做到了;最后,我考他的谦虚,我只考堂堂一个博士 5 岁小孩都会写的字,他也肯写。一个人已有了博士学位,又有牺牲的精神、忍耐、好脾气、谦虚,这样德才兼备的人,我还有什么好挑剔的呢? 我决定录用他!"

哲理启示

董事长看重的是博士的具体行为，因为这些举动体现了他优秀的品质。我们也应该注意自己的言行举止，这些都将是与人竞争的必备条件。

野草中发现金子

布须曼人是南非的少数民族,过着封闭的生活。他们是捕猎高手,能通过观察动物留在地上的痕迹,判断是什么动物及其性别、年龄,是否受伤,是否发情等。由于猎物愈来愈少,他们不能再靠打猎过日子。于是布须曼人像被上帝遗弃的孤儿,他们几乎都是文盲,没有工作,只能靠卖鸵鸟蛋挣钱。许多姑娘生了孩子还住在父母家,因为他们的男人无法养活她们。

南非某科研机构一个叫哈里的年轻人在这里考察时,看到布须曼人的贫穷生活后,他决心要拯救这些世界上最穷苦的人。

在与布须曼人共同生活一段时间后,哈里发现,尽管他们没有粮食,却并没有人被饿死,因为贫穷的布须曼人被逼无奈,就去吃沙漠中生长的一种野草来果腹。

这种野草是一种多汁的仙人掌科植物,味苦,布须曼人称之为奥迪亚。在广袤的红色沙漠上,到处生长着一簇簇奥迪亚。布须曼人在沙漠上走得饿了,就随手揪一把奥迪亚放在嘴里咀嚼,空空的肚子就饱了。

正是这种布须曼人果腹的野草,引起了哈里的关注,他觉得这种能维系布须曼人生存的野草不是一般的野草,哈里采了几片叶子,带回了开普敦,经过研究发现,这种叫做奥迪亚的野草里面,含有一种神奇的抗饥饿分子,这种分子正是科学家们寻找了几十年的治疗肥胖症药物的理想原料。

当哈里把这一发现公布出来后,英国和美国的一些医药公司纷纷来到南非,与布须曼人签订收购这种野草的合同。

现在,布须曼人从前赖以度过饥荒的野草成为抢手货,比金子还昂贵的

药材，他们也因此每年约有 640 万欧元的收入。布须曼人没有想到的是，在祖祖辈辈生活的地方，一种看似普通的野草改变了他们的命运。

哲理启示

　　沙漠中不被注意的野草却给布须曼人带来了巨大的财富，这是多么不可思议！不起眼的东西往往有着重要的价值，只是我们没有发现。

左手上的

鼠标

小　帮　手

　　科尔是战后德国任期最长的总理,在他任职期间两德还实现了统一。他出生在一个信奉天主教的家庭,但他的父母在坚持自己的信仰的同时,并不排斥其他宗教信仰。他的家庭环境不太好,父亲收入不高,必须省吃俭用才能维持家里的生计,后来科尔的外婆去世了,给他们留下了一间房子和一块面积不小的土地,可这并没很好地改变家里的窘迫状况。虽然有了一块土地,但全家人还必须勤勤恳恳地在田地上劳作,在上面种蔬菜和水果,家里的劳动力缺乏的状况突现出来,家长感到过于疲劳,需要小帮手。

　　一天晚,上科尔的父母将孩子们叫到客厅,孩子们都在猜测爸妈要说些什么。这时父亲开口了:"孩子们,今天我想和大家说一件事。爸爸白天有自己的工作要做,田里的活都由你们的母亲打理了,但田里的活实在太多了,你们的母亲根本忙不过来呀。再说你们的母亲身体也不好,我想你们应该帮妈妈分担一下家务,让你们的妈妈多休息。因为我们家实在没有经济能力雇人干活。"还没等父亲的话说完,科尔的哥哥很懂事地站起来说他愿意帮妈妈。父亲很高兴,他看着其他的孩子微笑着说:"孩子们,你们愿意承担起家务吗? 做一些自己力所能及的事啊!"这时,小科尔说:"爸爸,可是我想玩呀,我不想做什么事情。"父亲并没有生气,他问:"你爱你的妈妈吗?""我当然爱我妈妈啦。""那就好,你妈妈既要照顾你们,又要在田里工作,非常辛苦,如果你爱你妈妈的话,你就应该帮助妈妈做一些小事情,做完了再去玩啊。"小科尔这次愉快地答应了,他的父亲于是宣布科尔以后就负责照顾母鸡、火鸡和兔子。

　　科尔显然很喜欢这样的活儿,这项工作不仅可看做是一项劳动,而且可以说是一项有趣的游戏,科尔立刻觉得自己好像当家做主了,能独当一面了,觉得自己好了不起,自己成了家里有价值的一个成员。他真正爱上了这个活。对家庭的责任,培养了他对社会的责任感。

哲理启示

　　伟大的人生应该从爱开始,爱亲人,爱朋友,爱老师,爱同学,献出自己的爱心,你会得到更多的爱。

亚历山大问路

亚历山大大帝骑马在俄国西部旅行。一天他来到一家乡镇小客栈，为进一步了解民情，他决定徒步旅行。当他穿着没有任何军衔标志的平纹布衣走到了一个三岔路口时，却忘了回客栈的路。

亚历山大无意中看见有个军人站在一家旅馆门口，于是他上去问道："朋友，你能告诉我去客栈的路吗？"

那军人叼着一只大烟斗，头一扭，把这个身着平纹布衣的旅行者上下打量一番，傲慢地答道："朝右走！"

"谢谢！"大帝又问道，"请问离客栈还有多远？"

"1英里。"那军人生硬地说，并瞥了陌生人一眼。

大帝抽身道别，刚走出几步又停住了，回来微笑着说："请原谅，我可以再问你一个问题吗，如果你允许我问的话？请问你的军衔是什么？"

军人猛吸了一口烟说："猜嘛！"

大帝风趣地说："中尉？"

那军人没有吭声。

"上尉？"

军人摆出一副很了不起的样子说："还要高些。"

"那么，你是少校？"

"是的！"他高傲地回答。于是，大帝敬佩地向他敬了礼。

自称少校的军人转过身来摆出对下级说话的高傲神气，问道："假如你不介意，请问你是什么官？"大帝乐呵呵地回答："你猜！""中尉？"大帝摇头

说:"不是。""上尉?""也不是!"

他走近仔细看了看说:"那么你也是少校?"

大帝镇静地说:"继续猜!"

军人取下烟斗,那副高傲的神气一下子消失了。他用十分尊敬的语气低声说:"那么,你是部长或将军?""快猜着了。"大帝说。"殿……殿下是陆军元帅吗?"他结结巴巴地说。

大帝说:"我的少校,再猜一次吧。"

"皇帝陛下!"军人猛地跪在大帝面前,忙不迭地喊道:"陛下,饶恕我!陛下,饶恕我!"

"饶你什么?朋友。"大帝笑着说,"你没伤害我,我向你问路,你告诉了我,我还应该谢谢你呢?"

哲理启示

"海纳百川,有容乃大"是说人要有宽广的胸襟,要有一颗宽容的心。有哲人说过,天空收容每一片彩云,不论其美丑,故天空广阔无比;高山收容每一块岩石,不论其大小,故高山雄伟壮观;大海收容每一朵浪花,不论其清浊,故大海浩瀚无涯。心灵的博大,胸襟的坦荡,襟怀的包容,才能真性飘逸,气质超然,生活快乐。

要老师出丑

日本学者多湖辉先生在上大学时，他的德文教师对学生相当严格，对他也是有错就大声训斥，从不顾及他的尊严。

有一天上课时，老师犯了一个方法上的错误，班上发现这一错误的只有多湖辉。多湖辉为了发泄平时的积怨，执拗地想要老师当众出丑。老师很认真地说："你说的对，能发现这么重要的错误只有你，其他人呢？都在睡觉吗？"奉承了多湖辉一番之后，老师又说："这部分，任何人都容易出错，大家要特别小心。"

本来要攻击老师，让他出丑，但被夸奖后，学生高高兴兴，也就闭口不言了。

哲理启示

诚实和正直是做人的基本准则，德语老师的正直使多湖辉由对他的仇恨转为对他的尊敬。可见，只有对自己的错误坦诚相见，正直为人，才会得到认同。

林肯一夜未睡

美国南北战争初期北军的失败,令林肯烦恼不已。

这天,有一位养伤的团长直接向总统恳求准假,因为他的妻子遇难,生命垂危。林肯厉声斥责他:"你不知道现在是什么时期吗?战争的非常时期!苦难和死亡压迫着我们,家庭的感情在和平的时候会使人快活,但现在它没有任何余地!"团长失望地回旅馆休息。

翌日清晨,天还没亮,忽然有人叩房门,团长开门一看,却是总统本人。林肯握住团长的手说:"亲爱的团长,我昨夜太粗鲁了。我一夜懊悔,不能入睡,现在请你原谅。"林肯替他向陆军部请了假,并亲自开车送那位团长到码头。

哲理启示

谦让的心,有如宇宙中的天空,有如大地上的海洋和山谷——谦让者因宽容而博大,因博大而有力。

好争的人,天将与之相争;谦让的人,天将与之相让。

拥抱对手

一场世界职业拳王争霸赛正在激烈地上演。

正在比赛的是美国两个职业拳手，年长的叫卡菲罗，35 岁；年轻的叫巴雷拉，28 岁。上半场俩人打了六个回合，实力相当，难分胜负。在下半场第七个回合，巴雷拉接连击中老将卡菲罗的头部，打得他鼻青脸肿。

短暂的休息时，巴雷拉真诚地向卡菲罗致歉。他先用自己的毛巾一点点擦去卡菲罗脸上的血迹，然后把矿泉水洒在他的头上。巴雷拉始终是一脸歉意，仿佛这一切都是自己的罪过。

接下来俩人继续交手。也许是年纪大了，也许是体力不支，卡菲罗一次又一次地被巴雷拉击倒在地。

按规则，对手被打倒后，裁判连喊三声，如果三声之后仍然起不来，就算输了。每次卡菲罗都顽强地挣扎着起身，每次都不等裁判将"三"叫出口，巴雷拉就上前把卡菲罗拉起来。卡菲罗被扶起后，他们微笑着击掌，然后继续交战。

裁判和观众都感到吃惊，这样的举动在拳击场上极为少见。

最终，卡菲罗以 100∶108 的成绩负于巴雷拉。观众潮水般涌向巴雷拉，向他献花、致敬、赠送礼物。巴雷拉拨开人群，径直走向被冷落一旁的老将卡菲罗，将最大的一束鲜花送进他的怀抱。

俩人紧紧地拥在一起，俨然是一对亲兄弟。

哲理启示

做人应有广博胸怀,足可以容纳世间的喜怒哀乐、悲欢离合,这种胸怀是一种做人的境界。古往今来,凡是有所作为的人都是心胸开阔的人。他们能容别人难容之事,不斤斤计较于个人的功名利禄,随时保持一份好心情,摆脱凡俗尘世的羁绊,专心去干他们的大事业。

为朋友奔赴刑场

公元前4世纪，在意大利，一个名叫皮斯阿司的年轻人即将被处以死刑。皮斯阿司是个孝子，在临死之前，他希望能与母亲见最后一面，以表达他对母亲的歉意，因为他再也不能孝敬母亲了。

他的这一要求被国王准许了，但交换条件是，皮斯阿司必须找一个人来替他坐牢。这是一个看似简单其实近乎不可能做到的条件。假如皮斯阿司一去不返怎么办？谁愿意冒着被杀头的危险来干这件蠢事呢？

这个消息传出后，有一个人表示愿意来替换坐牢——他就是皮斯阿司的朋友达蒙。

达蒙住进牢房以后，皮斯阿司就赶回家与母亲诀别，人们都静静地等着事态的发展。日子如水一样流逝，眼看刑期在即，皮斯阿司却音讯全无。人们一时间议论纷纷，都说达蒙上了皮斯阿司的当。

行刑日是个雨天，因为皮斯阿司没有如期归来，只好由达蒙替死。当达蒙被押赴刑场时，围观的人都笑他是个傻瓜。也有人对他产生了同情，更多的人却是幸灾乐祸。但刑车上的达蒙，不但面无惧色，反而有一种慷慨赴死的豪情。

追魂炮点燃了，绞索已经挂在达蒙的脖子上。胆小的人吓得闭紧了双眼，他们在内心深处为达蒙惋惜，并痛恨那个出卖朋友的小人皮斯阿司。

突然，在淋漓的风雨中，皮斯阿司飞奔而来！他高声喊着："我回来了！我回来了！"这真是人世间最最感人的一幕，大多数人都以为自己是在梦中，但事实不容怀疑，皮斯阿司已经冲到达蒙的身边，他们紧紧地拥抱在一起。

不多久，国王便知道了这件事。他亲自赶到刑场，要亲眼看一看自己如此优秀的子民。喜悦万分的国王立即为皮斯阿司松了绑，亲口赦免了他，并且重重地奖赏了他的朋友达蒙。

哲理启示

用生命换取友情和诚信的人是可敬的。古人讲为朋友可以两肋插刀，现实生活中，朋友之间类似这样的事情并不多见，朋友之间通过互相诚心诚意的帮助，就可以体现友情。

将球抱在怀中

在英国的曼彻斯特城，英格兰超级足球联赛第 18 轮的一场比赛在埃弗顿队与西汉姆联队之间进行。比赛只剩下最后一分钟时，场上的比分仍然是 1：1。

这时，埃弗顿队的守门员杰拉德在扑球时膝盖扭伤，巨痛使得他四肢抱成一团在地上滚动，而足球恰好被传给了潜伏在禁区的西汉姆联队球员迪卡尼奥。

球场上原来的一片沸腾顿时肃静下来，所有的人都在等待。迪卡尼奥离球门只有 12 米左右，无须任何技术，只要一点点力量，就可以把球从容打进对方球门。那样，西汉姆联队就将以 2：1 获胜，在积分榜上，他们因此可以增加两分。

埃弗顿队之前已经连败两轮，这个球一进，他们就将遭受苦涩的"三连败"。

在几万现场球迷的注视下——如果算上电视机前的观众，应该是数百万人的注视下，西汉姆联队的迪卡尼奥没有用脚踢球，而是将球抱在了怀中。

顿时，全场响起如潮水般滚动的掌声，亿万观众把赞美之情献给了放弃射门的迪卡尼奥，或者说，是献给迪卡尼奥体现出来的崇高的体育精神——和平、友谊、健康、正义！

哲理启示

路见不平，拔刀相助，是整个社会推崇的良好品德，也让我们看到人性的光辉之处。倘若人人都能努力做到这一点，这个世界将会充满正义和正气。

宽容是金

2004 年 8 月 23 日,雅典奥运会男子单杠决赛正在激烈进行。28 岁的俄罗斯名将涅莫夫第三个出场,他以连续腾空抓杠的高难度动作征服了全场观众,但在落地的时候,他出现了一个小小的失误——向前移动了一步,裁判因此只给他打了 9.725 分。

此刻,奥运史上少有的情况出现了:全场观众不停地喊着"涅莫夫"、"涅莫夫",并且全部站了起来,不停地挥舞手臂,用持久而响亮的嘘声,表达自己对裁判的愤怒。比赛被迫中断,第四个出场的美国选手保罗·哈姆虽已准备就绪,却只能尴尬地站在原地。

面对这样的情景,已退场的涅莫夫从座位上站起来,向朝他欢呼的观众挥手致意,并深深地鞠躬,感谢他们对自己的喜爱和支持。涅莫夫的大度进一步激发了观众的不满,嘘声更响了,一部分观众甚至伸出双拳,拇指朝下,做出不文雅的动作来。

面对如此巨大的压力,裁判被迫重新给涅莫夫打了 9.762 分。可是,这个分数不仅未能平息观众的不满,反而使嘘声再次响成一片。

这时,涅莫夫显示出了他非凡的人格魅力和宽广胸襟。他重新回到赛场,举起右臂向观众致意,并深深地鞠了一躬,表示感谢;接着,他伸出右手食指做出嘘声的手势,然后将双手下压,请求和劝慰观众保持冷静,给保罗·哈姆一个安静的比赛环境。

涅莫夫的宽容,让中断了十几分钟的比赛得以继续进行。

在那次比赛中,涅莫夫虽然没有拿到金牌,但他仍然是观众心目中的

"冠军"；他没有打败对手，但他以自己的宽容征服了观众。涅莫夫的宽容值得称道。在生活中，出现摩擦、不快和委屈是常有的事。我们不能以针尖对麦芒，因为怨恨就像是一只气球，越吹越大，最后会膨胀到无法控制的地步。面对怨恨，我们应该不念旧恶，不计新怨，能宽容时就宽容，得饶人处且饶人。

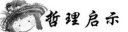 **哲理启示**

在受到不公正的待遇时还能保持平和的态度，这才是真正有风度的人，我们也应该这样做人，这样生活。

共同的秘密

矿工下井刨煤时，一镐刨在哑炮上。哑炮响了，矿工当场被炸死。因为矿工是临时工，所以矿上只发放了一笔抚恤金，不再过问矿工妻子和儿子以后的生活。

悲痛的妻子在丧夫之痛后，面临的是来自生活上的压力，她无一技之长，只好收拾行装准备回到那个闭塞的小山村去。这时矿工的队长找到了她，告诉她说矿工们都不爱吃矿上食堂做的早饭，建议她在矿上支个摊儿，卖些早点，一定可以维持生计。矿工妻子想了一想，便点头答应了。

于是一辆平板车往矿上一支，馄饨摊就开张了。八毛钱一碗的馄饨热气腾腾，开张第一天就一下来了 12 个人。随着时间的推移，吃馄饨的人越来越多，最多时可达二三十人，最少时也从不少于 12 个人，而且无论风雨从不间断。

时间一长，许多矿工的妻子都发现自己的丈夫养成了一个雷打不动的习惯：每天下井之前必须吃上一碗馄饨。妻子们百般猜疑，甚至采用跟踪、质问等种种方法来探求究竟，结果均一无所获。有的妻子还故意做好早饭给丈夫吃，却发现丈夫仍然去馄饨摊吃上一碗馄饨。妻子们百思不得其解。

直到有一天，队长刨煤时被哑炮炸成重伤。弥留之际，他对妻子说："我死后你一定要接替我每天去吃一碗馄饨，这是我们队 12 个兄弟的约定。自己的兄弟死了，他的老婆孩子咱们不帮谁帮？"

从此以后，每天早晨，在众多吃馄饨的人群中，又多了一位女人的身影。时光变换，唯一不变的是不多不少的 12 个人。

时光飞逝,当年矿工的儿子已长大成人,而他饱经苦难的母亲也已两鬓花白,却依然用真诚的微笑面对每一个来吃馄饨的人。那是发自内心的真诚与善良。

更重要的是,光临馄饨摊的人,尽管年轻的代替了年老的,女人代替了男人,但从来没少过12个人。穿透十几年岁月沧桑,依然闪亮的是12颗金灿灿的爱心。

有一种承诺可以抵达永远,而用爱心塑造的承诺,穿越时光,12颗心信守着同一个秘密:爱可以永恒。

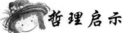 哲理启示

一颗懂得爱人的心比金子珍贵,比钻石永恒。爱让一切苦难历程都变成了感人的岁月,爱心可以创造奇迹。

给 予 树

　　我是个单亲妈妈,薪金微薄。独自抚养四个年幼的孩子,让我不时感到心力交瘁,日子过得捉襟见肘,但我努力使孩子们夜有所宿、日有所食、衣着整洁、行为礼貌。在他们心中,妈妈并不穷困,只是非常"节俭"——这正是我追求的目标,因而,让我深感欣慰。

　　圣诞节快到了,虽然并不宽裕,但我们仍决定好好计划一番,以便全家去教堂祷告,和亲朋好友开个聚会。那段时间,孩子们沉浸在购买别致彩灯和餐具的喜悦中,兴致勃勃地忙着装饰房间。不过,他们最关心的是选购圣诞礼物。很早以前,他们便开始讨论这一话题,试探祖父母的心意,互相询问对方理想的礼物,希望送出最真挚的祝福,收到最甜蜜的笑容。这种热情让我担心:我仅仅攒了120美元,却有五个人分享它,怎么够买更多更好的礼物呢? 圣诞节前夕,我分给每个孩子20美元,提醒他们记得至少准备四份5元的礼物。接着,我们分头采购,约定两小时后回家碰头。

　　回家途中,孩子们兴高采烈,不住嬉笑。你给我一点儿暗示,我让你摸摸口袋,不断猜测对方的礼物,但我注意到,八岁的小女儿金吉娅异常沉默。而且,我实在难以相信:一番狂购后,她的购物袋居然又小又平。透过透明的塑料口袋,我还发现,她仅仅买了一些棒棒糖——那种50美分一大把的棒棒糖! 我情不自禁地怒从心头起:她到底用我给的20美元做了什么? 这个疑惑让我的怒气几乎要当场发作。一到家,我立即将金吉娅叫到我房间,关上门,打算好好地教育她。

　　"妈妈,我拿着钱到处逛,本想着送您和哥哥姐姐一些漂亮的东西。不

过,我看到一棵'给予树'——援助中心的'给予树'。树上有许多卡片,其中一张是一个四岁的小女孩写的。她一直盼望圣诞老人送她一个穿裙子的洋娃娃和一把发梳作为圣诞礼物。所以,我取下卡片,买了洋娃娃和发梳,把它们和卡片一同送到援助中心的礼品区。"金吉娅时断时续,并语带哽咽,因为没有给我们买到合适的礼物而难过,"我的钱就……只够买这些棒棒糖。可是,妈妈——我们有这么多人,已经能得到许多礼物了,而那个小孩还什么都没有,她——我——"

我一把搂住金吉娅,紧紧地拥抱她,感觉到无比富有。这个圣诞节,金吉娅不但送给我棒棒糖,而且送给我善良、仁爱、同情和体贴,以及一个素未谋面的陌生小女孩得尝夙愿的笑脸。

而最珍贵的,是金吉娅那颗温暖的心!

哲理启示

善良与体贴并不仅仅是对自己的亲人,更应该给予那些更需要帮助的人,这样的爱才是伟大而无私的爱!

为警犬穿上防弹衣

一天，我和妈妈看到一个有关新泽西州一条名叫索罗的警犬的悲惨故事，它被命令进入一座建筑物去抓一名有武器的犯罪嫌疑人。在被送进那座建筑物里之前，索罗做的最后一件事情是舔它主人的脸。几分钟后，索罗被子弹射中，殉职而死。我知道那个警官有多伤心，因为我自己的狗凯拉最近也死了。

那篇文章接下来讲述的是新泽西州的一个募捐者为那些警犬购买防弹衣的事情。我想，每一条警犬都应该像警察一样受到保护。虽然我只是个孩子，但是为什么我不能做一点儿事帮助拯救我们地区的警犬呢？

我发现为警犬购买一件防弹衣需要 475 美元。妈妈认为这对于一个 11 岁的女孩来说是一大笔钱，不过，她要我向前走，去尝试。

我用中国制造的那种绿色的小盒子做了几个募捐盒，在上面贴上了警犬的画像，并在每个盒子上写上："请捐出一美元，帮助保护一只警犬的生命。"

几天后，我去检查募捐盒。开盖之前，我心里真是紧张极了，但是当我打开第一个盒子的时候，我简直不能相信自己的眼睛。盒子里的钱几乎要溢出来了！以后，隔几天我就去把募捐盒里的钱收集起来，大约三个星期之后，钱的总数超过了 3000 美元！当警官们得知他们能为六条狗购买防弹衣之后，不停地向我道谢。他们决定举行赠送防弹衣的仪式。

仪式上，当我把几件防弹衣赠给那些警犬的时候，电视台的记者走了进来。我兴奋地和他们谈论我所做的事情。当他们问我是否继续我的"为警

犬购置防弹衣"的计划保护圣地亚哥地区的其他 50 条警犬时,我回答道:"是的! 我们必须保护这些警犬,因为它们每天都在保护我们。"

现在,"为警犬购置防弹衣"基金会募集到的资金已经超过了 25000 美元,它已经为圣地亚哥地区的所有警犬添置了防弹衣! 全国各地的人们开始打电话给我,寻求一个在他们地区建立"为警犬购置防弹衣"的基金组织的办法。因此,我的募捐计划正在全国范围内继续延伸,我已经建立了一个网站专门讲述该如何组织一个募捐基金会。知道越来越多的警犬受到了保护,我觉得付出的一切都是值得的。

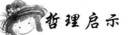 哲理启示

珍爱身边的每一个生命并试图为他们做些力所能及的事情,你会发现,一个小小的举动带给他们的将是对生命的保护。

奇　迹

朱莉亚望着襁褓中的弟弟迈克,他躺在婴儿床里不住地哭,屋子里弥漫着一股药味。爸爸妈妈告诉朱莉亚,迈克病得很重。她并不清楚迈克到底得的是什么病,只知道弟弟不太高兴。朱莉亚轻轻地抚摸着弟弟的小脸,细声细语地说:"迈克,别哭了。"迈克果然不哭了,盯着姐姐看,眼里闪着泪花。她牵起他的小手,他满是汗水的手指求救般地抓住了她的一根指头,朱莉亚安慰地紧握了一下。这时,她听到父母在隔壁房里说话。朱莉亚虽然只有六岁,但她知道,当大人压低声音说话时,就是在讨论重大的事情。朱莉亚很好奇,她亲了亲弟弟,踮起脚尖走到门边去。

"开刀太贵了,我们付不起。我最近连账单都付不起。"这是父亲的声音。母亲回答:"老天保佑,现在只能靠奇迹来救迈克了。"

朱莉亚感到疑惑:"奇迹是什么? 他们为什么不去弄一个来?"她走进房间,从存钱罐里倒出了唯一的一块钱硬币,她要去买个奇迹给弟弟。朱莉亚跑进街对面的超市,收银台前人们在排队付账。好不容易轮到她了,朱莉亚把那枚攥得热乎乎的硬币递过去。收银员看见是个脸色红扑扑的小女孩,便弯下腰微笑着问道:"小妹妹,你要买什么?"

"谢谢,我要买个奇迹。"

"什么? 对不起,你要买什么?"

"嗯,我弟弟迈克病得很重,我……我要买个奇迹。"

收银员一头雾水。于是对周围的人说:"谁能帮助这个小孩? 我们没卖过什么奇迹啊!"

一个穿着体面的先生问:

"你弟弟需要什么样的奇迹？"

"我不知道，爸爸妈妈说迈克病得很重，他需要动手术。"

穿着体面的先生弯下身，拉着朱莉亚的小手："你有多少钱？"

朱莉亚说："一块钱。"

他拿起一块钱："嗯，我想，现在一个奇迹大约就是这个价钱。我们去看看你弟弟，也许我有你需要的那个奇迹。"

几个月后，朱莉亚看着站在婴儿床上的弟弟在高兴地玩耍。她的父母正和那位穿着体面的先生交谈，原来他是一位知名的神经外科医生。朱莉亚的妈妈说："大夫，我们还是不知道手术费是谁付的，您说是位不愿意透露姓名的好心人士，他一定花了不少的钱。"朱莉亚的妈妈一再要求大夫把医疗费用的账单拿给她看，好设法筹措支付这笔费用。大夫答应很快会把账单寄来。

几天后，朱莉亚一家终于收到了大夫寄来的信，打开一看是一张收费凭证单，上面写道："全部医疗费用我已经收下：一块钱和一个小女孩的一颗爱心。"

 哲理启示

朱莉亚对弟弟的爱感动了好心的医生，挽救了弟弟的生命。所以说爱心并不只是一个空洞的词语，它可以创造出人们难以预见的奇迹。

左手上的鼠标

我的女儿莉丽出了车祸，左手遭到重创。我们把莉丽送到整形医院，医生给她做了多次手术，每次都把她的左手截去一点儿。当我们把莉丽送到医院做第八次整形手术时，我的情绪低落到了极点，我一遍又一遍地想：她永远不能打字了！

莉丽被推进手术室，我们回病房等待。这时邻床一位十几岁的女孩用命令的口气说："你们顺着走廊往前走，走到倒数第三个病房，那里有一个男孩在摩托车事故中受了伤，你们帮他打起精神来，现在就去。"

鼓励过那个男孩，我们回到莉丽的病房，这时我才注意到那个女孩背弯得厉害，我问她："你是谁？"她笑着说："我叫唐妮，在残疾人中学上学，这次医生准备把我增高一英寸。我患小儿麻痹症，已经做过很多次手术了。"她有大将军般的勇气与坚强。我不由脱口而出："可你并不残疾！"

"哦，你说得对，"她回答说，"在学校里老师告诉我们说，只要我们能帮助别人，我们就不是残疾，你要是能见见教我们打字的老师就好了。她生来没有手也没有脚，可是她用嘴叼着一根小木棍，教会我们所有人打字，帮了我们大家。"

我听完，立即跑出病房，在走廊里打电话给IBM公司的办公室经理，告诉他我女儿几乎失去了左手，询问他那里是否有单手打字的指法图。他回答说："有啊。我们这里有左手指法图、右手指法图、脚踏指法图，甚至还有嘴叼木棍打字图，都是免费的。请留下您的地址，我们为您送去。"

送莉丽回学校上学那天，我带上了单手打字指法图，莉丽的手臂上依然缠着厚厚的绷带。我问校长莉丽是否可以免修体育，改学打字。校长说，这

样的事情没有先例,教打字的老师可能不愿给自己添麻烦,不过你可以自己去找那位老师商量一下。

我找到教打字的老师,老师说,他以前从未教过单手打字,不过他愿意在午休时间和莉丽共同探讨。

很快,莉丽就能用打字完成各科作业了。莉丽的英语老师也是个小儿麻痹症患者,一只手臂无力地垂着。有一天,他批评莉丽:"莉丽,你妈妈对你过分呵护,你有一只好好的右手,应该自己完成作业。""先生,我想你可能误会了。"莉丽解释说,"我打字的速度是每分钟50个字。"英语老师闻言惊讶地跌坐在椅子里,过了一会儿他才慢慢地说:"能打字一直是我的梦想。"莉丽说:"午休时间来找我吧,我可以教你。"

给英语老师上课的第一天,莉丽对我说:"妈妈,唐妮说得对,我不再是一个残疾人了,我能帮助别人实现梦想。"

如今,莉丽已卓有成效。她教会我的公司好多员工用左手使用鼠标,因为她自己就是用左手仅剩的食指和拇指把鼠标指挥得满屏乱飞的。

哲理启示

生活中难免会有阴影,只要心中充满阳光,未来的人生道路将会无限光明。重要的是,你努力了吗?

胡佛的故事

包布·胡佛是一位著名的试飞员,并且常常在航空展览中表演飞行。一天,他在圣地亚哥航空展览中表演完毕后飞回洛杉矶。正如《飞行》杂志所描写的,在空中300米的高度,两具引擎突然熄灭。凭借熟练的技术,他操纵了飞机着陆,但是飞机严重损坏,所幸的是没有人受伤。

在迫降之后,胡佛的第一个行动是检查飞机的燃料。正如他所预料的,他所驾驶的第二次世界大战时的螺旋桨飞机,居然装的是喷气机燃料。

回到机场以后,他要求见见为他保养飞机的机械师,那位年轻的机械师为所犯的错误而极为难过。当胡佛走向他的时候,他正泪流满面。他造成了一架非常昂贵的飞机的损失,差一点还使得3个人失去了生命。

你可以想象胡佛必然大为震怒,并且预料这位极有荣誉心、事事要求精确的飞机员必然会痛责机械师的疏忽。但是,胡佛并没有责骂那位机械师,甚至于没有批评他。相反地,他用手臂抱住那个机械师的肩膀,对他说:"为了显示我相信你不会再犯错误,我要你明天再为我保养飞机。"

哲理启示

聪明的人能够原谅别人的一切过失。他们会坚持说别人的本意是好的或者只是一时不小心才犯下错误。而且,还要尽量寻找自身的原因。这样做,不但会避免所有的争执,而且可以使对方跟你一样宽宏大度。

上帝真的是
公平的吗

上帝真的是公平的吗

　　1963 年，一位叫玛莉·班尼的女孩写信给《芝加哥论坛报》，因为她实在搞不明白，为什么她帮妈妈把烤好的甜饼送到餐桌上，得到的只是一句"好孩子"的夸奖，而那个什么都不干，只知捣蛋的她的弟弟戴维得到的却是一个甜饼。她想问一问无所不知的西勒·库斯特先生，上帝真的是公平的吗？为什么她在家和学校常看到一些像她这样的好孩子被上帝遗忘了。西勒·库斯特是《芝加哥论坛报》儿童版"你说我说"栏目的主持人，十多年来，孩子们有关"上帝为什么不奖赏好人，为什么不惩罚坏人"之类的来信，他收到不下千封。每当拆阅这样的信件，他心里就非常沉重，因为他不知该怎样回答这些提问。

　　正当他对玛莉小姑娘的来信不知如何回答是好时，一位朋友邀请他参加婚礼。也许他一生都该感谢这次婚礼，因为就是在这次婚礼上，他找到了答案，并且这个答案让他一夜之间名扬天下。

　　那场婚礼给库斯特印象最深的一幕是：

　　牧师主持完仪式后，新娘和新郎互赠戒指，也许是他们正沉浸在幸福之中，也许是两人过于激动，总之，在他们互赠戒指时，两人阴差阳错地把戒指戴在了对方的右手上。牧师看到这一情节，幽默地提醒："右手已经够完美的了，我想你们最好还是用它来装扮左手吧。"

　　正是牧师的这一幽默，让库斯特茅塞顿开。右手成为右手，本身就非常完美了，是没有必要把饰物再戴在右手上了。同样，那些有道德的人，之所以常常被忽略，不就是因为他们已经非常完美了吗？后来，西勒·库斯特得

出结论,上帝让右手成为右手,就是对右手最高的奖赏,同理,上帝让善人成为善人,也就是对善人的最高奖赏。

西勒·库斯特发现这一真理后,兴奋不已,他以"上帝让你成为好孩子,就是对你的最高奖赏"为题,立即给玛莉·班尼回了一封信,这封信在《芝加哥论坛报》刊登之后,在不长的时间内,被美国及欧洲一千多家报刊转载,并且每年的儿童节他们都要重新刊载一次。

哲理启示

生之为人,已是上天对我们的眷顾,拥有健康的身体、充实的精神则是上天的恩赐,所以要在抱怨生活中的种种不平时,想到这些你所拥有的,然后学会感恩。

雇工的比喻

据《圣经》记载,耶稣曾经讲过这样一个"雇工的比喻":

天国好像一个家主,清晨出去为自己的葡萄园雇工人。他与工人议定一天一个"德纳",就派他们到葡萄园里去了。

约在第三时辰,他又出去,看见另有一些人在街上闲立着,就对他们说:"你们也到我的葡萄园里去吧! 一天我给你们一个'德纳'。"他们就去了。

约在第六和第九时辰,他又出去,也照样做了。

约在第十一时辰,他又出去,看见还有些人站在那里,就对他们说:"为什么你们站在这里整天闲着?"

那些人对他说:"因为没有人雇我们。"

他对他们说:"你们也到我的葡萄园里去吧!"

到了晚上,葡萄园的主人对他的管事人说:"你叫他们来,分给他们工资,由最后的开始,直到最先的。"

那些约在第十一时辰来的人,每人领了一个"德纳"。

那些最先被雇来的人,心想自己必会多领,但他们也只领了一个"德纳"。

他们一领到钱,就抱怨家主,说:"这些最后雇的人,不过工作了一个时辰,而你竟把他们与我们这些整天受苦受累的同等看待,这公平吗?"

他答复其中的一个说:"朋友! 我并没有亏负你,你不是和我议定了一个'德纳'吗? 拿你的走吧! 我愿意给这最后来的和给你的一样。难道不许我拿我所有的财物,行我所愿意的事吗? 难道因为我对别人好,你就眼红吗?"

哲理启示

比较是很容易的事,但平衡比较后的失衡心理,却不是所有人都能做到的,摆正自己的天平,才能做到四平八稳,心安气顺。

倒飞的鸟

在茫茫的亚马孙热带丛林,生活着一种能倒着飞翔的鸟,它的名字叫蜂鸟。相传,这种鸟以前并不是倒飞的,而是和其他鸟一样往前飞。虽然蜂鸟的体形很小,但它的家庭非常兴旺,如果全体出动,那将是一个庞大的阵容。它们扇动着翅膀,可以遮云蔽日,让大片的森林笼罩在它们的阴影之下。

蜂鸟的家庭还有一个规矩,那就是只准向前飞不准退后,如果有胆小的蜂鸟临阵退缩,就会遭到其他蜂鸟的围攻,最终被自己的同类啄死。那时,蜂鸟并不像如今的蜂鸟只吃花蜜和小昆虫,只要是它们想吃的东西,它们就一定能吃到。整个热带丛林,没有哪种动物没有遭到过蜂鸟的攻击,并且也没有哪种动物不害怕蜂鸟,蜂鸟已经成了亚马孙之王。

一个偶然的事件,改变了蜂鸟雄霸亚马孙的局面。那是一次森林失火,由于蜂鸟天生敢于搏斗不怕牺牲,尤其是容不得比它们更厉害的东西存在,它们看见烈火熊熊地在丛林中飞舞,大片地占据了它们的领地,它们愤怒了。在蜂鸟王的指挥下,蜂鸟们一群群地向烈火扑去。结果蜂鸟一群群地死在了烈火中。

但蜂鸟们不能退缩,依然再次冲锋,结果死伤惨重。眼看蜂鸟家庭就要全军覆灭,这时蜂鸟群中有一只蜂鸟动摇了,它试图往后退。蜂鸟王一眼就看见了那只临阵退缩的蜂鸟,当它狂怒地指挥其他蜂鸟向那只临阵退缩的蜂鸟扑去时,其他蜂鸟并没有像往常那样冲向那个背叛者。

令蜂鸟王不解的是,还有一部分蜂鸟也跟着那只蜂鸟一起向后飞去。蜂鸟王和更多的蜂鸟成了那次烈火的牺牲品,而那一小部分蜂鸟则活了下

来，并延续了蜂鸟的种族。后来的蜂鸟便能倒着飞翔，并且不再动辄攻击其他小动物，它们性情温和，只吃花蜜和小昆虫。如今，尽管蜂鸟弱小，但在那片丛林中也有它们的一处生存空间，它们与整个丛林的生灵同在。

如果当初没有那只肯退一步的蜂鸟，蜂鸟的种族就不可能得以延续。很多时候，人们都会陷入一种盲目的追求中而不知省悟，如果人人都懂得"退一步海阔天空"的道理，那么人生还有什么坎过不去呢？

哲理启示

虽然说人往高处走、水往低处流是不可否认的社会自然规律，但当走不动或流不走时，采取暂时的退却，然后再以退为进也不失为一个良策。

倒飞的鸟

在茫茫的亚马孙热带丛林,生活着一种能倒着飞翔的鸟,它的名字叫蜂鸟。相传,这种鸟以前并不是倒飞的,而是和其他鸟一样往前飞。虽然蜂鸟的体形很小,但它的家庭非常兴旺,如果全体出动,那将是一个庞大的阵容。它们扇动着翅膀,可以遮云蔽日,让大片的森林笼罩在它们的阴影之下。

蜂鸟的家庭还有一个规矩,那就是只准向前飞不准退后,如果有胆小的蜂鸟临阵退缩,就会遭到其他蜂鸟的围攻,最终被自己的同类啄死。那时,蜂鸟并不像如今的蜂鸟只吃花蜜和小昆虫,只要是它们想吃的东西,它们就一定能吃到。整个热带丛林,没有哪种动物没有遭到过蜂鸟的攻击,并且也没有哪种动物不害怕蜂鸟,蜂鸟已经成了亚马孙之王。

一个偶然的事件,改变了蜂鸟雄霸亚马孙的局面。那是一次森林失火,由于蜂鸟天生敢于搏斗不怕牺牲,尤其是容不得比它们更厉害的东西存在,它们看见烈火熊熊地在丛林中飞舞,大片地占据了它们的领地,它们愤怒了。在蜂鸟王的指挥下,蜂鸟们一群群地向烈火扑去。结果蜂鸟一群群地死在了烈火中。

但蜂鸟们不能退缩,依然再次冲锋,结果死伤惨重。眼看蜂鸟家庭就要全军覆灭,这时蜂鸟群中有一只蜂鸟动摇了,它试图往后退。蜂鸟王一眼就看见了那只临阵退缩的蜂鸟,当它狂怒地指挥其他蜂鸟向那只临阵退缩的蜂鸟扑去时,其他蜂鸟并没有像往常那样冲向那个背叛者。

令蜂鸟王不解的是,还有一部分蜂鸟也跟着那只蜂鸟一起向后飞去。蜂鸟王和更多的蜂鸟成了那次烈火的牺牲品,而那一小部分蜂鸟则活了下

来,并延续了蜂鸟的种族。后来的蜂鸟便能倒着飞翔,并且不再动辄攻击其他小动物,它们性情温和,只吃花蜜和小昆虫。如今,尽管蜂鸟弱小,但在那片丛林中也有它们的一处生存空间,它们与整个丛林的生灵同在。

如果当初没有那只肯退一步的蜂鸟,蜂鸟的种族就不可能得以延续。很多时候,人们都会陷入一种盲目的追求中而不知省悟,如果人人都懂得"退一步海阔天空"的道理,那么人生还有什么坎过不去呢?

 哲理启示

虽然说人往高处走、水往低处流是不可否认的社会自然规律,但当走不动或流不走时,采取暂时的退却,然后再以退为进也不失为一个良策。

这也会过去

据说,伟大的所罗门王做了一个梦,一位圣人在梦里告诉他一句至理名言,这句至理名言涵盖了人类的所有智慧,能使他得意的时候不会趾高气扬、忘乎所以;失意的时候能够百折不挠、奋发图强,从而保持勤勤恳恳、兢兢业业的状态。但是,醒来之后所罗门王却怎么也想不起那句至理名言。于是,所罗门王找来了最有智慧的几位老臣,向他们讲了那个梦,要求他们把那句至理名言想出。一个星期后,答案得出,所罗门王非常满意,将它镌刻在钻戒上,天天戴在手指上。这句至理名言是:"这也会过去!"

单看这五个字,似乎有点深奥,但真理就是真理,总有人去演绎。

1998 年,巴西的男女老少几乎一致认为,巴西足球队定能荣获世界杯赛的冠军。然而,天有不测风云,在决赛时,巴西队意外地输给了法国队,结果没能夺得那个金灿灿的奖杯。球员们懊悔至极,感到无脸见家乡父老。他们知道,球迷们的辱骂、嘲笑和扔汽水瓶子是难以避免的。当飞机进入巴西领空之后,球员们便更加心神不定,如坐针毡。可是,当飞机降落在首都机场的时候,映入他们眼帘的却是另一番景象,巴西总统和两万多名球迷默默地站在机场,人群中有两条标语格外醒目:

"失败了也要昂首挺胸!"

"这也会过去!"

球员们顿时泪流满面。总统和球迷们都没有讲话,默默地目送球员们离开了机场。"这也会过去!"在此刻出现了,但这还没有让人们对其透彻理解。

四年后,巴西足球队不负众望赢得了世界杯赛的冠军。球员们乘飞机回国时,16架喷气式战斗机为之护航。当飞机降落时,聚集在机场上的欢迎者多达3万人。从机场到首都广场将近20公里的道路两旁,自动聚集起来的人超过100万。这是多么宏大和激动人心的场面!在人群中,有两条横幅格外醒目:

"胜利了更要勇往直前!"

"这也会过去!"

在这里,"这也会过去"又出现了。有心之人此时明白:失败通过奋斗会过去,胜利如果骄傲也会过去。胜不骄败不馁,才是面对成败的正确姿态。足球之所以是巴西的国魂,巴西之所以能成为足球王国,或许与此理念有很大关系。

看完巴西足球队的风雨激荡,人们就会理解镌刻在所罗门王钻戒上的至理名言为什么会涵盖了人类的所有智慧。

哲理启示

一切都会过去,一切又未曾开始,生命中的许多东西于生命本身来说都是匆匆过客,唯一能留下的便是过程中的酸甜苦辣,所以,一切向前看对生命来说,应该是一种奖赏。

大象的路标

在荒凉的非洲大草原和沙漠上,有许多的野象群,这些非洲象在草原和浩瀚的沙漠上奔波和生活。

令人惊讶的是那些大象,它们经常穿越沼泽地,并且它们的躯体是那么庞大,但它们却很少有陷进沼泽的。人们很奇怪,这是狼和斑马等许多动物的葬身之地,庞然大物大象怎么竟如履平地呢?

经过多次的探索和研究,人们才发现,原来大象们经过这些可怕的沼泽地时,它们有自己的"路标"。

这些路标是沼泽地上的小树丛,每一群大象穿越沼泽地都要沿着这些树丛走,并且经过一棵一棵的树木时,大象们都要用它们有力的鼻子,将树丛一边的树枝和叶子一点点折断和摘掉。每一群大象都这样,所以天长日久,危险的沼泽地上都有这样一种现象:有一行横穿沼泽的树丛,它们往往一边枝叶茂盛,而另一边则光秃秃的,几乎没有任何树枝和树叶。沿着这样的树丛走,就会避开许多险象环生的可怕泥潭,平平安安地走过漫漫沼泽地。

更令人钦佩不已的是,每一群大象经过这片沼泽地,经过这些小树丛时,它们都会小心翼翼地这么做。或许它们一生只会穿过这片沼泽一次,从此再不会从这里经过。但只要经过,它们都会这样做。绝没有一群大象因为自己行色匆匆或只是偶尔经过,就放弃这种维持路标的烦琐义务。

哲理启示

　　大象因为有了强烈的责任感，严格遵守团队的规则，从而使整个象群的安全有了保障。因而，可以说，责任感的有无恰恰关系到了自身利益的得失。

钻石的价值

您也许听说过克伊诺钻石——世界上最令人瞩目的珠宝之一,这颗由英国王室收藏的大金刚钻是一位公爵幼年时送给维多利亚女王的礼物。多年以后再次见到维多利亚女王,公爵已经成年,他请求再欣赏一下克伊诺钻石,女王同意了。

公爵手捧钻石,单膝跪在女王面前说:"陛下,上次送您这件宝物时,我还是个天真的孩子,对金银珠宝一无所知,更不知道把东西送人的后果……"在场的官员都大吃一惊,心想:这位公爵向来真诚守信,难道在宝石面前,竟要抛弃君子之道,想反悔不成? 会客厅里响起了一片窃窃私语声,只有女王面不改色,微笑地等公爵把话说完。

对众人的反应,公爵视若无睹。他继续对女王说:"这颗钻石虽然价值连城,但作为礼物,当年它的价值却和一块好看的石头无异,因为那时送礼物的人并没有把它当做独一无二的宝物。今天,我已不再是懵懂小儿,完全了解克伊诺的价值,请准许我再次把它献给您。"说着,公爵把钻石举到女王面前,"不再作为儿童的玩物,而是作为一件稀世之宝。现在,我全心全意地把克伊诺送给您,只有这样才能配得上我对您的感激和尊重。"

礼物的价值,不在于东西的贵贱,而取决于它在赠送者眼里的价值。经济拮据的朋友请的一顿家常饭,比富翁送的整套大餐更会令人念念不忘;患难之友的鼓励,比春风得意时旁观者的慷慨陈词,更能温暖你的心灵。

哲理启示

　　钻石的价值连城并不在于它本身的稀有,而在于它被赋予的情感意义。公爵的高贵并非在于他的身世家族,而在于他对高尚品德的追求和坚守。

一张 20 美元的假钞

　　故事发生在 1887 年的一家很小的蔬菜店里。一位 60 岁左右、相貌不凡的绅士买了一些香菜后,递给店员 20 美元并等着找回零头。店员接过钱放入钱匣,接着开始找零钱。突然,她发现绅士拿过菜而弄湿了的手上粘有钞票的墨水痕迹。她惊讶地停了下来,想想该怎么办。经过几秒钟的激烈思考,她认为,作为她的老朋友、老邻居、老顾客——伊曼纽尔·尼戈先生一定不会给她一张假钞。于是她如数找了零钱,伊曼纽尔·尼戈先生便离开了蔬菜店。

　　后来,店员还是有些怀疑,便把那张钞票送到了警察局。毕竟,在 1887 年,20 美元不是一个小数目。一名警察确认钞票是真的,另一名则对擦掉了的墨迹大为怀疑。怀着好奇心与责任心,他们持搜查证去了尼戈先生的家。在他的阁楼上,他们最后找到了一架伪造 20 美元钞票的机器。实际上,他们是发现了一张正在伪造的 20 美元钞票。同时,他们也看到尼戈先生绘制的 3 幅肖像画。尼戈先生是一名很杰出的艺术家。他熟练地运用名家的手笔,细致地一笔一笔描绘了那些 20 美元假钞。他骗过了几乎每一个人,但最后命运安排他不幸地暴露在一双湿手上。

　　尼戈被捕后,他的肖像画被拍卖了 16000 多美元,每幅画均超过 5000 美元。这个故事的讽刺之处在于,尼戈几乎用了同样的时间来画一张 20 美元假钞和 1 幅价值超过 5000 美元的肖像画。无论从什么角度看,这个卓越的天才人物都是一个窃贼。不过,可悲的是他从自己身上偷走的东西最多。如果他合法地发挥自己的才华,他不仅会成为一个富有的人,而且能在此过

程中为他的朋友带来无数的快乐和利益。

哲理启示

　　无论在历史上，还是在当下的生活中，有才无德之人并不少见，因为无德，他们才智的闪光点被抹杀，所以品格和智慧对于一个人来说同等重要，德才兼备之人才是社会之栋梁。

人际交往的润滑剂

有一个坏脾气的男孩,他父亲给了他一袋钉子,并且告诉他,每当他发脾气的时候,就钉一个钉子在后院的围栏上。第一天,这个男孩钉下了 37 根钉子。慢慢地,每天钉下的数量减少了,他发现控制自己的脾气要比钉下那些钉子容易。于是,终于有一天,这个男孩再也不会失去耐性乱发脾气。他告诉父亲这件事情。父亲又说,从现在开始,每当他能控制自己脾气的时候,就拔出一根钉子。一天天过去了,最后男孩告诉他的父亲,他终于把所有的钉子都拔出来了。

父亲握着他的手,来到后院说:"你做得很好,我的好孩子。但是,看看那些围栏上的洞,这些围栏将永远不能回复到从前的样子。你生气的时候说的话就像这些钉子一样留下疤痕。如果你拿刀子捅别人一刀,不管你说了多少次对不起,那个伤口将永远存在。话语的伤痛就像真实的伤痛一样令人无法承受。"

哲理启示

雨果曾说过,比大海宽阔的是天空,比天空宽阔的是人的心灵。心灵之所以宽阔就是因为它能包容,有容乃大,一个懂得宽容的人是丰富的人,有层次的人。

无形的投资

　　春秋时，楚庄王有一次和群臣宴饮，当时是晚上，大殿里点着灯，正当大家酒喝得酣畅之机，突然灯烛灭了。这时，庄王身边的美姬"啊"地叫了一声，庄王问："怎么回事啊？"美姬对庄王说："大王，刚才有人非礼我。那人趁着烛灭拉我的衣襟。我扯断了他的帽子上的系缨，现在还拿着，赶快点灯，抓住这个断缨的人。"庄王听了，说："是我赏赐大家喝酒，酒喝多了，有人难免会做些出格的事，没啥大不了的。"于是，他命令左右的人说："今天大家和我一起喝酒，如果不扯断系缨，说明他没有尽兴。"群臣一百多人马上扯断了系缨而热情高昂地饮酒，尽兴而散。

　　过了三年，楚国与晋国打仗，有一位将军常常冲在前面，英勇无敌。战斗胜利后，庄王感到好奇，忍不住问他："我平时对你并没有特别的恩惠，你打仗时为何这样卖力呢？"他回答说："我就是那天夜里被扯断系缨的人。"

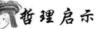
哲理启示

　　如果楚庄王没有这份豁达的心胸，便不会有以后那位将军的誓死效劳。如果我们没有一种宽容的态度，那么就很难品尝到人生大境界的美妙滋味。

美来自内心

　　安娜长得不漂亮,她总是很自卑,不敢和别人说话,朋友也很少。一天,她上街买东西,看到了很多同龄人的头上扎着丝带,很是好看。安娜心想,如果自己也扎一根丝带,会是什么样子呢?于是,她放慢了脚步,走进一家商店。年轻的售货员看到她,很热情地招呼:"过来,宝贝儿,快点儿,今年流行这种丝带,每个姑娘都有。你看起来这样漂亮,再配一根丝带就更加好看了。"听到这样的话,安娜很兴奋,因为从来还没有人说她长得漂亮呢!挑来挑去,安娜选择了一根绿色的丝带,把头发高高地束起来,显得很精神的样子。"太好了,宝贝儿,你是我看到的最漂亮的姑娘。"安娜着实很高兴,付了钱就往大街上跑,以至于出门的时候碰到了几个顾客都浑然不觉。

　　借着丝带的力量,安娜第一次走进了从来都不敢进去的咖啡厅,点了一杯咖啡慢慢地品了起来,她发现旁边的人都在看着自己,感觉舒服极了。忽然,听到有人喊:"安娜,安娜!"回过头一看,原来是她以前一直暗恋的隔壁班的吉姆,安娜曾一度被他的帅气所征服,但是苦于对自己缺乏自信,一直没有勇气表白。

　　吉姆走到她身边,悄悄地对她说:"你今天真是太美了!做我女朋友好吗?"这当然是安娜梦寐以求的事情啦!

　　回到家里,她想对着镜子好好地看看自己,可是,哪里有什么绿丝带啊?她只是把一向低着的头抬得高高的。原来,绿丝带在商店门口就被那几个顾客给碰掉了。女售货员夸她漂亮,只是为了把东西卖出去,可就是那几句不真实的话,把她从自卑的边缘拉了回来,让她抬头挺胸,心头的幸福满足

感让她光彩照人,散发出魅力。

美是需要挖掘和品味的,美也是需要经营和修炼的,美并非仅是眼球所触及到的,它还需要心灵的交流和精神的感染。

印第安人的汽车

俄克拉何马州的土地上被发现有石油。该地的所有权属于一位年老的印第安人。这位老印第安人终生都在贫穷之中，一发现石油以后，顿时变成了有钱人。于是他买下一辆凯迪拉克豪华旅行车，买了一顶林肯式的礼帽，系了蝴蝶领带，并且抽一根黑色大雪茄，这就是他出门时的装备。

每天他都开车到附近的俄克拉荷马城。他想看到每个人，也希望被每个人看到。他是一个友善的老人，当他开车经过城镇时，会把车一下子开到左边，一下子开到右边，来跟他所遇见的每个人说话。有趣的是，他从未撞过人，也从未伤害人。理由很简单，在他的大汽车正前方，有两匹马拉着。

当地的技师说那辆汽车一点儿毛病也没有，这位老印第安人永远学不会插入钥匙去发动引擎。

哲理启示

无论孔雀怎样炫耀它的羽毛，它都是孔雀。外在的东西并不能决定一个人的本质。同样，无论钻石怎样被掩藏，它都会发出炫目的光芒，内在的品质是决定一个人的根本。

一个黑色的气球

　　美国著名心理医生基恩博士常跟病人讲起自己小时候经历过的改变他一生的经历：

　　一天，几个白人小孩子正在公园里玩。这时，一位卖氢气球的老人推着货车进了公园。白人小孩一窝蜂地跑了上去，每人买了一个气球，兴高采烈地追逐着放飞的气球跑开了。白人小孩的身影消失后，基恩——那时还是一个黑人小孩，才怯生生地走到老人的货车旁，用略带恳求的语气问道："您能卖给我一个气球吗？"

　　"当然可以，"老人慈祥地打量了他一下，温和地说，"你想要什么颜色的？"他鼓起勇气说："我要一个黑色的。"

　　脸上写满沧桑的老人惊诧地看了看这个黑人小孩，随后递给了他一个黑色的气球。他开心地接过气球，小手一松，气球在微风中冉冉升起。

　　老人一边看着上升的气球，一边用手轻轻地拍了拍基恩的后脑勺，说："记住，气球能不能升起，不是因为它的颜色、形状，而是气球内充满了氢气；一个人的成败，不是因为种族、出身，关键是你的心中有没有自信。"

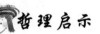 哲理启示

　　一个人的内在品质是促使其前进的主动力，这种内在品质包括自信、刻苦、上进心、良好的品德等。掌握了人生前进的主动力，不论你是红气球还是黑气球，都会飞升。

心平气和的人

　　清廷派驻台湾的总督刘铭传,是建设台湾的大功臣,台湾的第一条铁路便是他督促修建的。刘铭传的被任用,有一则发人深省的小故事:当李鸿章将刘铭传推荐给曾国藩时,还一起推荐了另外两个书生。曾国藩为了测验他们三人中谁的品格最好,便故意约他们在某个时间到曾府去面谈。可是,到了约定的时刻,曾国藩却故意不出面,让他们在客厅中等候,暗中却仔细观察他们的态度。只见其他两位都显得很不耐烦,不停地抱怨;只有刘铭传一个人安安静静、心平气和地欣赏墙上的字画。后来,曾国藩考问他们客厅中的字画,只有刘铭传一人答得出来。结果,刘铭传被推荐为台湾总督。

哲理启示

　　沉着、冷静、心平气和是一个人成大事的心态基础,相反,烦躁、气愤、牢骚满腹是一个人成不了大事的情绪因素。因而,修炼健康的心态对一个人的成功尤为重要。

337

克制自己的欲望

秦始皇统一六国后,被胜利冲昏了头脑。集天下财富于一身的他,欲望并没有得到满足,而是不断地变本加厉。为了满足自己的奢欲,他在都城附近大兴土木,建立阿房宫,修造骊山墓,所用民夫竟达 70 万人以上。据记载,阿房宫的前殿东西宽达 700 多米,南北差不多 115 米,殿门用磁石砌成,目的是防止来人带兵器行刺秦始皇。除此以外,秦始皇在咸阳周围建造宫殿 270 多座,在关外的行宫竟有 400 多座,关内有 300 多座。

修建这样庞大的工程必然需要大量的人力、物力、财力。据估算,当时服兵役的人数远远越过 200 万,占当时壮年男子人数的 1/3 以上。庞大的工程开支加上庞大的军费开支,造成了"男子力耕,不足粮饱,女子纺织,不足衣服,竭天下之资财以奉其政"的悲惨局面。当时,民不聊生,百姓们过着"衣牛马之衣,食犬口之食"的痛苦生活。最终,他的万世皇帝梦只维持了短短的 15 年。

哲理启示

欲望之沟无法填平,人要活得坦荡,就必须想办法克制欲望。无论是生活、工作、地位还是荣誉、财富、金钱,只要刚刚好就可以了,懂得克欲,生活才会有望。

言而无信者令人讨厌

汉朝年间,有个叫陈实的人。他为人正直,为官清廉,深受百姓的爱戴和好评。后来,陈实返回了故里,当地的官员、乡邻村民们都非常敬重他。

有一次,他与一个友人会面,酒足饭饱之后,两人决定一同远游,他们约定,次日午时在陈实家门前的大槐树下再次见面。

两位友人为了表达各自的诚信,他们还在槐树前立了个高高的木杆。如此之后,两人才揖手作别。

次日,陈实提前来到了木杆前,等了一段时间,眼看着木杆底端的黑影渐渐东斜,午时已过。这时,陈实猜想友人是另有他事而不能同行,或是已经提前出发了,于是就上路了。

然而,就在陈实走了之后,他的朋友到了,左看右看,却不见陈实的影子,当时就气不打一处来,非要到他家去看个究竟、问个明白。一到陈实的家门口,正看见陈实的长子在家门口玩耍。于是,他便指桑骂槐,又像是自言自语地说道:"真不是人哪!跟人约好一块出门的,却又等不到人。"

当时,陈实的长子刚刚年满七岁,是一个人见人爱、非常懂事的孩子。等他父亲的友人数落完后,就说:"您与我父亲约定在午时,午时不来,就是无信;对孩子骂他的父亲,就是无礼!"

那友人当即羞愧万分,想下车解释,小孩儿却头也不回地进屋去了。

哲理启示

　　古人有"一言九鼎"，今人有"诚信精神"。由此可见，言而有信、诚实守信是历来的品德规范，遵守信用所带来的称赞和尊敬于古人、今人都一样珍贵。

面对荣誉

两次获得诺贝尔奖金的居里夫人和比埃尔·居里结婚时，新房里只有两把椅子，正好一人一把。比埃尔·居里觉得两把椅子未免太少，建议多添几把，为的是来了客人好让人家坐一坐。居里夫人却说："有椅子是好的，可是，客人坐下来就不走啦。为了多一点儿时间搞科学，还是一把不添吧。"几度春秋之后，这对没有给自己的新房增添一把椅子的年轻夫妇，却给世界化学宝库增添了两件闪闪发光的稀世珍宝——钋和镭。

从 1933 年起，居里夫人的年薪已增至 4 万法郎，但她照样"吝啬"。她每次从国外回来，总要带回一些宴会上的菜单，因为这些菜单都是很厚很好的纸片，在背面书写物理、数学算式，方便极了。有人说居里夫人一直到死"总像一个匆忙的贫穷妇人"。有一次，一位美国记者追踪这位著名学者，走到村子里一座渔家房舍门前，向赤足坐在门口石板上的一位妇女打听居里夫人。当她抬起头时，记者大吃一惊：原来她就是居里夫人。

居里夫人天下闻名，但她既不求名也不求利。她一生获得各种奖金 10 次，各种奖章 16 枚，各种名誉头衔 117 个，却给人一种全不在意的印象。有一天，她的一位女朋友来她家做客，忽然看见她的小女儿正在玩英国皇家学会刚刚奖给她的那枚金质奖章。女朋友大吃一惊，忙问："居里夫人，现在能够得到一枚英国皇家学会的奖章，是极高的荣誉，你怎么能给孩子玩呢？"居里夫人笑了笑说："我是想让孩子从小就知道，荣誉就像玩具，只能玩玩而已，决不能永远守着它，否则就将一事无成。"

哲理启示

　　居里夫人是伟大的、又是洒脱的。在名利面前能轻松自若的人必定会获得更大的名誉和地位，居里夫人让我们钦佩的地方便是她的这种超凡的心胸和境界。

342

看得淡才好

周宣王很喜欢观看斗鸡,他的门下有位专门驯养斗鸡的纪浪子。

有一天,有人从外地送来一只很强壮的斗鸡给国王,周宣王很高兴地将它交给了纪浪子。

过了几天,周宣王便问道:"几天前交给你的斗鸡,你将它训练得怎样了? 可以上场比斗了吗?"

纪浪子说:"还不可以,因为这只鸡血气方刚,斗志高昂。还不宜上场。"

再过几天,急性的周宣王又问同样的问题。纪浪子回答说:"还不能上场。因为这只鸡,看到其他鸡的影子,就会冲动,所以还不能上场。"

又过了几天,周宣王再问。这回,纪浪子说:"可以了! 因为当它看到其他斗鸡,听到它们的声音时,一动也不动,它的心已不受外物所动,就像木鸡一样,现在可以上场了!"

于是,周宣王便用这只鸡去参加斗鸡比赛,它一上场就稳稳站立,毫无摆动,即使其他斗鸡在它身边百般挑逗,它仍然无动于衷,以眼睛注视对方,对方被吓得自然后退,没有一只鸡敢向它挑战。

哲理启示

超凡脱俗缘何引人注目? 是因为它包含着普通人所没有的镇定、从容、自信还有正直,这些品质的拥有并非天生,而是经过不断的磨炼而来的。

履行诺言

　　1998 年 11 月 9 日,美国犹他州土尔市的一位小学校长——42 岁的路克,在雪地里爬行 1.6 公里,历时 3 小时去上班,受到过路人和全校师生的热烈欢迎。

　　原来,这个学期初,为激励全校师生读书,路克曾公开打赌:"如果你们在 11 月 9 日前读书 15 万页,我就在 9 日那天爬行上班!"于是全校师生猛劲儿读书,连校办幼儿园大一点儿的孩子也参加了这一活动,终于在 11 月 9 日前读完了 15 万页书。有的学生打电话给校长:"你爬不爬?你说话算不算数?"也有人劝他:"你已经达到激励学生读书的目的了,不要爬了!"可路克坚定地说:"一诺千金,我一定要爬着上班!"

　　与每天一样,路克早晨 7 点离开家门,所不同的是他没有开车,而是四脚着地爬行上班。为了安全和不影响交通,他不在公路上爬,而是在路边的草地上爬。过路的汽车向他鸣笛致敬,有的学生索性和校长一起爬,新闻单位也前来采访。经过 3 个小时的爬行,路克磨破了 5 副手套,护膝也磨破了,但他终于爬到了学校,全校师生夹道欢迎自己心爱的校长。当路克从地上站起来的时候,孩子们蜂拥而上,抱他,吻他……

哲理启示

　　校长的行为无愧于为人师表,他的品行将浸润这个学校所有孩子的心灵,引领他们今后在信守诺言方面有出色的表现,校长的一个行为有了双重的价值。

谦虚的爱因斯坦

爱因斯坦是 20 世纪世界上最伟大的科学家之一,他的相对论以及他在物理学其他方面的研究成果,是留给我们的一笔取之不尽、用之不竭的财富。然而,就是这样,他还在有生之年不断地学习、研究,活到老,学到老。

有人问爱因斯坦,说:"您老可谓是物理学界空前绝后的人物了,何必还要孜孜不倦地学习呢?何不舒舒服服地休息呢?"爱因斯坦并没有立即回答他这个问题,而是找来一支笔、一张纸,在纸上画上一个大圆和一个小圆,对那位年轻人说:"在目前的情况下,在物理学这个领域里可能是我比你懂得略多一些,正如你所知的是这个小圆,我所知的是这个大圆。然而整个物理学的知识是无边无际的。对于小圆,它的周长小,即与未知领域的接触面小,它感受到自己的未知少;而大圆与外界接触的圆周大,所以更感到自己的未知东西多,会更加努力地去探索。"

哲理启示

谦虚永远都同进步互为因果,骄傲永远都同落后互为因果。因为谦虚的人,会时刻看到自己的不足,而骄傲的人,会时刻关注自己的优点。

鲁班雕凤

鲁班是古代著名的能工巧匠,他雕刻的东西活灵活现,特别吸引人。鲁班雕刻东西的时候一向十分讲究技巧和程序。

有一次,鲁班准备精心刻制一只凤凰。工作刚刚进行到一半,凤冠和凤爪还没有雕刻完毕,翠绿色的羽毛也没有披上,就有很多人看热闹。有很多旁观的人看了鲁班的作品,就唧唧喳喳地指指点点,对没有雕刻完的凤凰评头品足。有的指着没有羽毛的凤身,说这简直就像一只白毛老鹰;有的摸着没有凤冠的凤头,称这其实就是秃头的白鹅。人们都在嘲笑鲁班的笨拙,说他雕刻出来的东西像这像那,根本就不是什么凤凰,不但没有工匠的技能,而且没有审美的情趣。

鲁班并没有过多地理会人们的嘲讽,他继续精心雕琢。经过一段时间的精雕细琢,凤凰逐渐完成,头展露出来了,眼睛炯炯有神;凤爪显露出来了,刚劲有力;羽毛也披上了,光彩照人。鲁班又经过一番雕琢后,终于满意地点了点头。

待到完工的时候,人们又来观看,他们简直被惊呆了。翠绿的凤冠高高耸立,朱红的凤爪闪闪发亮,全身锦绣般的羽毛像披上了五彩缤纷的霞光,两只美丽的翅膀一张一合像升起的一道道彩虹。鲁班开始拨动机关,凤凰马上张开一双翅膀,在屋梁的上下盘旋翻飞,整整三天不落地面。

于是,人们纷纷赞美凤凰的神采,称赞鲁班的确是非凡的奇才。

 哲理启示

我们应该尊重他人的劳动成果,在不了解情况时不应该随意评论。只有深入事情的全部过程和整个细节,才会形成正确的意识,才能从本质上进行把握。如果只是从一个片断,甚至只是一个细小的环节去把握,不但不能触及到问题的要害,反而会作出错误的判断,形成片面的认识和错误的思想。同时,我们做什么事都应该有自己的观点和态度,不因外部环境的影响而发生改变,只有这样才能正常地完成原有的计划,实现自己的目标。

重复一次你说的话

他是一家进出口公司的老板,工作中指挥若定,威风八面,可是,回家一碰到儿子,没讲三句话,又是拍桌子又是摔门,弄得家里鸡犬不宁。

这天,儿子又回来晚了,他大发雷霆,父子正争得面红耳赤之际,儿子突然间就住了口,然后一字一顿地说:"爸,再这样吵下去也不是办法,我能不能请您把我刚刚说的那句话说一遍给我听?"

"啊?!"他被吓了一跳,压根儿也没想到儿子有这招。

"你说……你说……做父亲的太能干,当然看不起儿子。"

"不对! 您再想想看,我是这么说的吗?"

"浑小子! 那你怎么说的? 你自己说过的话,你自己为什么不再说一次?"

儿子突然间笑出声:"您看! 从头到尾,我说什么您都没有在听,那些话是您自己想的,我可没这么说。我们不是要沟通吗? 那么,我说什么,您重复一次给我听,再轮到您说,我来重复。"

"喂! 哪有那么多时间重复来重复去! 你是真的想气死我啊!"

"爸! 我们就试试看吧! 否则这种争吵会没完没了的,你再想一想我到底是怎么说的?"

他想一想,终于承认,"我真的想不起来,你再说一次好了。"

"好吧! 我说,父亲很能干,儿子一方面很佩服,一方面怕自己赶不上,心里多少有点压力。"

他冷静地一想,儿子说得合情合理,自己怎么会那么激动? 结果,这天晚上,父子俩第一次谈了两个小时而没有吵架,这个效果让他也意想不到。

一觉醒来，虽然睡眠不足，但他还是神清气爽，一大早就到了公司。

因为早上要开一个重要的采购会议，讨论的是价值一千万的机器，到底是买美国货，还是日本货。依采购部的报价，日本的价格便宜，东西也不差，可是工程师却主张买美国货。

会议上，他让总工程师发表意见，这是一种表面上的礼貌，总工程师也知道，老板做久的人，多少喜欢独断专行，什么事情早就有了主意。经验告诉他，老板问他只是个形式，谁不想省钱？老板要买哪一种大家早就心知肚明，因此他无精打采，说了不到五分钟就说没意见了。

若是往常，他总是会在这个时候大唱独角戏，享受那种权威感，可今天……

"总工程师，我来重复你的要点，你看我说的跟你的意思一样不一样：日本的机器，价格虽然便宜，东西也不错，可是将来如果出了毛病，要他们来作售后服务，问题就来了，他们的人因为语言问题无法跟我们直接沟通，找来的翻译对精密仪器又是外行，机器坏在哪里，我们无法充分了解，下次再发生一样的问题，还是要请他们的人来，说不定还会耽误生产时间，如此算下来，还是买美国货比较适合！"

随着他的重复说明，总工程师眼睛渐渐亮了起来，他打起精神，再次补充，就这么你一言我一语的，大家滔滔不绝地讨论了起来……

哲理启示

有时，为了达到各自的目的，大家会有分歧。我们只是想到了自己的得失，难免会有争执。如果我们能站在对方的角度去考虑问题，沟通将会收到另一种效果。

抬起你的头

十里沟小学建在山坡下。山不高,绵延数十里。

那时,我在学校当老师。为了动员更多的失学孩子上学,学校要求老师上门做工作。

羊子就是我从山里找来的。

羊子住的地方离学校有近 20 里的山路,羊子有残疾:右膀前半截没了,左手畸形。我后来打听出他是因为家里失火被烧的,家里人不想让他读书,他自己也不想走出这座山。

为了保证学生的安全,每天放晚学时老师都要护送孩子回家。我们手里拎着小闹钟和马灯,回来的时候天已大黑。学生家长又担心起老师来了,他们也提着马灯,再送老师回学校。要是夏天下雨,为防山洪暴发,我们还会带一根长竹竿,有洪水的时候就互相搀着走。

教室里的石凳并不光滑,泥课桌下没有空当,但孩子们一进课堂就变得严肃起来,笔直地坐着。

有一天,我在课堂上提问,孩子们刷的举起了手,我心里无比喜悦。羊子个儿不高,坐在前排,那天他也举起了右手——平日里他多半是不举手的,偶尔举手他也会用半截袖子把秃膀罩住。那天他忘了罩衣袖,羊子只竖起光秃秃的臂膀。

同学们大笑起来,伴着一阵细微的骚动。羊子显然难过极了,他缩回膀子,低下了头。

"抬起你的头!"我大喝一声。我不只是在鼓励羊子,也是想以此镇住嘲

笑羊子的同学。

下面果然变得很静，没有人敢说话了。

一天，羊子找到我，说想坐到后排，我觉得这事对他的伤害太深了。

我没有答应羊子的请求。自那以后，我向全班同学宣布了一项决定：今后回答问题，所有的同学不必举手！只要抬起你的头。

"抬起你的头！"课堂上我会不时地说着这句话。孩子们从我的这句话中得到了思考的力量和表达的勇气，他们都很警醒，都很庄重，互动效果也不错。更重要的是羊子找到了自己的自尊，我每次说过这句话后，羊子都会打一个冷战，像是一只懈怠的小牛被轻轻地打了一鞭。这之后，我还常见到羊子的笑容。

好多年过去了，这句话一直在我耳边回响。我敢说，羊子的笑容是十里沟最美的，让我永生难忘。

 哲理启示

一句"抬起你的头"让羊子重获了自信，拥有了勇气。有些时候，生活中的一句话，就会让一个人拥有不一样的人生，所以，说话时请多为听话人考虑一下。

情人节的木兰

　　情人节的前一天,我开车来到未婚妻佩蒂实习的城市,带着精心准备的礼物——占满整个后座的一大束木兰花。佩蒂父母家的院子里有一棵木兰树,小时候我们经常坐在树下欣赏雍容华贵的、仿佛象牙雕成的花朵和绿油油的、天鹅绒般的叶子。木兰一直是佩蒂最钟爱的花,今年她在离家几百里的医院实习,从故乡花园里摘下的木兰就显得更珍贵了。

　　为了给未婚妻一个惊喜,我没直接去找她,而是在医院附近的旅馆订了房间。二月天虽然不热,但剪下的木兰要在阴冷的环境下才能保持新鲜,我把房间的冷气打开,小心翼翼地将装花的纸箱搬到空调附近,又用浴巾严严实实地盖起来。一切准备就绪,我这才觉得肚子饿了。晚饭时间早过了,我还什么都没吃。锁好房门,我去市中心好好犒劳了自己一番。

　　等填饱肚子,回到旅店已经是午夜了。我边开门,边想象着佩蒂明早惊喜的样子,希望这是到目前为止,我们最快乐的一个情人节。房门开了,一股热气扑面而来,空调正猛吹着暖风,我几乎晕了过去! 跌跌撞撞地跑到纸箱前掀起浴巾,我看到曾经奶油色的木兰花全变成了咖啡色,翠绿欲滴的叶子这会儿像是一堆烂菠菜。粗心的我把空调的暖风开关当成冷风开关了!

　　第二天情人节,一夜没睡好的我开车去找佩蒂。突然路边一座房子后面,闪出一棵高大的木兰。我灵机一动,这家主人会不会送我几枝木兰呢? "他更可能把你当抢劫犯,放狗咬你,然后送你一颗子弹。"我听见自己的理智回答,但还是忍不住停下车,向房子走去……还好,没有狗冲出来。我按门铃,一位老人慢慢打开大门。

　　"您好！先生,我需要您的帮助……"听我说完自己的请求,老人憔悴的脸上露出微笑:"非常愿意为您效劳。"他爬上梯子,成枝剪下大捧大捧的木兰,慷慨地送给我。不一会儿,整个车后座都被富丽堂皇的花朵淹没了,我想自己一定是遇到了天使。临走时,我对他说:"先生,您刚刚赐予我和未婚妻一个最快乐的情人节！""不,年轻人,你不知道这房子里发生的事。"老人轻声说。"什么?"我停下脚步。"我和老伴结婚67年,上周她走了。周二是追悼会;周三……"他顿了一顿,我看见眼泪从他脸上淌下来,"周三我们安葬了她;周四亲戚们都回家了;陪我过完周末,孩子们也回去工作了。"

　　我点点头,不知该说什么好。"我今天早上坐在厨房里,突然发觉没有人再需要我了。过去的16年,老伴身体弱,每天都靠我照顾。"老先生继续说,"可现在她不在了,谁还需要一个86岁的老家伙? 正在这时候,你来敲门并对我说:'先生,我需要你！'我想自己一定是遇到了天使。"

哲理启示

　　年轻人按响门铃,得到了那些美丽的木兰;老人帮助了别人,得到了心灵的安慰。沟通让我们感受到了生活的美好。

谁包装了你的降落伞

查尔斯·普拉姆是参加过越战的一名美国飞行员。在一次作战任务中,普拉姆的飞机被一枚炮弹击中,他被抛出机舱。普拉姆打开降落伞安全降落,不幸落到越南军手中,在越南被关了 6 年。普拉姆经历了严峻的考验才得以生存下来,现在他作为一个演讲者,经常向人们讲述他在那次经历中的教训。

一天,普拉姆和他的妻子正在餐馆吃饭,邻桌的一名男子走过来问:"嗨,你是普拉姆? 你是越战中小鹰号航空母舰上的战斗机驾驶员,在一次执行任务时你的战斗机被击落了。"

"你怎么知道得那么清楚呢?"普拉姆惊讶地问。

"你的降落伞是我包装的,我是那艘航母上的一名普通水手。"那个男子答道。普拉姆紧紧地抓住他的手表示谢意。男子抽出手,平和地说:"我一直在猜测你的降落伞是否能正常运作。"普拉姆肯定地回答:"当然! 如果降落伞不能正常运作,我今天也不会站在这里。"

那天晚上,普拉姆一直没有睡着,他的脑海中一直在想着那名水手在一张长长的木桌前仔细地折叠降落伞,握在他手里的不知是哪个人的命运。也许他时常与那个穿着一身海军制服的水手擦肩而过,但他从来没对水手说过"早晨好"、"你好",只因为他是飞行员而那人是一名普通的水手。

这天,普拉姆在讲演时把这次奇遇告诉听众,大家都很惊讶。普拉姆问他的听众:"你们说说,谁是包装你降落伞的人呢?"一刹那间,大家都沉默了。

普拉姆继续说道："生活中，有时我们太过于注重竞争，而错过真正重要的东西。我们很少对身边的人说'你好'、'请'或'谢谢'。要知道，也许身边的某个人就是包装你的降落伞的人——掌握你命运的人。"

哲理启示

良好的沟通是获得成功的必要条件，在日常生活中也许你因忙碌而忽略了那些为你服务、为你工作的人，多和他们沟通一下，也许在某一天你会收获意想不到的惊喜。

魔鬼导师

我被哥伦比亚广播公司聘为《早间新闻》栏目的记者,公司通知,将安排一位杰出的资深制片人负责我的培训。我兴奋极了,因为这表明公司对我很重视。那么我何时能同这位杰出的女士见面呢?

"几星期后,等结束戒毒治疗。"

天! 他们没有告诉我,她的个人生活与工作都完全失去控制,所以公司才会送她去戒毒。公司通知她,恢复工作后她将不再担任主要栏目的制片人,她的任务是帮助我成为明星。得到这个通知,当时她跳起身尖叫起来:"竟然要我伺候肯尼迪家族的小丫头? 这是在整我!"

我永远不会忘记初见她时的情景:她回来上班的第一天,我守在台长办公室门口等她。我伸出手说:"嗨,我叫马利亚,见到你非常激动。"她扫了我几眼,翻翻眼皮,毫不理睬地走过。也许她没听到我讲什么,于是我重新进行了自我介绍,喋喋不休地说能与她共事太棒了,我们一定能成为了不起的组合。她一言不发地听我讲完,然后死死地盯着我的眼睛说,我的话她一个字都没听到,因为她的助听器没有打开。她接着说她与我共事完全是不得已,她的首要任务不是把我培养成明星,而是戒毒和还清吸毒欠下的债。

她对我毫无尊重可言。我们外出采访时,不管我提什么建议,她总是非常夸张地关上助听器作为答复,"假装"没听见。回到台里,我写好稿子交给她,她总是发出连珠炮般的批评:"你把主角藏到了第三段,应该提到前面。不要在人物讲话前告诉观众他会说什么。"她用红笔把整段画掉,喊道:"全都是废话!"她故意大喊大叫,好让整个办公室的人都听到,然后让我一遍一

遍地改写。

我在她的骂声中迅速地成长。我们一起度过了那么多的时间，我知道总有一天她会认真地与我谈心，所以我一直在等待。当她告诉同事们她仍每时每刻想着毒品，深夜里无法入睡时，我明白她每天都在挣扎着远离毒品，这远比教我重要。于是我继续放低姿态，不时向她求教，很快我们的关系有了转机。有一天她闯入我的办公室，关上门，叫道："我坚持不下去了，我要出去弄些毒品。"我冲她喊道："别放弃！难道你不知道你有多勇敢？难道你不知道，你一直坚持下来，需要多少勇气？"

"但是我的勇气用光了。压力太大，我坚持不下去了。"

"不，你一定要坚持下去。"她接受了我的劝告，我们心照不宣，我们二人都必须向自己，也向公司证明自己。我们彼此扶持，相互的信任与日俱增。我们成为不可思议的组合。

她仍毫不留情地批评我的稿子，尖叫道："废话！废话太多！"但是随即我们二人以及办公室的其他人都会笑了起来。许多年过去了，我们仍是最亲密的朋友，我关于电视新闻的知识几乎都来自她。毫无疑问，如果我不曾忍受屈辱一遍又一遍地向她求教，我在电视新闻业中连一年都坚持不下来。她也坚持下来了，远离了毒品，我为她骄傲。

在人生道路上，你会遇到许多良师益友。他们可能是和你完全不同的人，也可能与你想象的样子截然不同，但是关键在于，他们比你懂得更多，他们会把你需要的知识传授给你。

哲理启示

　　沟通的方式有许多种,可能每种方式都与你想象的不同,但它产生的效果也许会出奇的好。不要惧怕与陌生人交往,只要你真诚相待,他们同样会给你以友爱。

不灭的信念之火

　　一个名叫菲尔德的美国实业家曾有一个执著的信念——铺设一条横越大西洋,连接欧美两洲的海底电缆,从而改变世界历史的进程。1837年人类发明了电报,十几年后有人提出一项跨越大西洋的电缆计划。绝大多数人都认为这项计划纯属天方夜谭,可望不可即。只有年轻的菲尔德对此计划充满着强烈的信念——他坚信这绝不是梦想! 为此,他把自己的全部精力和所有财产都贡献出来,他在那几年里横渡大西洋,往返于两大洲之间达31次。经过两次失败,1858年7月28日,海底电缆发报成功。次日欧美两洲沉浸在一片狂欢之中。

　　但就在此时,不幸的事情发生了。电缆虽然接通,电传讯号不久却又归于沉寂。于是群情由狂欢而转为对菲尔德的愤怒责难。

　　菲尔德沉默了六年,1866年,不屈不挠的他又重新继续这项事业,并于当年取得了最后的胜利。

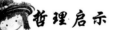 哲理启示

　　如果菲尔德放弃了梦想,那么海底电缆就真的变成"天方夜谭"了。坚持我们的信念,也许会看到成功的曙光。

聪明人的眼光

美国第 16 任总统林肯,是一位眼光敏锐、接受新事物能力很强的智者。

有一天,林肯独自一个人来到华盛顿的大街上,那时还没有电视等先进媒体的传播,他只要稍加装扮,就不会被人认出来。忽然,他发现在一家名为《智慧》的杂志社门前围了一大群人,于是他也好奇地凑了上去。结果发现,在华丽的墙壁上竟钻了一个小洞,洞旁写着醒目的几个大字:"不许向里看!"然而好奇心还是驱使人们争先恐后地向里观望,林肯也顺着小洞向里看,原来里面是用五彩缤纷的霓虹灯组成的一本《智慧》杂志的广告画面。

林肯总统觉得这家杂志社很有创意,回来就吩咐秘书为自己订了一份。果然,《智慧》杂志不论内容编排、版式装帧、封面设计,还是印刷质量,都堪称一流,颇受林肯的喜爱和青睐……这天,林肯处理完一天的公务,顺手拿起一本新到的《智慧》杂志翻阅起来,翻着翻着突然发现这本杂志的中间几页没有裁开。林肯很是扫兴,顺手将杂志放到一边。晚上,林肯躺在床上突然想起了这本杂志:这既然是一份大家喜欢、风行全国的杂志,在管理方面应该是十分严格的,按常理决不会出现这种连页的现象。他由此联想到杂志社在墙壁小洞上做广告的事,难道这里面又有什么新花样? 他翻身下床,找到这本杂志,小心翼翼地用小刀裁开了它的连页,发现连页中的一节内容竟被纸糊住了。林肯想,被糊住的地方大概是印错了,但印错的内容又是什么呢? 好奇心驱使林肯又用小刀一点点儿地撬起了糊纸,下面竟写着这样几行字:"恭贺您,您用您的好奇心和接受新事物的能力获得了本刊 1 万美元的奖金,请将杂志退还本刊,我们负责掉换并给您寄去奖金。——《智慧》杂志编辑部。"

林肯对编辑部这种启发读者智慧和好奇心的做法极其欣赏,便提笔写了一封信。不久,林肯总统便接到新掉换的杂志和编辑部的一封回信:总统先生,在我们这次故意印错的300本杂志中,只有8个人从中获得了奖金,绝大多数人都采取了将杂志寄回杂志社掉换的做法,看来您的确是位真正的智者。根据您来信的建议,我们决定将杂志改名。这本杂志,就是至今仍在风靡世界的《读者文摘》。

在故意印错的300本杂志中,机遇就摆在300人的面前,但绝大多数人熟视无睹。只有8个人抓住了机遇,还不到总数的2.7%,为什么只有8个人在"平凡"之中发现了"非凡",获得了奖金?

大地回春向万物发出了请柬,但并不是每一粒种子都能发芽;机遇在人群中穿行,但并不是每一个人都去奋力捕捉。机遇的确时有时无,但与其抱怨没有机遇,倒不如历练发现机遇的眼光。变革年代,是一个机遇特别多的年代,也是特别需要有一双能发现机遇的眼光的年代。

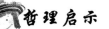 哲理启示

生活中不是缺少机遇,而是缺少发现,有多少人具备林肯总统那样的眼光呢?有时候,多一份好奇就会多一份惊喜。

今天就出发

安东尼·吉娜是目前纽约百老汇中最年轻、最负盛名的演员之一,她曾在美国著名的脱口秀节目《快乐说》中讲述中她的成功之路。

几年前,吉娜是大学里艺术团的歌剧演员。那时她就向人们展示了一个璀璨的梦想:大学毕业后先去欧洲旅游一年,然后要在百老汇成为一位优秀的主角。

第二天,吉娜的心理学老师找到她,尖锐地问了一句:"你旅游完后去百老汇跟毕业后就去有什么差别?"吉娜仔细一想:"是呀,赴欧旅游并不能帮我争取到百老汇的工作机会。"于是,吉娜决定一年以后就去百老汇闯荡。

这时,老师又冷不丁地问她:"你现在去跟一年以后去有什么不同?"吉娜有些不知所措了,想想那个金碧辉煌的舞台和那双在睡梦中萦绕不绝的红舞鞋,她情不自禁地说:"好,给我一个星期的时间准备一下,我就出发。"老师却步步紧逼:"所有的生活用品在百老汇都能买到,为什么非要等到下星期动身呢?"

吉娜终于双眼泪盈地说:"好,我明天就去。"老师赞许地点点头,说:"我马上帮你订好明天的机票。"

第二天,吉娜就飞赴全世界最巅峰的艺术殿堂——纽约百老汇。当时百老汇的制片人正在酝酿一部经典剧目,几百名各国演员前去应征主角。按当时的应征步骤,是先挑选出十来个候选人,然后让他们按剧本的要求表演一段主角的念白。这意味着要经过百里挑一的艰苦角逐。

吉娜到了纽约后,并没有急于去美发店漂染头发和买漂亮的衣服,而是

费尽周折从一个化妆师手里拿到了将排的剧本。这以后的两天中，吉娜闭门苦读，悄悄演练。初试那天，当其他应征者都按常规介绍着自己的表演经历时，吉娜却要求现场表演那个剧目的念白，最终以精心的准备出奇制胜。

就这样，吉娜来到纽约第三天，就顺利地进入了百老汇，穿上了她演艺人生中的第一双红舞鞋。

生活就是这样不可思议。每个人都把理想当做太阳，不同的只是，有人希望沐浴着温暖悠闲地前进，有人却敢于立刻踏进遥望理想的冰流，在逆境中前行。而开启梦想之门的钥匙常常就藏匿在激流暗涌中，如果你耽于瞻望和等待，理想就永远是一轮止于仰望的太阳。

哲理启示

如果吉娜做好了所有的准备以后再去百老汇，她可能就和机遇擦肩而过了。为了追逐你的梦想，不要犹豫，现在就出发吧！

一条道走到底

她说她只是卖茶的,也永远会是卖茶的。

1987 年,她 14 岁,在湖南益阳一个名叫衡龙桥的小镇卖茶,1 毛钱一杯。茶水盛放在一个个透明杯子里,上面盖块方方正正的小玻璃片遮挡灰尘。镇上的农贸市场人来人往,她的茶水小摊就设在市场旁边。因为她的茶杯比别人大一号,所以卖得最欢。没人清楚 1 毛钱一杯的茶水一天下来她能有多少收成,大家看到的,只是她总在欢欢喜喜地忙碌着。

1990 年,她 17 岁,原来的同行要么嫌卖茶收入太低而早早鸣金收兵,要么赚点钱赶紧转行另谋出路。唯有她,还在卖茶。只是,她不再在小镇上卖了,而把摊点搬到了益阳市里;不再卖最简单的从大茶壶里倒出的茶水了,改卖当地特有的"擂茶"。擂茶制作起来很麻烦,但也卖得上价,小杯 3 元,大杯 5 元。而不管大杯小杯,她的杯子又是比旁人的都要"胖"一圈。所以,她的小生意又是忙忙碌碌。

1993 年,她 20 岁,仍在卖茶。不过卖的地点又变了,在省城长沙,摊点也变成了小店面。屋子中央摆一张雕花茶几,客人进门,必泡上热乎乎的茶请客人品尝。客人尽情享受后出门时,或多或少会掏钱再拎上一两袋茶叶。

不知我们中间有几人能把一杯茶水坚持卖十年之久,何况在如今风起云涌的商界,总是不时冒出各种各样快速致富的神话。但她做到了。长达十年的光阴中,她始终在茶叶与茶水间打滚。只是,她已经拥有 37 家茶庄,遍布于长沙、西安、深圳、上海等地。福建安溪、浙江杭州的茶商们一提起她的名字,莫不竖起大拇指。这是 1997 年,她 24 岁,正是一个女人最美丽而成

熟的年龄。事业有成又天生丽质的她,甜美的笑容在一本知名财经刊物的封面上格外灿烂地绽放,在照片下面有行文字:我的成功没有秘诀,只不过是一条道走到底。

翻开那本杂志的第一页,就能读到有关她的详细报道。在文中的最末一段,她说了本文开头的那一句:"我只是个卖茶的,也永远会是卖茶的。"接着她又说,"我一定会一条道走到底。若干年以后,你会发现本来习惯于喝咖啡的国度里,也会有洋溢着茶叶清香的茶庄出现,那也许就是我开的……"

她的名字叫孟乔波,我认识她是在 2003 年 10 月 16 日。仔细看了她递给我的名片,我发现那上面印有新加坡的茶庄地址。她果真已经把茶庄开到中国以外去了! 面对我采访时的一连串发问,她旧话重提:成功没什么秘诀,仅仅需要一条道走到底。

　　一条道走到底,既需要恒心,也需要毅力。凭着这种精神,孟乔波将茶庄开到了国外,我们是不是也有这种勇气和魄力呢?

梦想是机遇的引擎

爱德华·包克还在少年的时候，就在自己的心灵深处埋下了一颗梦想的种子，那就是：有朝一日，他一定要通过努力创办一本属于自己的杂志。虽然每当他把这个梦想说给别人听时，大家总认为他是痴人说梦、年少轻狂，但是，包克却从不这么认为。因为他坚信，一个心怀梦想的人，只要给他适当的机遇，赢得成功是迟早的事。

有一天，正在大街上散步的包克遇见了一位吸烟者，只见那人打开烟盒，从中抽出了一张纸片，随即就把它扔在了地上。包克走过去，把那张纸片拾起来一看，原来上面印着一个著名演员的照片，照片的下端还写着这样一句话："这只是一套照片中的一张，凡集齐四张者，皆可领取精美卷烟一盒。"原来这是烟草公司所进行的一项促销宣传活动，包克把那张纸片翻过来，注意到纸片的背面是空白的。

旋即，包克眼前一亮，他立刻感觉到机遇来了！他想，若是能把这种附装在烟盒里的明星照纸片充分利用起来。在它的背面空白处印上与照片人物一致的"小传"，那么，这种照片的价值岂不是可以大大得到提高？

说做就做，包克很快找到了负责印刷这种纸烟附件的平板画公司，并向公司的经理说明了自己的创意，这位经理听后兴奋地说："如果你能给我写100位名人的小传，每篇仅需100字，我将会每篇付给你100美元。"

包克从经理的赞许中看到了希望，于是他很快就与这家公司签了合同，迅速开始了自己的工作。他先把这些小传分门别类，例如：分为演员、作家、总统、将军……就这样，埋藏在包克心中的那颗种子逐渐生了根并发了芽。

果然,烟草公司使用了包克所设计的这种纸烟附件后,销售量得到了很大提高。继而,"小传"的需求量也在不断增加,于是,包克不得不请人前来帮忙,他先后以 5 美元和 10 美元不等的价格雇用了自己的堂弟和 5 名报社编辑,以满足平板画公司的需求。

就这样,包克成立了自己的工作室,他自己做了"总编"。随着生意的日益红火,工作室的规模也在不断扩大,他就收购了那家平板画印刷公司,条件成熟后,他果真如愿以偿地创办了自己的刊物——《妇女家庭》。

包克终于成功了!

梦想在勤奋进取的土壤中成长,最终结出成功的硕果。永不放弃希望、不断拼搏,终有一天梦想会变成现实。

一有空闲就练习

卡尔·华尔德曾经是美国近代诗人、小说家和出色的钢琴家爱尔斯金的钢琴教师。有一天，他给爱尔斯金教课的时候，忽然问他："你每天要练习多少时间钢琴？"

爱尔斯金说："大约每天三四个小时。"

"你每次练习，时间都很长吗？是不是有个把钟头的时间？"

"我想这样才好。"

"不，不要这样！"卡尔说，"你将来长大以后，每天不会有长时间的空闲的。你可以养成习惯，一有空闲就几分钟几分钟地练习。比如在你上学以前，或在午饭以后，或在工作的余闲，5 分钟、5 分钟地去练习。把小的练习时间分散在一天里面，如此则弹钢琴就成了你日常生活中的一部分了。"

14 岁的爱尔斯金对卡尔的忠告未加注意，但后来回想起来真是至理名言，后来他得到了不可限量的益处。

当爱尔斯金在哥伦比亚大学教书的时候，他想兼职从事创业。可是上课、看卷子、开会等事情把他白天和晚上的时间完全占满了。差不多有两个年头，他不曾动笔，他的借口是"没有时间"。后来，他突然想起了卡尔·华尔德先生告诉他的话。到了下一个星期，他就把卡尔的话实践起来。只要有 5 分钟左右的空闲时间，他就坐下来写作 100 字或短短的几行。

出乎意料之外，在那个星期的终了，爱尔斯金竟写出了相当多的稿子。

后来，他用同样积少成多的方法，创作长篇小说。爱尔斯金的授课工作虽一天繁重一天,但是每天仍有许多可资利用的短短余闲。他同时还练习钢琴,发现每天小小的间歇时间,足够他从事创作与钢琴两项工作。

哲理启示

　　古人说:"积薄而为厚,聚少而为多。"极短的零散时间,如果能毫不拖延地充分加以利用,就能积少成多地供给你所需要的长时间。

贝利的怀疑和恐惧

　　球王贝利的名声早已为世界众多足球迷所称道,但是当他年轻时得知自己入选巴西最有名气的桑托斯足球队时,竟然紧张得一夜未眠。他翻来覆去想着:"那些著名球星们会笑话我吗? 万一发生那样尴尬的情形,我有脸回来见家人和朋友吗?"

　　他甚至还无端猜测:"即使那些大球星愿意与我踢球,也不过是想用他们绝妙的球技,来反衬我的笨拙和愚昧。如果他们在球场上把我当做戏弄的对象,然后把我当白痴似的打发回家,我该怎么办?"

　　一种前所未有的怀疑和恐惧使贝利寝食不安,因为他根本就缺乏自信。分明自己是同龄人中的佼佼者,但忧虑和自卑,却使他情愿沉浸于希望,也不敢真正迈进渴求已久的现实。

　　贝利终于身不由己地来到了桑托斯足球队,那种紧张和恐惧的心情,简直没法形容。"正式练球开始了,我已吓得几乎快要瘫痪。"他就是这样走进一支著名球队的。原以为刚进球队只不过练练盘球、传球什么的,然后便肯定会当板凳队员。哪知第一次,教练就让他上场,还让他踢主力中锋。贝利紧张得半天没回过神来,双腿像长在别人身上似的,每次球滚到他身边,他都好像是看见别人的拳头向他击来。在这样的情况下,他几乎是被硬逼着上场的,而当他迈开双腿不顾一切地在场上奔跑起来时,他便渐渐忘了是跟谁在踢球,甚至连自己的存在也忘了,只是习惯性地接球、盘球和传球。在快要结束训练时,他已经忘了桑托斯球队,而以为又是在故乡的球场上练球了。

那些使他深感畏惧的足球明星们，其实并没有一个人轻视他，而且对他相当友善。如果贝利的自信心稍微强一些，也不至于受那么多的精神煎熬。问题是贝利从小就太自尊，自视太高，以至于难以满足。他之所以会产生紧张和自卑，完全是因为把自己看得太重。

哲理启示

一心只顾虑别人将如何看待自己，而且还是以极苛刻的标准为衡量尺度。这又怎能不导致怯懦和自卑呢？极度的压抑会淹没本身所具有的活力和天赋。专注于你的事业，忘掉自我，保持一种泰然自若的心态，是克服紧张情绪，战胜自卑心理的法宝。

再前进一步

　　1967年夏天,美国跳水运动员乔妮·埃里克森在一次跳水事故中,身负重伤,除脖子之外,全身瘫痪。

　　乔妮哭了,她躺在病床上久久不能入眠。她怎么也摆脱不了那场噩梦,为什么跳板会滑? 为什么她会恰好在那时跳下? 不论家里人怎样劝慰她,亲戚朋友们如何安慰她,她总认为命运对她实在不公。出院后,她叫家人把她推到跳水池旁。她注视着那蓝莹莹的水波,仰望那高高的跳台。她,再也不能站立在那洁白的跳板上了,那蓝莹莹的水波再也不会溅起朵朵美丽的水花拥抱她了,她又掩面哭了起来。从此她被迫结束了自己的跳水生涯,离开了那条通向跳水冠军领奖台的路。

　　她曾经绝望过。但现在,她拒绝了死神的召唤,开始冷静思索人生的意义和生命的价值。

　　她借来许多介绍前人如何成才的书籍,一本一本认真地读了起来。她虽然双目健全,但读书也是很艰难的,只能靠嘴衔根小竹片去翻书,劳累、伤痛常常迫使她停下来。休息片刻后,她又坚持读下去。通过大量的阅读,她终于领悟到:我是残了,但许多人残了后,却在另外一条道路上获得了成功,他们有的成了作家,有的创造了盲文,有的创造出美妙的音乐,我为什么不能? 于是,她想到了自己中学时代曾喜欢画画。我为什么不能在画画上有所成就呢? 这位纤弱的姑娘变得坚强起来了,变得自信起来了。她捡起了中学时代曾经用过的画笔,用嘴衔着,练习开始了。

　　这是一个多么艰辛的过程啊。用嘴画画,她的家人连听也未曾听说过。他们怕她不成功而伤心,纷纷劝阻她:"乔妮,别那么死心眼了,哪有用嘴画画的,我们会养活你的。"可是,他们的话反而激起了她学画的决心,"我怎么

能让家人一辈子养活我呢?"她更加刻苦了,常常累得头晕目眩,汗水把双眼弄得咸咸的辣痛,甚至有时委屈的泪水把画纸也淋湿了。

为了积累素材,她还常常乘车外出,拜访艺术大师。好些年过去了,她的辛勤劳动没有白费,她的一幅风景油画在一次画展上展出后,得到了美术界的好评。

不知为什么,乔妮又想到要学文学。她的家人及朋友们又劝她了,"乔妮,你绘画已经很不错了,还学什么文学,那会更苦了你自己的。"她是那么倔强、自信,她没有说话,她想起一家刊物曾向她约稿,要她谈谈自己学绘画的经过和感受,她用了很大力气,可稿子还是没有写成,这件事对她刺激太大了,她深感自己写作水平差,必须一步一个脚印地去学习。

这是一条满是荆棘的路,可是她仿佛看到艺术的桂冠在前面熠熠闪光,等待她去摘取。

是的,这是一个很美的梦,乔妮要圆这个梦。终于,又经过许多艰辛的岁月,这个美丽的梦终于成了现实。1976 年,她的自传《乔妮》出版了,轰动了文坛,她收到了数以万计的热情洋溢的信。两年后,她的《再前进一步》一书又问世了,该书以作者的亲身经历,告诉残疾人,应该怎样战胜病痛,立志成才。后来,这本书被搬上了银幕,影片的主角就由她扮演,她成了青年们的偶像,成了千千万万个青年自强不息、奋进不止的榜样。

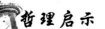 哲理启示

德国诗人歌德在他的不朽名著《浮士德》中说:"凡是自强不息者,终能得救!"只要信心不垮,奋发向上,身体的残疾就不是障碍。

借款与忠告

林肯同父异母的兄弟约翰斯顿写信给他,告诉他自己"破产"了,现正在伊利诺伊州科尔斯县经营家庭农场,因"经营压力很大",所以需要借一笔钱。今天在我们看来,林肯的回信完全对得起他兄弟的要求,因为培养辛勤工作的习惯比得到一笔借款更为重要。让我们来看这封信的全文:

亲爱的约翰斯顿:

很遗憾,我并不认为满足你 80 元钱借款的要求是一个好主意。以前,每当我帮了你一个大忙,你总会说:"这下好了,我们不会有问题了。"可过不了多久,你又会陷入同样的困难中。既然这种情况一再发生,那就只能从你自身行为的缺陷中寻找原因了。你的缺陷在哪里呢? 我觉得我应该略知一二的。你不懒,但你仍然是一个游手好闲的人。我怀疑,自从我上次见了你之后,你又没有干很多的事,因为你看不到工作中可以得到很多东西。

这种无益的浪费时间,就是造成困难的全部原因。你应该改掉这个习惯,这对你,甚至对你的孩子都有非常重要的意义。为什么对你的孩子们有非常重要的意义呢? 这是因为他们的人生才刚刚开始,在他们刚开始人生的时候就抛弃这种游手好闲的习惯,比他们开始人生后再去想办法克服要容易得多。

让父亲和你的孩子照管家里的一切——种种地,照看庄稼。你出去工作,找一份报酬好的工作,或者去做义工抵债。为了确保你能得到合适的报酬,我在这里向你保证,从今天开始到明年的 5 月 1 日为止,你在工作中每得到一元钱的报酬,或抵掉一元钱的债务,我就加付你一元。

这样, 如果你得到了一份月薪 10 元钱的工作, 你就能在我这里得到另外 10 元钱, 你的月薪就成了 20 元。我也并没有要你出远门去圣路易斯, 或去加利福尼亚的铅矿或金矿, 我只要你在我们的家乡科尔斯县附近找一份报酬最合适的工作。

如果你能做到这点, 你就马上能还清债务, 更有益的是, 你会培养一个好习惯, 使你永远不会再负债。你说如果得到 70 或 80 元钱, 你愿意把自己在天堂里的位置也让给别人, 那你也太贱了。我可以肯定, 加上我奖励给你的钱, 用不上四五个月你就能得到七八十元钱。你还说, 如果我借给你这些钱, 你就会把土地抵押给我, 而且, 如果你还不了钱, 就把土地所有权给我——荒唐! 现在你有这些土地都生活不下去, 那么没有了这些土地你又怎么能生活下去呢? 你对我一直不错, 我现在对你也不是不讲亲情。相反, 如果你听从我的劝告, 你就能发现, 我这里提的忠告比我借给你 80 元钱还值钱。

祝福您!

你的兄弟

亚伯拉罕·林肯

哲理启示

授人以鱼不如授人以渔。林肯并没有简单地答应兄弟的要求, 是因为这种简单的施舍会让他的兄弟越陷越深。只有改变他的生活态度及生活习惯, 问题才能真正得到解决。

决定命运的时间

台湾有一个著名的企业家陈茂榜,他的讲演经常折服所有的听众。尤其是他记忆数字的本事高人一等,举凡中国和世界各国的面积、人口、国民所得、贸易额等,他都如数家珍。事实上,陈茂榜只是小学毕业,但他却荣获了美国圣诺望大学颁发的名誉商学博士学位。一个只有小学学历的人,是如何获得名誉博士学位的呢?

我们看看他是如何学习的。陈茂榜15岁辍学到一家书店当店员,他每天从早到晚工作12个小时。下班以后,读书成了他的享受,书店变成了他的书房,或坐或卧,任他邀游。日子一久,他养成了每晚至少读两小时书的习惯。他在书店工作了8年,也读了8年。

陈茂榜深有体会地说:"记住这样一句话:一个人的命运,决定于晚上八点到十点之间。"一个人在大学时代所学的知识是非常有限的,而且,科学技术突飞猛进,知识与信息在不断更新。只有学习才能赋予人持续的动力。如果不善于学习,不仅缺少的知识得不到补充,而且曾经掌握的知识也将落伍,长此下去必然会被社会所淘汰。

哲理启示

学习在本质上是向自己的大脑投资。如果你在学业结束之后就停止学习,等待你的,将是你头脑中所储存知识的不断贬值。只有不断更新它们,补充它们,这些知识才能为你带来丰厚的回报。